KB097503

완벽한 세상

완벽한 세상

김나영 지음

Horrible Garden

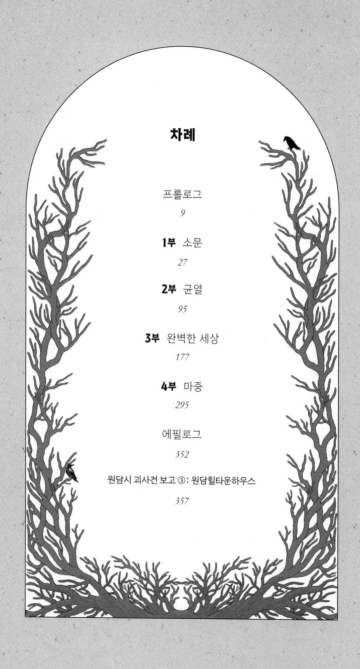

차례

원담시 괴사건 지도

1. 메아리산장
2. 성모학원
3. 원담힐타운하우스
4. 바이오연구소
5. 원담교도소
6. 석모터널
7. 원담여대 기숙사
8. 석모저수지
9. 청람고등학교
10. 황 회장 대저택
11. 오즈랜드
12. 호가스포츠센터
13. 원담역

프롤로그

세상이 무너질 듯 요란한 천둥이 울려 퍼졌다. 책상에 팔꿈치를 대고 졸던 경비가 번쩍 고개를 쳐들었다. 그의 나른한 시선이 책상 너머로 느릿하게 움직였다. 네모난 창으로 보이는 바깥 풍경은 어둡고 잠잠했다. 새벽의 단잠을 깨웠다는 게 믿기지 않을 정도로 조용한 어둠이었다.

비구름이 있나 살펴보았지만, 새까만 하늘은 어디에 구름이 있는지조차 알려주지 않았다. 힘을 잔뜩 주고 부릅뜬 눈으로 살펴도 하늘과 구름의 경계를 알아볼 수 없었다.

경비는 하는 수 없이 의자에서 일어나 관리센터 출입구로 걸음을 옮겼다. 문을 열고 나서려던 그의 입에서 아차, 하는 소리가 튀어나왔다. 그대로 두어 걸음 뒷걸음질 쳤다.

경비는 출입구 옆, 외투를 걸어두는 옷걸이에서 남색 모자를 찾아 손에 들었다. 익숙한 동작으로 모자를 눌러쓴 뒤 벽에 붙은 거울을 확인했다.

상반신이 전부 보이는 기다란 거울 속에 남색 셔츠와 안전용 조끼를 입은 남자가 비쳤다. 푸석한 머리카락은 군데

군데 하얗게 새치가 꼈고 눈 밑엔 그늘이 짙게 져 있었다. 피곤함에 찌든 얼굴은 어디로 봐도 30대 중반보다는 많아 보였다. 그는 이게 다 야간 근무 때문이라고, 아직 마흔도 안 됐는데 마흔은 돼 보인다며 툴툴거린 뒤 문고리를 잡았다.

출입문을 슬그머니 밀기 무섭게 12월의 매서운 바람이 날아들었다.

경비의 목과 어깨가 잔뜩 움츠러들었다. 달라붙은 한기가 뱀처럼 옷 안으로 들어와 몸속을 기어다녔다. 저절로 어깨가 떨렸다. 손으로 팔뚝을 마구 문질러도 소용이 없었다. 애를 쓴다 한들 쉽게 떨칠 수 없는 추위였다.

입술을 벌리자마자 하얀 연기가 뿜어져 나왔다. 금세 뺨과 코가 아플 정도로 시렸다. 보지 않아도 얼굴이 빨갛게 얼어 있을 게 분명했다.

너무 추워 앞으로 나아가지도 못하고 그렇다고 도로 관리센터로 들어가지도 못하던 그때, 마침 손목에 찬 스마트워치 알람이 울렸다. 오른손에 낀 장갑을 슬쩍 걷어냈다. 새벽 2시. 지난 1년간 늘 그랬듯 순찰을 나가야 하는 시간이었다.

짧게 한숨을 토하며 알람을 껐다. 그의 시선이 관리센터 출입구 근처에 달린 CCTV로 움직였다. 깜빡거리는 빨간 점이 어서 움직이지 않고 뭐 하냐고 재촉하는 것만 같아서 기분이 더러웠다. 마음 같아선 담배나 한 대 피우고 관리센터로 돌아가 교대 시간 전까지 자고 싶었다.

그까짓 순찰 좀 안 돈다고 뭐가 어떻게 되나? 그런 소소한 반발심이 잠깐 일었지만, 최근 벌어진 몇 가지 사건이 떠올라 그는 말없이 관리센터를 나와 주택단지 안으로 들어갔다.

그가 일하는 '원담힐타운하우스'는 지어진 지 2년이 채 안 된 고급 주택단지였다. 차단 게이트가 있는 입구에는 경비원이 상주하는 관리센터가, 부지 내에는 똑같은 크기와 모양의 2층짜리 주택 열 채가 늘어서 있었다.

주택마다 같은 크기의 정원이 딸려 있었고 외벽도 모두 흰색으로 통일돼 있었다. 호수가 적힌 번호판이 아니면 어디가 누구의 집인지 분간하기 힘들 정도로 똑같은 구조였다.

그나마 개성이 느껴지는 건, 크리스마스를 앞두고 정원을 꾸민 장식물들이었다. 아기자기한 장식들은 주인의 취향에 따라 집마다 달랐다. 어느 집은 대형 트리가, 또 어느 집은 나무로 만든 썰매와 사슴이 놓여 있었다.

어린아이가 있는 집일수록 구경하는 재미가 쏠쏠했다. 반짝거리는 전구가 온종일 켜진 집부터 지붕에 풍선으로 만든 산타가 있는 집까지. 순찰하다가 종종 넋을 놓고 구경할 정도였다.

'이렇게 완벽한 집에 살면서…… 대체 왜 죽은 거야?'

그는 길을 따라 마주 보는 주택들 사이를 느릿하게 걸어가며 내내 품고 있던 의문을 곱씹었다.

사건 혹은 사고라 불리는 흉흉한 일이 최근 한 달 사이 두 번이나 이곳에서 벌어졌다.

시작은 관리센터와 가까운 2호 집 여자의 죽음이었다.

30대 후반의 홀로 살던 여자는 조금 깐깐한 성격이긴 했으나 평상시엔 친절한 편이었다. 굳이 흠을 잡지만 않는다면 그런대로 괜찮은 사람이었다는 게 주민들과 경비원들의 의견이었다. 오다가다 마주치면 먼저 인사하는 주민이었고, 음식을 지나치게 많이 만들었다며 스스럼없이 나누어주던 이웃이었다.

경비 역시 '괜찮은 사람이었다'라는 의견을 낸 이들 중 한 명이었다.

여자는 새벽 6시면 단지를 나가 한 시간가량 조깅을 하고 돌아오고는 했다. 하루도 빼놓지 않고 운동을 위해 단지를 나섰고 시간을 어기는 경우는 거의 없었다. 어느 계절이든 날씨에 구애받지 않고 늘 조깅으로 하루를 시작했다.

'아무리 생각해도 이해할 수가 없단 말이지.'

경비는 가로등이 꺼진 구역에서 걸음을 멈추곤 왼쪽으로 고개를 돌렸다.

불이 꺼진 2호 집 창문이 음습했다. 한 달 전만 해도 따뜻하고 생기가 넘치던 그 집은 주인이 사라진 것을 알리려는 것처럼 축축하게 시들어 있었다. 정원의 풀들은 관리되지 않아 바람이 불 때마다 스산하게 나부꼈다. 주택 외벽에 칠해진 하얀색 페인트가 유난히 눈에 띄었다. 새까만 창문 속에서 금방이라도 죽은 여자가 튀어나올 것 같은 기분이었다.

관리하는 사람이 없는 집은 빠르게 허물어지고 있었다. 여자가 죽은 한 달 전 그날 여자의 집도 함께 죽어버린 건지도 몰랐다.

'왜 갑자기 차도에 뛰어들었을까?'

건강한 하루를 위해선 예열이 필수라며 툭툭 농담을 던지던 얼굴이 아직도 제법 생생했다. 죽음을 앞둔 사람이라고는 생각도 못 할 만큼 밝은 미소였다. 그 환한 모습이 경비가 기억하는 여자의 마지막이었다.

여자가 죽는 걸 목격한 관리소장의 말에 따르면, 그녀는 그날도 평소처럼 활기차게 단지를 나섰다고 했다. 거기까지는 여느 날과 다를 게 없었다. 평소와 달랐던 건 여자가 인도로 향하는 대신 단지 앞 도로로 뛰어들었다는 것이다.

관리소장은 여자가 마치 다이빙하듯 도로로 뛰어들었다고 증언했다. 헤엄치듯 팔을 허우적거렸다고. 그는 말리고자시고 할 틈도 없었다며 과장되게 말을 더 얹었다.

'도로 가운데서 멈추더니 갑자기 나를 보고 몸을 돌리더라고. 그러고는 양팔을 이렇게, 이렇게 활짝 벌리고 입이 찢어지도록 큰 소리로 웃는 거야. 하하, 하하하, 하하! 하면서!'

관리소장은 죽기 전 여자의 동작을 따라 하듯 눈을 도록도록 굴렸다.

눈에서 눈물이 죽죽 흘러내렸고, 입은 한껏 웃고 있었으나 눈은 웃지 않았고, 그 기이한 표정에 소름이 돋았다는 게 관리소장이 마지막으로 덧붙인 내용이었다.

'차가 오는데 피하지도 않고…… 꼭 기다린 것처럼 차에 치여서…….'

여자는 양팔을 벌린 채, 큰 소리로 웃다가 차에 치여 사망했다.

운전자는 하필이면 안개가 짙게 긴 날이라 여자가 보이지 않았다고 진술했다. 경찰은 현장을 목격한 관리소장에게 그날의 상황을 물었고, 소장은 안개는 없었다고 대답했다.

'안개는 없었지만…… 충분히 차를 피할 수 있었을 텐데, 안 피하더라고요.'

관리소장은 증언을 마칠 때까지 여러 번 고개를 갸웃거렸다. 그저 이상하기만 했다는 게 소장이 밝힌 2호 집 여자의 죽음에 대한 견해였다.

'정말 자살이었을까?'

경비는 손전등으로 2호 집을 비추며 생각했다.

서류상 여자의 죽음은 자살로 결론 났지만, 아무리 생각해 봐도 그런 것 같지 않았다. 직접 목격한 관리소장이 그랬듯, 여자를 알던 모두가 자살이 아니라고 생각할 것이었다. 누구보다 '산다는 것'에 진심이던 사람이지 않았나. 그런 사람이 하루아침에 자살이라니. 그로선 도무지 쉽게 이해할 수 없는 일이었다.

'됐다. 괜히 생각할수록 이상하기만 하지.'

밑창에 껌이라도 붙은 듯 떨어지지 않는 걸음을 억지로 떼고 경비가 천천히 2호 집을 지나쳤다.

몇 걸음 걷자 다시 한번 매서운 바람이 살갗을 도려낼 것처럼 불어왔다. 저절로 어금니가 딱딱 소리를 내며 부딪쳤다.

경비는 팔을 교차해 스스로 몸을 껴안듯 안았다. 그것이 보온을 위해 당장 그가 할 수 있는 최선이었다. 속박하듯 팔에 힘을 준 그의 어깨가 잘게 떨렸다.

'8호 집 남자는 마당에서 저체온증으로 죽었다고 했었지, 아마?'

날 선 추위에 떠오른 건 단지 내에서 벌어진 두 번째 죽음이었다.

여자의 죽음 이후 어수선했던 분위기가 정리될 무렵, 8호 집에 살던 30대 가장이 자기 집 마당에서 사망한 채 발견됐다.

발견자는 죽은 남자의 다섯 살짜리 아들이었다. 아이는 자다가 깨어나 물을 마시러 부엌에 갔다가 통창 너머로 마당에 누워 있는 아빠를 발견했다.

죽음이 뭔지 모르는 아이는 아빠가 마당에서 '군인 놀이'를 하고 있다고 여겼다. 종종 장난감 총을 들고 바닥에 누워 겨누던 아빠가 떠올랐을 것이다.

곧장 방으로 돌아간 아이는 장난감 총을 들고 거실로 내려왔다. 조심스럽게 통창의 잠금을 풀었고, 배운 대로 바닥에 배를 대고 누워 아빠에게 총을 쐈다.

장난감 총알은 남자의 어깨와 등을 맞혔으나 남자는 움직이지 않았다.

당연했다. 아이가 총을 쏘기 훨씬 전에, 남자는 이미 숨을 거둔 상태였으니까.

그 사실을 알 리 없는 아이는 두어 번 더 총을 쐈다. 남자는 움직이지 않았고 아이는 자리에서 일어나 마당으로 뛰어나갔다.

아이가 아빠의 어깨를 붙들고 요란하게 흔들면서 소리를 쳤고, 그 소리에 깨어난 아이의 엄마가 황급히 나와 시신을 발견했다. 아이의 엄마는 남편에게서 아이를 떼어놓고 구급차를 불렀다.

새벽 3시. 요란한 사이렌 소리가 새벽의 정적을 깨웠다. 구급대원들이 마당에서 동사한 남자의 시신을 구급차에 싣고 현장을 떠났다. 잠에서 덜 깬 주민들의 눈가에 불안함이 가득 묻어 있었다. 겁을 집어먹은 눈초리들이 서로의 발끝을 흘끔거렸다. 2호 집 여자의 죽음 이후 겨우 보름 만에 벌어진 두 번째 죽음이었다.

8호 집 남자의 죽음은 2호 집 여자의 죽음보다 파장이 컸다. 여자의 죽음이야 자살, 사고처럼 두루뭉술하고 사망의 순간도 목격됐지만, 자기 집 마당에서 얼어 죽은 남자의 사인은 도무지 이해할 수 없기 때문이었다.

약을 먹은 것도, 지병이 있던 것도 아니고, 그 시간에 굳이 마당에 나갈 이유도, 무엇보다 그렇게까지 해서 죽을 이유도 없었기에 남자의 죽음은 더욱 기이했다.

그의 죽음을 이해하지 못하는 건 남자의 아내 역시 마찬가지였다. 그의 아내는 곧 아들의 생일이라 가족끼리 여행도 약속했다며 남편이 죽음을 결심할 이유가 없다고 울부짖었다.

남자를 아는 사람들도 비슷한 의견이었다. 금전적으로 부족하지도 않았고, 정서적으로 불안한 기색도 없었으며, 오히려 승진과 연봉 인상을 앞두고 있었기에 기뻐했다는 게 주변의 증언이었다.

'세상에 누가 자기 집 마당에서 죽을 때까지 누워 있냐고, 이 추위에. 농담으로나 얼어 죽는다고 하는 거지.'

옷가지 속으로 최대한 몸을 움츠린 경비가 고개를 좌우로 흔들듯이 저었다. 떠오르려는 끔찍한 생각을 지우기 위해서였다. 남의 죽음을 두고 왈가왈부하는 것도 싫었고, 그 죽음을 곱씹고 기억하는 건 더더욱 내키지 않았다.

'얼른 관리센터로 돌아가는 게 낫겠어.'

경비는 운동화 앞코를 바닥에 두어 번 두드린 뒤 잰걸음으로 걷기 시작했다.

시간이 시간인지라 단지를 돌아다니는 사람은 없었다. 창문에 불이 켜진 집조차 없을 정도로 적막한 시간대였다.

손전등 불빛이 집들을 차례차례 훑었다. 주택 외벽이 창백하게 질린 사람의 피부처럼 생생했다.

경비의 눈은 그보다 한 박자 느리게 불빛 잔상을 뒤쫓았다. 불빛이 지나간 자리에 채 지워지지 않은 여흔이 있었다.

걸음을 빨리하는데도 추위 때문인지 속도가 더뎠다. 어금니를 앙다문 채 그가 손전등의 전원을 끄고서 주머니에 넣었다.

불빛을 비추지 않아도 드문드문 가로등이 있기에 얼추 보일 건 보였다. 규정대로라면 세심하고 꼼꼼하게 살펴야 했지만, 1년간 이곳에서 일하며 깨달은 건 이 주택단지에서는 굳이 그럴 필요가 없다는 것이었다.

요새와 같은 높고 굳건한 벽이 주택들을 든든하게 감싸고 있었다. 단지 입구는 차단 게이트가 막고 있고 바로 옆 경비가 상주하는 관리센터에서 모든 상황을 통제했다. 거주민이 아닌 이상 단지 내로 쉽게 들어올 수 없었다. 들어온다 한들 곳곳에 설치된 CCTV에 모습이 찍혀 허튼짓은 꿈도 꾸지 못했다.

'대강 돌고 가야겠어.'

겨우 열 채뿐인 단지인데도 중간중간 산책로와 작은 쉼터가 이어져 있어 부지가 제법 넓었다. 보통은 30분 정도 걸렸으나 서두르면 그보다 빨리 돌아갈 수 있을 것이었다.

가벼운 뜀박질이 이어졌다. 경비의 벌어진 입술 사이에서 하얀 입김이 퍼져 나왔다. 경비는 숨을 고르기 위해 걸음을 멈추고 시선을 옆으로 돌렸다.

단지 중간에 있는 6호 집이 바로 옆에 있었다. 경비는 고개를 갸웃거리더니 '오늘따라 걸음이 느리네?' 하고 의아한 듯 되뇌었다.

주위를 둘러보자 똑같이 생긴 집들이 줄지어 있었다. 숨이 찬 탓인지 그 모습이 착시현상처럼 느껴져 속이 울렁거렸다.

멀거니 주택을 응시하던 경비가 진동을 깨닫고 고개를 숙였다. 손목이 간지러웠다. 오른손 손목을 확인하니 헬프콜이 울리고 있었다.

'이 시간에 웬 헬프콜이야?'

거주민들이 인터폰으로 관리센터에 연락할 수 있도록 만든 서비스 시스템이 바로 헬프콜이었다. 헬프콜이 울리면 근무 중인 경비는 즉시 해당 집에 방문해야 했다.

경비는 확인 버튼을 누르고 헬프콜을 보낸 호수를 확인했다. 신호를 보낸 건 10호였다. 하지만 콜을 보낸 사유가 적혀 있지 않았다.

스마트워치 상단에 뜬 시간은 새벽 2시 22분. 이 시간에 헬프콜을 잘못 눌렀을 리는 없으니 사소한 일이든 큰일이든 문제가 생긴 건 확실해 보였다.

경비는 멈췄던 걸음을 떼어 10호 집을 향해 뛰어갔다. 아까보다 바람이 잦아들었고, 꽤 오래 걸어서인지 더는 춥지 않았다.

10호 집 앞에 도착한 그는 숨을 몰아쉬고 정원 옆, 현관문까지 이어진 돌바닥을 밟았다. 그의 방문을 알아챈 센서등이 불을 밝혔다.

경비는 현관 앞에 도착해 초인종을 누르고 응답을 기다렸다. 머리 위를 비추던 센서등이 꺼질 때까지도 안에서는 아무런 대답이 없었다.

뒤로 물러난 경비가 마당을 향해 난 통창을 쳐다봤다. 창문은 먹물이 쏟아진 도화지처럼 온통 어두웠다.

경비는 오른손을 들어 헬프콜을 다시금 확인했다. 발신지는 틀림없이 10호 집이 맞았다.

미간을 찌푸렸다가 얼굴을 손으로 한번 쓸어내고는 팔을 뻗어 초인종을 눌렀다. 역시나 안에서는 아무런 기척도 없었다. 어떻게 할까, 고민하던 경비가 현관문을 두어 번 두드렸다. 너무 크지도, 작지도 않을 정도의 소음이 바람 소리를 타고 흩어졌다.

체감상 3분은 지났다 싶을 즈음, 경비는 쯧, 혀를 차고 몸을 돌렸다.

장난일 수도, 시스템 오류일 수도 있었다. 뭐가 되었든 이제는 돌아가도 괜찮을 듯싶었다. 관리소장이 캐물어도 그럴

듯한 변명은 하나 만들어둔 셈이었다.

경비가 걸음을 옮기려는 순간, 달칵, 소리와 함께 10호 집 현관문이 열렸다. 그의 발이 허공에서 멈췄다.

경비의 시선이 열린 문틈에 고정됐다. 문은 열렸는데 들어오라는 권유도, 무슨 문제가 생겼으니 해결해달라는 부탁도 없었다. 그저 문만 열린 것처럼 모든 게 고요했다.

"계세요?"

어쨌든 문이 열렸으니 이대로 돌아갈 수는 없는 노릇이었다. 확인은 해야 했다. 곧 있을 계약 연장 때문에라도 매사에 더욱 친절하게 굴 필요가 있었다.

"헬프콜 받고 왔습니다. 안에 계시죠?"

현관문 손잡이를 잡은 경비가 조심스럽게 안을 살폈다. 안쪽에서 탄내 같기도 한 단 냄새가 물씬 풍겨왔다.

"아무도 안 계세요?"

손잡이를 잡고 당기자 안쪽 센서등이 깜빡거리며 켜졌다. 현관에는 초등학생이 신을 법한 운동화와 남성용 구두, 여성용 단화 같은 것들이 너저분하게 널려 있었다.

경비가 신발에 시선을 빼앗긴 사이 길게 뻗은 복도 끝 조명이 불빛을 뿜었다.

반사적으로 올라간 경비의 고개가 주택 내부를 날카롭게 주시했다. 긴 그림자 하나가 일렁거리며 바닥에 쏟아졌다.

"안에 계십니까? 잠시 들어가겠습니다."

경비는 조심스럽게 현관에 발을 디뎠다. 안으로 겨우 한 걸음 가까워졌을 뿐인데도 풍기는 냄새가 전보다 훨씬 진했다.

경비는 자기도 모르게 한 손으로 코와 입을 막곤 눈가를 찌푸렸다. 탄내와 함께 고기 썩은 것 같은 냄새가 스멀스멀 올라와서였다.

"저기……."

손목과 허벅지 부근에서 진동이 울렸다. 경비는 말을 끝맺지 못한 채 주머니에서 핸드폰을 꺼냈다.

액정에 관리소장의 번호가 떴다. 전화를 받기 무섭게 관리소장의 신경질적인 목소리가 고막을 때렸다.

"지금 어디야? 어디서 뭐 하고 있어?"

"예? 저 지금 10호에 와 있는데요."

"10호? 거긴 왜?"

"왜긴요. 헬프콜 떠서 왔죠."

"헬프콜이 떴다고? 10호에서?"

"그렇다니까요. 근데 왜 전화하셨어요?"

경비의 되물음에 관리소장이 입을 다물었다.

액정에서 얼굴을 뗀 경비가 계속해서 흐르는 통화 시간을 보고 입술을 씰룩거렸다.

"너 지금 정말 10호에 있어?"

한참 만에야 입을 연 관리소장의 목소리는 무거웠다. 새벽부터 웬 헛소리인가 싶은 마음에 경비가 퉁명스럽게 '그렇다니까요' 하고 대꾸했다.

"너 교대할 때 전달 못 받았어?"

"예? 무슨 전달이요?"

그때였다. 일렁거리던 그림자가 경비를 향해 움직였다.

"소장님, 전화 좀 끊어야 할 것 같은데. 지금 10호 집 주인 분 나오셔서요."

참 늦게도 나온다고, 속으로 중얼거리던 그가 관리소장에게 말했다.

"야! 대체 무슨 소리야! 10호 집에 누가 있다는 거야!"

"네?"

속도는 느렸지만, 그림자는 분명 경비에게 가까워지고 있었다. 기어와도 저것보다는 빠르겠다고 생각한 경비가 한숨을 토해냈다.

"소장님이야말로 무슨 말씀을 하시는 건데요? 10호 집이 왜요?"

전화 너머에서 숨소리가 넘어왔다.

초조해진 경비가 말을 덧붙이려는데 소장이 나지막이 작은 소리로 말을 꺼냈다.

"어제 아침에 10호 집 가족 전부 죽은 거 몰라? 대체 10호 집에 누가 있다는 거야? 교대할 때 전달 못 받았어? 교대 시간 오후 6시였다며."

"네? 죽어요?"

"거실 소파에 앉은 채로 얼굴하고 손, 발만 다 탄 채로 발견됐어. 초등학생 남자애랑 그 애 부모, 일가족 전부. 그 일 때문에 아침부터 경찰도 오고 난리였는데…… 전달 못 받았어?"

"전 분명히 여기서 헬프콜 받았는데……"

"그 집에 아무도 없다니까. 시스템 오류인가 보지."

"아뇨, 아니에요. 지금 안에 사람 그림자가……"

바닥으로 향한 경비의 눈이 놀란 듯 커졌다. 일렁거리며 가까워진 그림자가 어느새 코앞까지 와 있었다.

'어?'

이상했다.

무언가 이상했다.

뭐지? 뭐가 이상한 거지? 정체를 알 수 없는 위화감이 자꾸만 목을 겨눴다.

"이봐, 내 말 듣고 있어? 일단 관리센터로 오라니까."

"소, 소장님…… 앞에……"

뒤늦은 질문이 경비의 감각을 깨웠다.

그림자는 어디서 오고 있는가.

대체 어떻게 그림자만 코앞까지 가까워질 수 있는가.

그림자란 원래 그 주인이 있어야 존재할 수 있는 게 아니었나.

경비의 본능이 위험을 감지했다. 주춤거리며 뒤로 물러선 그의 등이 현관문에 닿았다.

힘이 빠진 손에서 핸드폰이 떨어졌다. 경비의 발끝까지 도착한 그림자 위로 떨어진 핸드폰이 어둠 속으로 사라졌다.

어둠이 경비의 발등을 타고 올라왔다. 다급하게 몸을 돌린 경비가 현관문을 열려고 했지만 문은 열리지 않았다.

머리 위 센서등이 점멸했다. 어느덧 그림자가 경비의 목까지 올라와 있었다.

멀지 않은 곳에서 웃음소리가 새어 나왔다.

하하, 하하하, 하하!

웃음소리가 등골을 쓸어내렸다. 웃음소리는 멈추지 않고 계속됐다. 일정한 박자의 웃음이 하하, 하하하, 하하, 하고 끊임없이 이어졌다.

공포에 짓눌린 경비의 입에선 비명조차 나오지 않았다. 입술과 코가 어둠 속으로 잠식해 사라졌다.

사방으로 움직이던 경비의 눈동자가 한껏 아래로 내려갔다. 하얀 안구에 어둠이 차올랐다. 발버둥을 치려 해도 몸은 이미 형체 없이 어둠 속에 가라앉은 뒤였다.

순식간에 그의 두 눈이 새까만 어둠으로 뒤덮였다.

점멸하던 불빛이 일순 팟, 소리를 내며 켜졌다.

모든 게 그대로였다.

현관은 너저분했고, 바닥엔 채 닦이지 않은 잿가루가 있었고, 거실 소파 곳곳엔 그을린 자국이 있었다.

지독한 탄내가 공기 중을 떠돌아다녔다.

그리고 아무도 없었다.

소문

———

1부

①

소문이 돌았다.

저주를 받은 사람들이 말도 안 되는 죽음을 맞이했다는 소문이었다.

저주가 무엇인지, 어디서 시작된 건지, 누가 왜 저주를 걸었는지는 누구도 몰랐다. 사람들이 아는 사실은 '말도 안 되는 죽음을 맞이한 사람들이 있다는 것'. 그게 전부였다.

내게 소문을 퍼다가 날라준 사람은 석진이었다. 4호 주택에 사는 석진은 2호에 살던 여자가 어떻게 죽었는지, 8호 남자는 어떤 사람이었는지, 10호에 살던 가족들은 어땠고, 며칠 전 세면대에 머리를 박은 채 익사한 경비는 누구였는지까지 궁금해하지도 않는 내게 미주알고주알 떠들어댔다.

한 달 뒤면 열아홉이 되는데도 석진은 공부나 입시보다 동네를 떠도는 솔깃한 소문에 더 관심이 많았다. 대체 어떻게 그리 자세히 알아낸 건지 의아하기도 했다.

석진이 말해준 정보는 지나치다 싶을 만큼 세세하고 꼼꼼했다. 기껏해야 오며 가며 사고가 난 주택들을 흘끔거린 게 전부일 텐데도 집 안을 오랫동안 들여다본 듯이 상세하게 설명해주기도 했다.

주워들었다기에는 지나쳤고, 직접 봤다기에는 허구와 과장이 섞여 있었다. 소문에 살이 붙어 떠도는 이유가 혹시 석진 때문은 아닐까, 그런 의구심이 들 정도였다.

저주라는 수식어가 붙은 터무니없는 소문에 석진이 한껏 열기를 띠는 건 무엇보다 이웃들의 기이한 죽음 때문이었다. 나 역시 석진이 말을 흘려들으면서도 그 죽음들이 기이하다는 것에는 고개를 끄덕일 수밖에 없었다.

말 그대로 '기이한 죽음'이었다. 한 명은 조깅을 하러 막 단지를 나섰다가 갑자기 도로로 뛰어들어 차에 치여 죽었고, 또 한 명은 자기 집 마당에서 동사해 죽었다. 소파에 앉은 일가족 세 명은 검게 탄 채 발견됐다. 다른 부위는 모두 멀쩡했는데 얼굴과 손, 발만 형체를 알 수 없을 정도로 그을려 망가져 있었다는 게 석진의 설명이었다.

소문을 걷잡을 수 없게 키운 건 관리센터에서 일하던 경비원의 죽음이었다. 일가족이 죽은 지 하루도 지나지 않아 그날 근무 중이던 경비원이 10호 집 화장실 세면대에 머리를 박은 채 사망했다. 사인은 익사였다. 그가 왜 일가족이 사망한 집 화장실에서 사망했는가를 두고 여러 말이 돌았으나 누구도 명쾌하게 그럴싸한 답을 만들어내지는 못했다. 죽은 자는 말이 없고 산 자들은 진실을 모르는 그런 형국이었다.

"내가 궁금한 건 그거지. 세면대에 얼굴을 박고 자살할 수 있냐고. 너 같으면 할 수 있겠어? 코랑 입으로 물이 들어올 거고 폐에도 물이 찰 텐데. 그걸 마음대로 버틸 수 있느냐고."

등교하는 내내 석진은 쉬지 않고 떠들어댔다. 나는 석진이 흥분하며 토해내는 말에 적당히 맞장구치며 언덕을 올랐다. 숨이 차도록 쉬지 않고 걷다 보니 언덕 끝으로 초록색 교문이 보였다.

"한 달 사이에 여섯 명이나 죽었잖아. 근데 죽은 사람들 사이에 연관성도 없고. 대체 뭘까? 진짜 저주?"

석진의 입은 학교에 다 와서도 멈출 기미가 없었다. 나는 발뒤꿈치에 힘을 주고 언덕 중간에 섰다. 나를 따라 우뚝 멈춰 선 석진이 '왜?' 하고 나를 봤다.

"김석진, 넌 진짜 물에 빠지면 입만 둥둥 뜰 거야. 어쩜 그렇게 말이 많냐?"

면전에 대놓고 쏘아붙이는 타박에도 석진은 씩 웃었다.

"이게 내 매력이잖아. 나 정도로 잘생겼으면 재미없을 법도 한데, 봐. 난 재미까지 있어. 이러니 내가 인기가 많지."

"진짜 말이라도 못 하면 얼마나 좋을까?"

나는 아랑곳하지 않고 떠들어대는 석진을 그 자리에 두고 앞서 걸었다. 금세 따라붙은 석진이 다시 내 걸음과 보조를 맞추며 걸었다.

"솔직히 너도 이상하다는 생각은 하지?"

"뭐…… 아무래도 이상하기는 하지. 이웃들이 갑자기 죽었는데."

"그래! 한두 명도 아니고, 여섯 명이나!"

서른 명 정도가 사는 단지에서 여섯 명이 사망한 건 확실히 이상한 일이었다. 전염병이라면 모를까, 느닷없는 죽음, 그것도 설명할 수 없는 자살이었으니 더 그랬다.

"소감은 어때? 양쪽 집이 다 그렇게 됐는데?"

목소리를 한껏 낮춘 석진이 이리저리 살피는 척하다 물었다. 나는 가늘게 눈을 뜨고 레이저를 쏘듯이 째려봤다.

"그냥 호기심이야. 내가 사이코패스도 아니고."

심상찮다고 느꼈는지 석진은 괜히 헛기침까지 하며 주절거렸다.

나는 석진의 집인 4호 맞은편에 있는 9호에 살았다. 우리는 같은 아파트에서 태어나 비슷한 시기에 원담힐타운하우스로 이사했다. 나와 석진의 가족을 비롯한 단지 거주민 대부분이 초기 입주민이었다. 그랬으니 죽은 사람들은 오래 봐온 익숙한 이웃들이었다.

석진의 말처럼 8호와 10호 사이에 9호, 우리 집이 있었다.

호기심 정도로 죽음에 대한 소감을 말하기에는 살아있을 때의 모습이 너무 선명한 사람들이었다. 그들은 다정했고 친절했으며 착한 사람들이었다. 2년 내내 얼굴 붉힌 적 없이 서로를 배려한 이웃들이었다. 2호 집 여자도 마찬가지였다. 친한 사이까지는 아니었으나 그래도 마주칠 때면 종종 인사하고는 했다. 눈꼬리를 접어 따뜻하게 웃던 여자의 얼굴이 지금까지도 잊히지 않았다.

"인제 그만 떠들어. 뭐 좋은 일이라고 떠들고 다니냐?"

"좋은 일은 아닌데, 흥미로운 일이잖아."

"그게 너희 가족 일이어도 흥미롭겠어?"

정곡을 찌르는 타박에 석진이 입을 닫았다. 그는 알겠다는 듯 입술을 꾸욱 다물더니 눈을 깜빡거렸다.

"입조심해. 어디서 누가 듣고 있을지 모르니까."

일부러 목소리까지 내리깔고 한 경고에 석진의 고개가 위아래로 움직였다. 석진은 손을 입에 가져다 대고 지퍼를 닫는 시늉을 했다.

"수업 열심히 들어라! 우리 곧 고3이야."

정문 현관에서 실내화를 갈아신으며 충고를 덧붙였다. 석진이 '예! 알겠습니다, 김시우 님!' 하고 과장되게 대답하고는 중앙 계단을 뛰어 올라갔다.

춤추는 듯 달려가는 석진의 뒷모습을 보다가 습관처럼 혀를 입천장에 부딪쳤다. 딱, 소리가 혀를 차는 소리를 대신

했다.

"저러다 사고 한번 치지."

혼잣말로 중얼거리는데, 옆에서 인기척이 느껴졌다. 반사적으로 고개를 돌렸다.

손을 뻗으면 닿을 가까운 거리. 왼쪽 눈에 의료용 안대를 낀 여자애가 서 있었다.

어깨에 닿지 않는 짧은 머리카락과 화장기 없는 얼굴, 커다란 회색 후드티와 교복 바지 때문인지 중성적인 느낌이 강했다.

여자애는 표정 없는 얼굴로 나를 무덤덤하게 보다가 중앙 계단으로 멀어졌다. 시끄럽던 석진의 발소리와 달리 거의 소리를 내지 않는 고요한 걸음이었다.

'쟤구나, 귀신······.'

여자애의 이름보다도 먼저 떠오른 건 별명이었다.

학년마다 갖가지 소문을 몰고 다니는 애가 있기 마련인데, 그중 하나가 바로 저 여자애, 즉 '3반 귀신'이었다.

'이름이 뭐였더라? 은재였나?'

명찰에 달려 있던 이름을 복기하려고 애썼지만 또렷하게 떠오르지 않았다. 이름은 은재였던 것 같은데 성이 모호했다. 김 씨인 것도 같았고 최 씨인 것도 같았다.

'생각보다는 평범하네? 더 무서운 분위기일 줄 알았는데.'

3반 귀신. 별명만으로도 오싹한 기분이 드는데, 뒤따르는 소문은 더 무시무시했다.

괴담에 등장하는 괴이한 능력자처럼 '3반 귀신'도 귀신을 본다고 했다. 여러 갈래로 뻗어나간 소문이 있었으나 공통된 건 하나였다.

귀신을 보고, 귀신의 음성을 듣는다는 것.

항간에는 쟤 자체가 귀신인 게 아니냐는 말도 있었으나 그걸 믿는 애들은 없었다. 성실하게 수행평가를 하고 중간, 기말고사까지 보는 귀신은 없을 테니까.

별거 아닌 생각에 홀로 빠져 있던 사이 1교시 수업을 알리는 종이 쳤다. 서둘러 운동화를 들고 계단을 올라갔다. 층계참을 지나며 본 창밖의 파란 하늘에 채 지워지지 않은 반달이 새겨져 있었다.

* * *

회색 SUV가 주택단지로 이어진 도로를 따라 빠르게 달렸다.

핸들을 잡은 미윤은 짧은 단발머리를 신경질적으로 넘기며 액셀을 연신 힘주어 밟았다. 신호가 노란불에서 깜빡거릴 때면 더 세게 밟았고, 빨간불로 바뀌어도 멈추지 않았다. 왕복 2차선 도로는 텅 빈 것처럼 차와 사람이 없었다.

주택단지로 가는 도로가 한적했다. 출근 시간이 지난 시각이라 그런 것 같기도 했고, 이 도로를 다닐 이들이 한정되어 있기에 애초에 막힐 일이 없어 그런지도 몰랐다.

사람 한 명, 차 한 대 없는 곳인데도 길가엔 나무와 꽃들이 정성 들여 조경되어 있었다. 보기에 좋았지만 꽃이고 나무고 미윤의 관심을 끌지는 못했다.

미윤은 코너에 다다라 속도를 줄이며 언젠가 언니가 했던 말을 떠올렸다.

언니는 새로 이사한 동네를 '고요한 곳'이라고 일부러 강조해 말하곤 했다. 도심과 그리 멀지 않은 데도 수백 킬로미터는 동떨어진 것처럼 고요하다고. 그래서 마음껏 쉴 수 있다고. 잘 그린 풍경화 속에서 볼 법한 고즈넉한 동네라는 게 언니의 감상이었다.

직접 와보니 언니의 말을 이해할 수 있었다. 좋게 말하면 고요한 곳이 맞았다. 하지만 삐딱하게 말하면 사람이 살지 않는 유령 마을 같았다.

주택단지 안내 표지판을 따라 깜빡이를 켜고 핸들을 틀었다. 회색 SUV가 입구를 가로막은 차단 게이트 앞에서 멈춰 섰다.

미윤은 창문을 내리고 방문 벨을 눌렀다. 기계음이 울렸다. 삐, 하는 소리가 듣기 싫게 이어졌다.

뻗었던 팔을 거두고 목적지에 도착했음을 알리는 내비게이션 화면을 보았다. 화면 상단 우측에 뜬 시간은 오후 1시

10분. 방문하기에 너무 이르지도, 늦지도 않은 시간이었다.

이어지던 기계음이 한순간 뚝 끊겼다. 팔을 뻗어 연달아 벨을 눌렀는데도 아무런 응답이 없었다.

한숨을 길게 내쉰 미윤이 핸들 쪽으로 몸을 기울여 전방을 살폈다. 게이트 안쪽으로 흰색 단층 건물이 보였다. 건물 위쪽에 '관리센터'라는 글자가 적혀 있었다.

차에서 내릴 요량으로 안전띠를 푸는데, 남색 모자를 쓴 남자가 게이트 옆 인도로 걸어 나왔다. 미윤은 안전띠를 다시 매고 보조석 창문을 내렸다.

"어떻게 오셨습니까?"

눈 밑이 거뭇한 관리소장이 사무적인 말투로 용건을 물었다. 미윤은 내비게이션 안내 음성을 끈 뒤 보조석 쪽으로 몸을 기울였다.

"2호 때문에 왔는데요."

미윤의 담담한 대답에 관리소장이 눈썹을 찌푸렸다.

"2호요?"

되묻는 목소리가 높았다. 몸을 조이는 안전띠가 괜스레 더 갑갑하게 느껴졌다. 죄를 지은 것도 아닌데 이상한 죄책감이 목덜미를 훑었다.

관리소장의 눈이 흠을 찾는 것처럼 꼼꼼하게 미윤을 훑었다. 턱 끝에 겨우 닿는 갈색의 단발머리. 짙은 초록색의 셔츠와 손목에 찬 아날로그 시계가 보이는 전부인데도 관리소장은 끈질기게 눈을 굴렸다.

"동생이에요. 2호 한미정 씨 동생, 한미윤이요."

미윤은 의심의 눈길을 거두지 않는 그에게 신분증을 내밀었다. 신분증을 확인하고서야 관리소장이 뒤를 돌아보며 손짓했다.

차단 게이트가 위로 들어 올려졌다. 관리소장이 형식적으로 미안합니다, 했고 미윤이 괜찮습니다, 하며 보조석 창문을 올렸다.

천천히 속도를 낮춘 채 단지 안으로 진입하자 그림처럼 잘 꾸며진 풍경이 눈에 들어왔다.

저마다 개성을 살려 꾸민 정원 조경을 제외하면 양쪽으로 늘어선 주택들의 외형이 똑같았다. 우체통에 표시된 숫자만이 서로 다른 모양으로 도드라졌다.

단지까지 이어진 도로만큼이나 단지 내부도 고요했다. 날씨가 좋은데도 밖을 돌아다니는 주민이 없었다. 모르는 이들이 봤다면 아직 분양되지 않은 단지라고 생각할 정도로 의아했다.

미윤은 길을 따라 핸들을 움직이다가 2호를 발견하고 천천히 브레이크를 밟았다.

2호 앞, 주차 표시선 안에 차를 세우고 시동을 껐다. 히터가 꺼진 탓인지 찬 기운이 스멀스멀 어깨와 목을 간질였다.

가방을 챙겨 차에서 내린 다음 정원 안으로 거침없이 들어섰다. 풀이 부쩍 자란 정원을 지나 현관까지 한 번에 걸어 갔다. 도어락을 푸는 손끝에 힘이 실렸다.

현관문 손잡이를 잡고 당기자 부드럽게 문이 열렸다. 문이 열리는 것과 동시에 묵은 먼지 냄새가 밀려 나왔다.

미윤은 손바닥으로 코와 입을 막고 현관으로 발을 들였다. 검은 단화 한 켤레가 현관 한쪽에 가지런히 놓여 있었다.

베이지색 운동화를 벗고 미윤은 거실까지 이어진 짧은 복도를 빠르게 걸었다. 케케묵은 냄새를 빼고는 아무 일도 일어나지 않은 것처럼 모든 게 가지런히 정리돼 있었다. 벽지와 바닥도 깨끗했고, 벽에 걸린 시계도 제 역할을 잊지 않았다는 듯 버젓이 걸려 있었다.

거실에 들어선 그녀는 곧장 밝은 회색 소파로 가서 앉았다.

정원을 향해 난 통창으로 오후의 빛이 파도처럼 밀려왔다. 거실 바닥에 노란색 빛 웅덩이가 넘실거렸다.

세상이 꺼진 듯 아무런 소음도 들리지 않았다. 이대로 눈을 감으면 몇 날 며칠은 푹 잘 수 있을 것만 같은 기분이었다.

'이래서 고요하다고 했구나.'

언니의 조곤조곤한 목소리가 미윤의 귓가에 속삭이는 것 같은 착각이 들었다. 미윤은 질끈 눈을 감았다 뜬 뒤 자리에서 일어나 통창 걸쇠를 풀고 창문을 열었다.

풀 냄새가 훅 바람을 타고 거실로 들어왔다. 반짝거리는 먼지들이 순식간에 밖으로 밀려 나갔다.

문득 담배가 몹시 그리웠다. 갈증처럼 차오른 감각이 손바닥을 찔러댔다.

소파로 돌아가 내팽개친 가방에서 담배를 꺼냈다. 언니가 있었다면 꺼내기도 전에 한 소리 들었을 테지만 이제는 상관없었다. 언니는 죽었고, 저에게 무어라 할 사람은 더 이상 존재하지 않았다. 언니가 살던 이 집에서조차 마찬가지였다.

반항심 같은 마음으로 담배에 불을 붙이고 연기를 들이마셨다. 뿌연 연기가 열린 창문을 향해 날아갔다.

"뭐라고 하고 싶지? 왜 내 집에서 담배 피우냐고, 잔소리 하고 싶지?"

미윤은 언니가 눈앞에 있는 것처럼 정면을 노려보며 입을 열었다. 허공에 고인 흰 연기가 떠나지 못한 언니의 영혼 같았다.

"그러니까 죽지 말지 그랬어. 왜 죽어서 이렇게 귀찮게 집 정리까지 시키고 그래."

자매끼리 이런 것도 못 해주냐는 언니의 음성이 아직도 또렷했다. 금방이라도 눈앞에 나타나 등을 찰싹 때릴 것만 같았다. 건강 좀 생각하라고 염려를 늘어놓는 모습이 선하게 그려졌다.

"겨우 두 살 차이면서 엄청 어른인 척하더니……. 언니. 내가 벌써 서른여섯이야. 곧 있으면 마흔이다."

마지막 단어에 가슴이 찌르르 울렸다.

마흔. 시간이 흐르면 미윤은 마흔이 될 테지만 언니는 영원히 서른여덟에 머물러 있을 것이었다. 미윤의 머리카락이 전부 하얗게 변하고 주름이 온 얼굴을 덮어도 언니는 늙지도, 아프지도 않고 서른여덟의 모습 그대로일 거였다.

억울하고 섭섭한 감정이 잔잔하게 미윤의 울대를 쳤다. 울컥, 눈가가 시큰해지고 목이 잠겼다.

언니의 죽음은 이렇듯 느닷없이 찾아와 영원한 부재를 상기시켰다. 앞으론 언니를 볼 수 없다고. 기억하는 것만이 전부라고. 너무 이르게 찾아온 죽음이 뒤늦게 감정을 건드릴 때면, 목이 졸리듯 숨이 막혔다.

"금방 갈 거야. 담배 냄새 안 배게 창문도 열어뒀으니까 너무 뭐라고 하지 마. 어차피 이제 안 올 텐데."

장례식이 끝난 뒤에도 한참이나 언니의 집을 찾아오지 못했던 건 죄책감과 두려움 때문이었다. 자살을 선택하기까지 홀로 감당해야 했을 언니의 불안한 감정을 몰랐다는 죄책감과 앞으로는 언니가 세상에 존재하지 않는다는 두려움이 미윤을 무겁게 짓눌렀다.

시간은 꾸준히 흘렀다.

꼬박 한 달이 지난 뒤에야 미윤은 언니의 집에, 언니의 흔적이 남은 이곳에 올 수 있었다. 그럴 만큼 죄책감과 두려움을 덜었냐면 그건 아니었다. 아직도 미윤은 잠을 이룰 수 없을 만큼 언니의 부재에 시달렸다.

"정리 다 해서 우리 집으로 가자. 여기보다 좁기는 한데, 앞으로 언니한테 공간이 얼마나 넓은지는 중요한 게 아니잖아."

죽음의 유일한 장점은 부담스러울 만한 공간이 필요하지 않다는 점이었다. 책상 위, 책장 한 칸, 장식장 한구석이면 어디든 함께할 수 있었다. 바람이 불면 날아갈 가벼운 존재. 그게 미윤이 지켜본 죽음이었다.

미윤은 소파 앞 테이블에다 담배를 비벼 끄고 소매 단추를 풀었다. 소매를 팔꿈치까지 걷어 올린 뒤 찬찬히 거실을 돌아다니며 챙길 만한 것들을 골랐다. 그래봐야 벽에 걸린 액자 같은 게 고작이었다.

액자에서 사진을 꺼내 따로 모아두면서 사진을 손가락으로 가만히 쓸었다. 언니가 환하게 웃고 있었다. 사진을 뒤집자 날짜와 함께 적힌 간단한 문장이 보였다. '날씨 좋은 날, 한강에서', '브런치~ 맛있네!' 같은 일상의 표현들이었다. 평범한 하루를 담은 사진들은 지난 삶의 단면처럼 남았다.

바닥을 디딘 발바닥이 차가웠다. 미윤은 창문을 닫고 걸쇠를 걸었다. 햇볕이 아까보다 더 깊숙이 안으로 들어와 있었다.

사진을 모두 챙긴 다음 거실을 나왔다. 2층으로 올라가는 난간을 붙잡고 한 칸씩 계단을 밟았다. 사진이 든 가방은 무겁지 않았다. 살아온 삶이 담긴 것치고는 하릴없이 가벼운 편이었다.

2층 복도에 올라와 고개를 이리저리 돌리던 미윤은 먼저 왼쪽으로 향했다. 닫힌 문을 열자 침대와 화장대가 눈에 들어왔다. 여기가 침실인 모양이었다.

헐거운 커튼 틈새에서 쏟아진 빛이 침대맡에 고여들었다. 창가로 다가선 그녀가 커튼을 촤르륵 소리 나게 걷었다. 2층 창문에도 걸쇠가 꼼꼼하게 걸려 있었다. 세심한 게 언니다웠다.

미윤은 침실을 둘러보았다.

두 사람이 누워도 충분할 사이즈의 침대와 간소한 화장품이 전부인 화장대, 흰색 붙박이장이 있었다. 흔한 그림 하나 없는 소박한 침실이었다.

찾을 만한 것도 없을 듯싶어 이만 나서려다가, 우뚝 멈춰 섰다. 미윤의 걸음을 멈춘 건 오래된 기억이었다.

어릴 적부터 언니는 자신이 아끼는 물건이나 간직하고 싶은 것들을 장롱 안에 숨기고는 했다. 가끔은 미윤을 불러 비밀이라며 조심스럽게 보여주었고, 그중에서 애정도가 덜한 건 가지라며 선물로 내밀기도 했다.

붙박이장 앞에 서서 미윤은 안에 있을 물건들을 가늠해보았다. 언니와는 일이 바쁘단 핑계로 근 1년 가까이 만나지 않고 지냈다. 그래도 종종 통화하며 근황을 물었는데, 비밀스럽고 세심한 언니의 성격상 전화에 대고 미주알고주알 떠드는 일은 결코 없었다.

'뭐가 있기는 하려나?'

언니가 아끼는 게 무엇일지 생각하며 붙박이장을 열었다. 계절별로 사용하는 듯 보이는 이불 세 개와 겨울용 코트 두 벌, 무난한 검은색 재킷 한 벌, 제법 값이 나가 보이는 트렌치코트 정도뿐이었다. 좀 더 꼼꼼하게 살펴도 눈에 띄는 건 없었다.

그럼 그렇지. 심심한 감상을 끝낸 미윤이 붙박이장을 닫으려던 때였다.

트렌치코트 주머니에서 삐져나온 종이 끄트머리가 보였다. 코트가 걸린 옷걸이를 꺼내 침대 위에 올려놓고 주머니를 뒤졌다. 접힌 종이를 펼치자 급하게 그린 듯한 그림이 눈에 들어왔다.

"그림?"

사람을 그린 것 같은데, 실력이 좋지 않아 머리카락이 길다는 것 말고는 알아볼 수 있는 게 없었다.

단서는 그림 옆에 적힌 내용을 통해 알 수 있었다.

'조깅', '밤, 새벽, 아침', '?'.

마지막 내용 다음에는 필사적으로 지우려 노력한 흔적이 남겨져 있었다. 빗금의 길이가 짧은 걸로 보아 단어인 모양이었다.

"이게 뭐야?"

미윤의 미간이 좁아졌다. 무시하고 그냥 버리자니 찜찜했다.

그림을 챙겨 침실을 나와 맞은편 방으로 향했다. 반쯤 열려 있는 문을 여니 책장과 책상, 그 위에 있는 하얀색 노트북이 보였다.

한쪽 벽면을 채운 책장엔 언니의 취향이 묻어나는 책들이 가득했다. 출판사 편집자답게 대부분 소설과 에세이, 교정 교열에 관련된 종류였다.

미윤이 책상으로 다가갔다. 노트북을 열자 저절로 전원이 켜졌다.

얼마 지나지 않아 잠금화면이 떴다. 허리를 숙여 화면을 들여다보다 자판을 두드렸다. 언니의 생일, 자신의 생일, 전화번호 끝자리……. 기억나는 걸 무작위로 입력해봤지만, 잠금화면은 굳건했다.

미윤은 허리를 곧게 펴고 낮은 숨을 흘렸다. 어떻게 할까 고민하는데, 암호 입력 창 밑으로 '비밀번호를 잊으셨나요?' 라는 질문이 떴다.

커서로 찾기 버튼을 누르자 화면이 넘어갔다. 질문은 간단했다. '내 인생의 1호 보물은?'이었다. 이 질문은 미윤도 자신이 있었다. 언니의 오랜 보물이자 가장 아끼는 보물. 그건 어릴 적 죽은 강아지 초롱이였으니까.

입력창에 초롱이라고 적고 엔터를 누르자 화면이 바뀌었다. 짜릿한 기분에 함박웃음을 지은 미윤이 과감하게 마우스를 움직였다.

웹브라우저 아이콘 밑에 있는 '일기'라는 노란색 파일 모양 아이콘이 눈에 띄었다. 아이콘을 클릭하자 파일명이 날짜로 늘어선 메모들이 쭉 보였다.

메모의 시작 날짜는 작년 6월이었고, 마지막으로 저장된 날짜는 두 달 전인 10월이었다. 근 15개월간의 기록이었으나 몇몇 달은 빠져 있어 파일이 많지는 않았다. 한 달에 하나만 적은 적도 있었고, 두어 달 만에 적은 메모도 있었다.

미윤은 의자에 앉아 첫 번째 메모를 열었다.

메모장에는 그날의 일과가 간단하게 적혀 있었다. 다음 날짜의 파일과 그다음 날짜의 파일도 마찬가지였다. 일기라기엔 경직되고 기계적인 느낌이 강했다. 차라리 관찰일지를 썼다고 보는 게 더 알맞았다.

"이런 걸 왜 적어둔 거야?"

일과를 이런 식으로 적어둘 필요가 있었을까? 뭘 기록으로 남겨두고 싶었다면 좀 더 의미 있는 걸 적었을 것 같은데. 미윤은 고개를 갸웃거리며 차례차례 메모를 열어 확인했다. 작년 12월까지도 내용은 같았다. 앞선 내용과 같이 무미건조하게 기록해둔 일과가 전부였다.

변화가 생긴 건 해를 넘긴 1월부터였다. 일과를 적어둔 건 같았으나 마지막에 한 줄이 추가돼 있었다.

"또 마주쳤다……."

2월과 3월, 이후 6월까지의 메모에도 전부 그 문장이 있었다.

또 마주쳤다.

'누구랑?' 자연스레 따라온 질문을 곱씹으며 미윤은 7월 15일 자 메모를 열었다.

어쩌면 가능할 수도 있어. 내 생각이 맞다면…….

"대체 뭐가?"

여전히 정체 모를 내용뿐이었다.

그 뒤로 10월까지는 공백이었다. 3개월을 건너뛴 마지막 파일의 이름은 10월 31일. 언니가 죽기 며칠 전 날짜였다.

"이게 뭐야?"

마지막 메모장에는 특수문자 같은 것들이 나열되어 있어서 알아볼 수 있는 글자가 없었다. 파일이 잘못되었나 싶었으나 알 방도도 없었다.

블록을 설정해 드래그해보아도 똑같았다. 숨겨진 무언가

있는 건 아닌 듯싶었다.

등받이에 등을 기대며 그녀가 습관처럼 팔짱을 꼈다.

이게 뭘까, 고민하며 침묵을 지키는 사이 서재를 채운 건 미윤의 손목시계에서 나는 초침 소리뿐이었다.

똑, 똑.

무언가를 두드리는 소리가 침잠한 감각을 건져 올렸다. 고개를 돌린 그녀가 이리저리 눈을 굴렸다.

똑, 똑.

소리는 가깝지 않았다. 미윤은 반사적으로 의자에서 일어나 소리의 근원지를 찾아 움직였다.

침실에 가까워질수록 소리가 더 크고 선명해졌다. 망설임 없이 문을 열고 들어갔다. 찬 바람이 훅 미윤의 몸을 지나갔다.

문지방을 밟고 흐읍, 숨을 삼켰다.

창문이 활짝 열려 있었다.

아무도 없는 집.

자신이 연 적은 없었다.

스스로 의심하고 싶어도 의심할 이유가 없었다. 창문을 열었다면 분명히 기억할 것이었다. 침실에 갔던 건 불과 30분 전이었으니까. 그렇다면 누가?

오싹한 감각이 등골을 서늘하게 훑고 내려갔다. 정체 모를 누군가와 함께라는 생각에 어깨에 힘이 들어갔다.

하하, 하하하, 하하!

희미한 웃음이 창문 밖에서 들려왔다. 미윤은 등을 돌리려다 말고 창문을 향해 다가갔다. 창문에 가까워질수록 웃음소리가 크게 들렸다.

네모난 창문 밖 세상은 액자 속 풍경처럼 보였다. 파란 하늘을 배경으로 똑 닮은 2층 주택 두 채가 맞은편에 있었다. 왼쪽 집 2층 창문에는 중장년 부부가, 오른쪽 집 2층 창문에는 중학생 정도로 보이는 여자애와 그 부모로 보이는 부부가 나란히 서 있었다. 그들 모두가 기쁜 듯 활짝 웃고 있었다. 신경을 건드리는 웃음소리의 근원지는 맞은편 두 집이었다.

하하, 하하하, 하하!

미윤을 발견한 그들이 더 크게 웃기 시작했다. 그러더니 누가 먼저랄 것도 없이 창문을 열고 몸을 밖으로 내밀었다.

두 집 모두 행동이 같았다. 그들은 창틀을 밟고 선 채 미친 듯이 웃어댔다.

"잠깐…… 안 돼!"

추락은 순식간이었다. 중장년 부부가 다이빙하듯 아래로 몸을 던졌다. 몇 초의 간격을 두고 중학생 여자애와 그 부모도 아래로 떨어졌다.

미윤은 너무 놀라 저도 모르게 두 손으로 입을 막은 채 동그랗게 눈을 뜨고 그들을 살폈다. 높이로 보아 어디 부러지기는 해도 즉사하지는 않으리란 판단이 들었다. 당장 신고한다면 구조되어 충분히 살 수 있었다.

핸드폰을 찾아 몸을 더듬거리던 그녀는 침실을 나와 계단을 뛰어 내려갔다. 소파에 두고 왔는지 주머니에 핸드폰이 없었다.

소파 근처 바닥에 핸드폰이 떨어져 있는 게 보였다.

미윤은 서둘러 주워 들었다. 지문 인식을 위해 핸드폰 측면에 손가락을 가져다 댔다. 머뭇거리는 걸음이 정원을 향해 난 통창으로 다가섰다.

창문 밖으로 보여야 할 이들이 보이지 않았다. 사방을 다 훑어도 바람에 흔들거리는 잔디가 전부였다.

걸쇠를 풀고 정원으로 나갔다. 발바닥에 닿는 지면이 차갑다 못해 아렸다.

쉬익, 쿵!

육중한 물체가 맞은편 주택 정원으로 떨어졌다. 미윤이 본능적으로 눈을 질끈 감았다. 뒤이어 바람을 가르는 소리와 무언가 터지는 소리가 함께 울렸다.

위험을 감지한 듯 미윤의 어깨가 떨렸다. 발바닥에서부터 시작된 떨림이 종아리를 타고 올라왔다. 온몸이 금방이라도 쓰러질 것처럼 위태롭게 휘청거렸다.

굉음이 끝나자 침묵이 자리를 대신했다. 겨우 눈을 뜨자 정원에 누운 사람들이 보였다.

피에 젖은 몸들이 꿈틀거렸다. 그들은 바닥을 기어 집 안으로 들어가려 애썼다. 그 이유가 무엇인지 짐작한 미윤의 무릎이 꺾였다.

"아……."

물기에 젖은 듯한 신음이 그녀의 입술 사이에서 흘러나왔다. 손가락 끝에 감각이 없었다. 뜬 눈을 감는 것도 잊은 채 멍하니 맞은편을 바라봤다.

저들은, 죽을 때까지, 몇 번이고 떨어지려는 거였다.

어떻게든 죽으려 노력하는 거였다.

"아아……."

입술을 벌려도 비명조차 나오지 않았다. 당장 할 수 있는 건 주저앉은 채 관객처럼 지켜보는 일이었다. 눈앞이 안개가 낀 것처럼 뿌옇게 변했다.

머리를 흔들자 겨우 시야가 뚜렷해졌다. 홀로 정원에 남겨진 중학생 여자애가 기괴하게 꺾인 팔을 뻗는 게 보였다. 관절이 전부 반대로 꺾여 있는 탓에 미윤은 팔을 뻗은 게 자신을 향한 것이 맞는지 확신하기 힘들었다.

미윤의 숨이 가쁘게 오르내렸다. 뒤늦은 충격이 숨을 막고 정신을 강타했다.

올가미에 걸린 물고기처럼 힘껏 몸을 움직인 미윤이 집 안으로 뛰었다.

몸이 제멋대로 움직였다. 의식하기도 전에 손이 통창을 닫았고, 걸쇠를 걸었다. 정원에 떨어져 있는 핸드폰이 보였으나 가져올 용기는 없었다.

바닥이 진동했다.

아니, 아니다. 바닥이 아니라 몸이 거칠게 떨리고 있는 것이었다.

뒷걸음질 친 그녀는 쓰러지듯 소파에 앉았다. 비현실적인 상황에 모든 게 꿈처럼 낯설었다. 눈을 감았다 뜨면 언니의 집이 아니라 자신의 집일 것만 같았다.

똑, 똑.

익숙한 소음이 미윤을 불렀다. 빳빳하게 굳은 고개가 소리가 난 곳을 향해 돌아갔다.

정원을 향해 난 통창.

사람이 서 있다면 입술이 있을 즈음에 하얀 김이 서리기
시작했다.

김이 서린 부분에 한 글자씩 글자가 적혔다. 느릿하지만
분명한 메시지였다.

쿵!

아무도 없는 정원, 맞은편 집 중장년 부부는 다시 한번 정
원으로 추락했다.

세상의 소음이 지워진 것처럼 지독한 침묵이 뒤를 따라
왔다.

도와줘

더는 미동 없는 그들 위로 창문에 적힌 글자가 겹쳤다.

까무룩, 미윤의 눈이 감겼다.

집으로 가는 하굣길이었다. 나와 석진은 나란히 서서 인적이 드문 거리를 걸었다.

"진짜? 3반 귀신이랑 눈도 마주치고 말도 섞은 데다가 서로 덕담까지 해줬다고?"

석진은 과장되게 눈을 치켜뜨고 호들갑을 떨었다. 주먹으로 석진의 어깨를 툭 쳤다. 그가 어깨를 잡고 엄살을 부리면서 '왜 때려!' 하고 볼멘소리를 했다.

"제발 오버 좀 하지 마. 내가 언제 대화하고 덕담했다고 했냐? 그냥 눈이 마주쳤다고 했지. 학교에 떠도는 소문 대부분은 다 너 때문에 과장된 거야, 알아?"

"이 오빠가 신문부장으로서 책임을 지고 기사를 쓴 거지. 그건 과장이 아니란다."

"너 같은 애들이 커서 기자가 되면 사람들이 뭐라고 부르는지 알지?"

석진이 장난치듯 몸을 쓱 기댔다. 나보다 머리 하나가 큰 녀석인지라 저절로 끙, 소리가 입에서 새어 나왔다.

"아, 좀! 무겁다고!"

"진실의 무게라고 생각하고 참아."

"웃기시네! 너 아까 점심에 배식 두 번 도는 거 다 봤거든? 급식실 경고문, 그거 너 때문에 붙은 거야. 네가 두세 번씩 먹으니까."

나는 있는 힘껏 석진을 밀어냈다. 내가 짜증을 부리는 게 재밌다는 듯 석진이 바지 주머니에 손을 넣고 킬킬거리며 몸을 뺐다.

"자라나는 성장기 아니냐."

"너 백팔십 넘잖아. 그 정도면 다 큰 거지."

"우리 시우가 오빠에 대해 잘 모르는구나. 오빠는 아직도 성장기란다."

'오빠' 소리에 더는 참을 수 없어 발을 냅다 들어 엉덩이를 걷어찼다. 발길질을 가볍게 피한 석진은 혀를 빼꼼 내밀었다 넣으며 '약 오르지?' 하고 웃었다.

끓어오르는 분노를 삼키며 주먹을 쥐었다. 이번엔 기필코 얼굴을 때리리라 생각하며 손을 드는데, 석진이 잠깐, 하며 한쪽을 가리켰다.

"저거 구급차 아니야?"

"또 장난이지?"

"장난 아니야. 봐."

미심쩍은 표정으로 그의 손끝을 따라 고개를 돌렸다.

시선이 닿은 끄트머리에 빨간 불빛이 깜빡거리는 하얀색 구급차 두 대가 서 있었다.

구급차뿐만이 아니었다. 제복을 입은 경찰관과 경찰차도 함께였다. 무전기를 든 경찰이 무어라 연신 말하고 있었고 그 옆에는 모자를 쓴 관리소장 아저씨도 서 있었다.

인상을 잔뜩 찌푸린 소장 아저씨가 모자를 벗어 이마를 닦아냈다. 찬 바람이 부는데도 땀이 나는 모양이었다.

"또 무슨 일 난 거 아니야?"

내 팔을 잡아끌며 석진이 중얼거렸다.

"설마……. 그냥 온 거겠지."

"그냥 오는데 구급차에 경찰차까지 와?"

나 역시 저들이 별일도 없이 그냥 왔을 거라고는 생각하지 않았다. 분명한 이유가 있기에 왔을 테지만…… 그게 무엇이든 불길했다. 그런 감각이 걸음을 무겁게 했다.

"가보자."

석진이 앞서 성큼성큼 걷기 시작했다. 나는 석진의 그림자를 밟으며 뒤따랐다.

단지 입구에 도착하자 익숙한 얼굴이 몇 보였다. 단지 내에 사는 다른 이웃들이었다.

그들은 저마다 입을 가리고 한곳을 응시했다. 들것에 실려 구급차 안으로 들어가는 사람이 눈에 들어왔다. 흰 천으로 어떻게든 감추려 했으나 그게 시신이라는 걸 모르는 이는 없었다.

"봐!"

석진의 나지막한 음성이 나를 깨웠다. 나는 홀린 듯 석진을 보았다.

"다섯 구야."

"어?"

석진이 벽을 뚫을 것처럼 집중해서 한곳을 바라봤다.

눈길이 닿은 곳에는 석진의 말처럼 흰 천으로 가려진 채 들것에 실린 네 구의 시신이 더 있었다. 구급차에 먼저 실린 한 구를 포함하면 총 다섯 구인 셈이었다.

"잠시만요, 지나가겠습니다."

무거운 분위기를 헤치고 등장한 건 제복을 입은 경찰이었다. 경찰은 처음 본 키가 큰 여자를 쓰러지지 않도록 부축하고서 사복을 입은 중년의 남자에게 다가갔다.

"뭐야?"

"목격자시랍니다."

"목격자?"

모여 있던 사람들의 눈이 한꺼번에 여자에게 쏟아졌다. 나와 석진도 마찬가지였다. 부담스러운 시선들 때문인지 여자가 고개를 숙였다.

"경찰서로 모셔 가."

중년의 남자가 간결하게 지시했다. 여자를 부축한 경찰이 경찰차로 움직였다. 사람들의 시선이 끈질기게 그녀를 따라붙었다.

"누구지? 본 적 있어?"

내 팔을 툭 건드리며 석진이 읊조리듯 물었다. 나는 기계적으로 고개를 저었다.

단지 내 거주자들이 얼마 되지 않았기에 누가 누구인지 정도는 전부 알았다. 여자가 아무도 모르게 이사한 게 아니라면, 적어도 내가 아는 이웃은 아니었다.

여자는 경찰에게 기대 간신히 몸을 가눈 채 나와 석진의 앞을 지나갔다. 짙은 초록색 셔츠 사이로 하얗게 질린 여자의 목덜미가 처연했다.

"꽃 냄새……."

"뭐라고?"

"아니, 꽃 냄새가 나서."

내 말이 뜬금없었는지 석진의 입꼬리가 슬쩍 움직였다. 나는 여자가 남긴 향기를 따라 고개를 돌렸다. 뒷좌석에 올라타려던 여자가 슬쩍 나를 돌아봤다.

시선이 마주쳤다.

아주 잠깐이었다.

모든 것이 멈춘 것 같은 착각이 들었다.

여자는 미련 없이 차에 올라탔다.

경찰차는 사이렌을 울리지 않고 도로로 빠져나가 이내 사라졌다. 줄이 끊어진 것처럼 사람들의 시선이 갈피를 잡지 못하고 방황하는 게 느껴졌다.

"시우야, 석진아!"

나와 석진을 부르는 목소리가 들렸다. 언제 나왔는지 사람들 사이에 서 있던 엄마가 어깨에 두른 숄을 여미며 우리에게 손짓했다.

무리 지은 사람들 뒤를 돌아 엄마에게 다가갔다. 엄마는 한 손으로는 내 손을, 다른 손으로는 석진의 손목을 잡고 성큼성큼 뛰듯이 걸었다.

단지 입구에서 멀어질수록 엄마의 걸음이 느려졌다. 나와 석진은 눈치껏 보폭을 맞추며 따라 걸었다.

단지 중간쯤 도착해서야 엄마는 크게 숨을 내뱉었다. 오래 잠수한 사람처럼 길고 무거운 숨이었다.

"놀랐지?"

"무슨 일이에요?"

걱정스러운 엄마의 얼굴이 무색하게 석진이 밝은 음성으로 되물었다. 흘러내린 숄을 다시 여민 엄마가 나와 석진의 뒤를 흘끔거리다가 입을 열었다.

"너희가 알아봐야 좋을 거 없어. 석진이도 얼른 집에 가.

부모님이 기다리시더라."

"지금요? 아직 5시도 안 됐는데?"

"오늘 일찍 퇴근하셨대. 시우도 얼른 가자."

엄마가 낚아채듯 내 손을 잡았다. 손등을 덮은 엄마의 손이 시리도록 차가웠다.

나는 석진에게 내일 보자는 인사만 간단히 하고 엄마에게 이끌려 종종걸음을 쳤다. 엄마는 나를 슬쩍 쳐다보고는 춥지 않냐며 말을 꺼냈다.

화제를 돌리려는 의도가 빤히 보였다. 캐물을까 하다 마음을 접었다. 괜히 엄마를 난처하게 하고 싶지 않았다.

집에 도착해 안으로 들어서자 따뜻한 기운이 차가운 얼굴을 덮었다. 긴장해 있던 근육이 한순간에 흐물흐물 풀리는 기분이었다.

거실로 사라진 엄마가 큰 소리로 옷부터 갈아입으라고 했다. 네, 조그맣게 대답하며 계단 난간을 붙잡았다.

한 칸씩 오를 때마다 삐걱거리는 소리가 듣기 싫게 울렸다. 엄마에게 말할까, 하다가 아빠가 오면 말해봐야겠다 생각하고 쿵쿵 뛰어 올라갔다.

교복을 벗어 옷걸이에 걸어둔 다음 회색 후드티와 청바지를 입었다. 책상 위에 있는 탁상 거울에 얼굴을 가까이 대고 살피니 붉게 얼었던 뺨이 발그레 녹아 있었다.

방을 나와 1층으로 내려갔다. 심각한 표정으로 거실 인터폰 앞에 서 있던 엄마가 나를 보고는 물었다.

"배고프지?"

"별로 안 고파. 근데 무슨 일 있어?"

"응?"

"표정이 안 좋아 보여서."

"인터폰이 고장 났나 봐. 전원이 아예 들어오질 않네."

"내가 관리센터에 가서 말하고 올까?"

"아니야. 어차피 오늘은……."

말을 이으려던 엄마가 얼른 입을 다물었다.

"아무튼, 그냥 둬. 엄마가 내일 출근하면서 말할 테니까."

엄마는 그렇게만 말하고 다시 주방으로 들어갔다. 나는 싱크대 앞에 선 엄마를 보다가 인터폰 앞으로 발을 돌렸다.

조심스럽게 인터폰 전원 버튼을 눌러봤지만 엄마의 말처럼 기기는 아무런 반응이 없었다. 불빛이 들어오지도 화면이 켜지지도 않았다. 수화기 버튼을 비롯해 다른 어떤 버튼을 눌러도 마찬가지였다. 손가락에 힘을 줘 오랫동안 눌러봐도 익숙한 기계음은 들리지 않았다.

현관문 열리는 소리와 함께 아빠 목소리가 들렸다.

엄마가 아빠를 맞으러 현관으로 뛰어갔다. 나 역시 현관으로 종종걸음을 쳤다. 현관 천장에 달린 노란색 조명이 엄마와 아빠, 나를 사이좋게 비췄다.

"그럼 그냥 사고일 수도 있다는 거네."

내 대답이 마음에 들지 않는지, 전화 너머 석진의 음성이 뾰로통했다. 자꾸만 볼멘소리를 해댔다.

"김시우, 넌 너무 상상력이 없어!"

"넌 지나치게 상상력이 풍부해."

해설지에서 틀린 문제의 해답을 찾아 눈을 굴렸다. 이어폰에선 지치지 않고 종알거리는 석진의 목소리가 이어졌다.

"아무리 생각해도 이상하잖아. 벌써 몇 번째냐? 단순히 소문 때문이 아니라 해도, 이 정도면 거의 괴담급이야. 솔직히…… 이렇게 사람들이 죽는데 태연하게 사는 우리도 좀 그런 거지."

해답지에 밑줄을 긋던 샤프심이 뚝 부러졌다. 줄곧 앞으로 기울이고 있던 고개를 들었다. 책상 앞 직사각형 창문 밖으로 불이 켜진 가로등이 보였다.

"우리가 뭐? 무던하게 살 수도 있는 거지."

방어적인 내 대꾸에 석진은 '그럴 수도 있지, 있는데……' 하더니 말끝을 흐렸다.

"모르겠다. 이쯤 되니까 대체 뭔 일인가 싶고. 그냥 조용해졌으면 좋겠어. 예전처럼."

석진의 목소리가 점차 작아졌다.

마땅한 대답이 떠오르지 않았다. 팬스러운 마음에 낙서하듯 종이 위에 샤프심을 문질렀다.

"내일 지각하지 않으려면 오늘은 웬만하면 일찍 자. 방학도 얼마 안 남았는데 개근상 놓치면 안 되잖아."

고르고 골라 꺼낸 말이었다. 축 늘어진 분위기를 바꾸고 싶어 하는 의도를 알았는지 건너편에서 웃음소리가 넘어왔다.

"개근상이 제일 중요하긴 하지. 너도 일찍 자라. 내일 아침에 얼굴 부어서 만나지 않으려면."

가벼운 농담을 끝으로 전화가 끊어졌다. 까맣게 물든 핸드폰 액정을 물끄러미 보다가 고개를 쳐들었다.

창문 너머로 석진의 방이 보였다. 일찍 자겠다는 말이 거짓은 아니었는지 그의 방 창문이 금세 까만 어둠으로 뒤덮였다.

딱.

건너편에 고정했던 시선을 거두곤 습관처럼 입천장에 혓바닥을 부딪쳤다. 사방의 벽을 두드리고 튀어나온 조그만 메아리가 내 귓가를 간질였다.

"소문……."

방을 다시 정적으로 밀어 넣은 건 나도 모르게 튀어나온 단어였다. 방에 나 말고는 아무도 없다는 걸 알면서도 고개는 부지런히 주변을 살폈다. 말해선 안 될 걸 말한 것처럼 초조한 기분이었다.

불안한 감정을 지우기 위해 문제집으로 고개를 떨어뜨렸다.

문제집 구석, 빗금이 잔뜩 칠해진 낙서는 끝을 알 수 없는 검은 구덩이처럼 끔찍하게 짙었다.

미윤이 경찰서 1층에 내려왔을 땐 이미 해가 져버려 어둑
어둑했다. 왔을 때만 해도 하늘이 밝았는데 지금은 입김이
선명하게 보일 정도였다.

미윤은 로비 중앙에 서서 유리문 바깥을 살폈다. 앙상한
나뭇가지가 속절없이 흔들리고 있었다. 보기만 해도 절로
인상이 찌푸려질 만큼 강한 바람이었다.

풀었던 셔츠 단추를 목 끝까지 채워도 매서운 겨울바람을
견디기가 쉽지 않을 것 같았다. 저도 모르게 팔로 몸을 감싸
안았다.

코트든, 차든……. 아무리 정신이 없었어도 둘 중 하나는
가져와야 했다고 생각하며 그녀는 짜증스럽게 머리카락을
넘겼다.

어쩌다 여기서 이러고 있는 걸까.

아랫입술을 지그시 깨물곤 주차장을 채운 차들을 훑어보았다.

대체 어쩌다가 그런 걸 보게 된 것일까. 그저 언니의 유품을 챙기려고 했던 것뿐인데.

떠올려보면 경찰서에 와 참고인 조사를 받는 동안의 과정이 몽롱했다. 언니의 죽음도, 언니의 컴퓨터에서 발견한 알 수 없는 메모도, 갑작스레 벌어진 두 가족의 죽음도 전부 꿈처럼 희미하게 느껴졌다. 경찰의 질문에 뭐라고 대답했는지도 정확히 기억나지 않았다. 고막을 통과하는 모든 말이 외국어처럼 낯설었다.

모든 게 흐릿한 가운데 유일하게 선명한 기억은 기괴하게 꺾인 팔로 도움을 요청하던 중학생 여자애의 모습이었다. 그 모습이 얼마나 생생한지, 경찰서에 도착한 미윤이 제일 먼저 꺼낸 말은 '여자애는 살아있나요?' 였다.

뜬금없는 질문을 받은 경찰은 난감해하면서도 '안타깝게 됐습니다' 하고 넌지시 대답해주었다.

여자애가 죽었다는 건 묻지 않아도 이미 짐작할 수 있었다. 흰 천에 덮인 다섯 구의 시신을 보았기 때문이다. 그런데도 굳이 확인하고 싶었던 건 '혹시'라는 생각이 들어서였다. 죽음에는 가정법이 존재하지 않는다는 걸 알면서도 마음만은 어쩔 수 없었다. 언니를 잃은 뒤로 미윤의 세계엔 '혹시' 하는 마음이 가득했으니까.

"대체 그건……."

자신도 모르게 중얼거리던 미윤은 사진처럼 남은 마지막 장면들을 되새겼다.

약속한 듯 나란히 추락하던 사람들, 팔을 뻗던 아이 그리고 그 위, 주인 없는 입김 위로 적히던…….

미윤은 한숨을 토한 뒤 고개를 저었다.

눈앞에서 벌어진 사건도 말이 안 되는 거였지만, 통창에 적힌 메시지는 더더욱 말이 안 되는 거였다.

너무 놀라 잘못 본 것이거나 일시적으로 뇌가 착각해 환영을 본 것이라고, 애써 그렇게 생각하며 서늘한 목덜미를 문질렀다.

차가운 손바닥에 뜨거운 살결이 닿았다. 목과 쇄골이 이어지는 부분에 가만히 손을 대고 있자니 맥박이 뛰는 게 느껴졌다.

"날씨가 상당히 춥죠?"

중후한 음성이 미윤의 어지러운 상념을 깨웠다.

돌아보니 사복을 입은 중년의 남자가 가까이 서 있었다. 미윤은 가만히 남자의 얼굴을 응시하다가 그의 정체를 깨달았다. 단지 앞에서 미윤을 경찰서로 데려가라고 지시한 형사였다.

"댁까지 모셔다드릴까요?"

형사는 무뚝뚝한 첫인상과 달리 호의적인 태도였다. 얼굴에는 과하지 않은 미소가 떠 있었다.

"그럼 부탁 좀 드릴게요."

평소였다면 바로 거절했을 테지만 지금은 그의 호의를 받아들이는 게 상책이라 여겼다. 차는 물론 두고 왔고 외투도, 지갑도 챙겨오지 않아 돌아갈 방법이 없었다.

뒤돌아서던 형사가 참, 하고 빠뜨린 게 있다는 듯이 입을 열었다.

"댁이 어디시죠?"

"집이 아니라…… 거기로 돌아가야 할 것 같네요."

무슨 말인지 몰라서인지 형사의 표정이 무구했다.

"외투랑 차를 언니 집에 두고 왔거든요. 소지품이 든 가방도 거기에 있어서요."

"아, 알겠습니다. 여기서 잠시만 기다리세요."

형사가 두 칸씩 뛰어 계단을 올라갔다. 멀어지는 형사를 보다가 미윤은 유리문 쪽으로 움직였다.

유리문에 가까워질수록 찬 기운이 강해졌다. 틈새를 비집고 들어온 바람이 바늘처럼 살갗을 찔러댔다.

미윤은 유리문에 손을 대고 슬쩍 앞으로 밀었다. 벌어진 틈 사이로 찬 바람과 함께 상쾌한 공기가 들어왔다.

"……벌써 몇 번째냐? 진짜 소문처럼 무슨 저주라도 받은 거 아니야?"

"그러게나 말이다. 한 달 사이에 거기로만 출동을 몇 번이나 한 건지."

두런두런 들려온 말소리에 미윤의 고개가 계단 아래로 숙여졌다. 경찰용 회색 점퍼를 입은 젊은 경찰 둘이 종이컵을 들고 대화를 나누던 중이었다.

"처음에 죽은 여자 말이야. 그 여자 죽은 것도 좀 이상하지 않았나?"

"자살했다던 여자? 그 여자가 왜?"

"뭐 자살로 종결되기는 했는데, 죽을 이유가 없었잖아. 그여자뿐만 아니라 마당에서 동사한 남자도 그렇고. 어쨌든 그 동네 좀 이상해. 오늘만 해도 그래. 두 집 가족이 한 번에 동반 자살을 하는 게 말이 돼?"

"하긴. 공포영화도 아니고, 무서워서 거기 주민들은 어떻게 산대."

유리문을 밀었던 손가락에 힘이 들어갔다. 찬 바람에 그새 얼어붙었는지 손가락 끝에 감각이 없었다.

'죽은 사람이 또 있다고? 오늘 죽은 사람들, 언니 말고도 또?'

예상치 못한 사실을 듣자 미윤의 심장이 요동쳤다.

'무슨 관계가 있는 걸까? 내가 모르는 뭔가가……'

순식간에 떠오른 질문들이 마구잡이로 섞여 휘몰아쳤다.

둑이 터지듯 한참 늦은 의문들이 터져 나왔다.

징조도, 이유도, 원인도 없는 죽음이야 있을 수 있다지만,

미윤이 아는 언니는 이유 정도는 남겨두고 떠날 사람이었다. 언니는 인과관계가 분명한 걸 좋아하는 사람이었고, 모든 결정에는 합리적인 이유가 필요하다고 생각하는 이성적인 사람이었다. 충동적인 자신과는 달리 뭐든 심사숙고했고, 매사에 침착해 모두에게 신뢰받는 훌륭한 어른이었다.

그런데 왜?

왜 언니는 자살했을까?

그제야 미윤은 자기가 단 한 번도 언니의 죽음에 '왜'라는 질문을 던진 적이 없다는 걸 깨달았다.

언니가 죽었다는 연락을 받고, 시신을 확인하고, 장례를 치르고, 방에 틀어박혀 죄책감에 허덕이는 동안에도, 정작 언니가 '왜' 죽었는지 심각하게 생각하지 않았다는 걸 알아챘다.

'하지만…… 뭔가 이상한 게 있었다면 경찰이 말해줬을 텐데.'

미윤이 이마를 짚고 머리를 굴렸다. 경찰이 무언가를 놓친 건 아닐까. 놓친 게 있다면, 그건 언니의 삶이 고스란히 남겨진 집 어딘가에 있을 것이었다.

"죄송합니다. 오래 기다리셨죠?"

인기척에 놀란 그녀가 엉겁결에 뒷걸음질 치자 중년 형사가 뒷머리를 긁으며 '아이고, 괜찮으세요?' 하고 물었다. 미윤은 유리문에서 손을 떼고 괜찮다는 표시로 고개를 끄덕여주었다.

"어디 갔나 했더니 마침 밖에 있었네."

형사가 팔을 뻗어 유리문을 열었다. 형사는 명령조로 회색 점퍼를 입은 경찰관들을 불렀다. 종이컵을 손에 든 두 사람이 고개 숙여 인사했다.

"잘됐다. 시간 좀 있지? 너희가 좀 모셔다드리고 와야겠다."

"어디로요?"

"거기 있잖아. 원담힐타운하우스."

"아…… 거기요?"

"먼 거리도 아니니까 얼른 모셔다드리고 와."

주소를 들은 두 쌍의 눈이 형사를 지나 옆에 선 미윤에게 모였다.

미윤은 시선을 피하지 않고 마주 보았다. 침묵 사이로 요란스러운 바람이 날아들었다. 그녀가 어색한 미소를 띠자 젊은 경찰이 마찬가지로 어색한 미소를 짓고서는 주차장으로 나섰다.

형사는 미윤이 나갈 수 있도록 유리문을 활짝 열어주었다. 형사에게 묵례하곤 미윤은 빠른 걸음으로 계단을 내려갔다.

멀지 않은 곳에서 자동차 시동이 켜지는 소리가 들려왔다.

미윤은 마지막 계단을 내려와 가로등 아래 섰다.

"그럼 조심히 가세요."

형사가 유리문을 닫았다. 미윤은 가까워지는 순찰차를 보며 팔을 교차해 몸을 안았다.

　살을 에는 듯한 추위도, 잊히지 않는 끔찍한 잔상도 더는 미윤을 괴롭히지 못했다.

　지금 이 순간 미윤을 괴롭히는 건 오직 하나.

　여태껏 '왜'가 빠져 있던 언니의 죽음이었다.

* * *

　나는 누구더라?

　언제부터 여기에 있었지?

　나는 왜 '허은재'일까?

　대답해주는 사람이 없다는 걸 알면서도 질문은 끊임없이 이어진다.

　이런 질문조차 언제부터 시작된 건지 알 수 없다.

　어느 순간 질문이 시작됐고, 질문은 꼬리에 꼬리를 물듯 줄줄이 이어졌다.

　답 없는 질문이란 공허한 메아리에 불과하다는 걸 안다.

　그런데도 나는 계속해서 묻고, 묻고, 묻는다.

　나는 누구더라?

　언제부터 여기에 있었지?

나는 왜 '허은재'일까?

　사방이 어둠뿐인 공간. 벽과 어둠의 경계가 사라진 삭막한 공간에 나는 혼자 서 있다.

　시야가 어둠에 익숙해지면 거울에 비친 내 모습이 또렷하게 들어온다.

　어깨에 닿지 않는 짧은 단발, 왼쪽 눈을 가린 안대, 광대에 있는 주근깨, 버석하게 마르고 튼 입술, 갸름한 턱선, 가느다란 목, 그 아래로 몸을 가린 커다란 회색 후드티.

　슬쩍 후드티를 걷어 올리면 배와 옆구리에 가득한 상처의 흔적들이 보인다.

　길게 그어진 상흔들이 징그럽게 이어져 있다. 서로의 꼬리를 문 뱀처럼 내 몸에는 아물지 않은 상처와 그 흔적들이 가득 채워져 있다.

　가만히 손을 올려본다. 거칠한 손가락 끝에 닿은 상처가 붉게 부어올라 있다.

　아프지 않아, 하고 생각한다.

　아프지 않아, 하고 읊조린다.

　아프지 않아, 하고 되뇌다가 입술을 다문다.

　아프지 않다.

　새롭게 태어난 질문이 메아리쳐 돌아온다.

왜 아프지 않아?

그러게. 나도 궁금해. 왜 아프지 않을까.
이렇게 많은 상처가 내 몸에 가득 뒤덮여 있는데.

후드티를 내리고 가만히 자리에 선다.
안대 속 숨겨진 공허한 구멍에서 소리가 나는 것 같다. 차마 열어볼 용기가 나지 않아서 외면한다.
나는 다시 묻는다.

나는 누구더라?
언제부터 여기에 있었지?
나는 왜 '허은재'일까?

……대체 왜 아프지 않아?

대답은 없고, 나는 그대로다.
어깨에 닿지 않는 짧은 단발도, 왼쪽 눈을 가린 안대도, 광대에 있는 주근깨와 버석하게 마르고 튼 입술도, 갸름한 턱선과 가느다란 목도, 그 아래로 몸을 가린 커다란 회색 후드티와 몸에 가득한 상처들까지도 여전히.

***

"차가 막히는 시간이 아니기도 하고, 애초에 그쪽은 막히는 동네도 아니라서 20분 정도면 도착할 겁니다."

운전대를 잡은 경찰이 친절하게 설명했다. 뒷좌석에 앉은 미윤의 시선이 스르르 손목시계로 떨어졌다. 시침이 가리키는 시간은 오후 10시. 참고인 조사를 받다가 확인한 시간이 6시였는데 그 뒤로도 네 시간이 훌쩍 지나버린 셈이었다.

미윤은 느슨하게 풀었던 팔짱을 다시 끼고 고개를 틀었다. 차창 밖으로 풍경이랄 것도 없는 삭막한 도시의 불빛들이 빠르게 지나갔다.

"히터 좀 더 틀어드릴까요?"

보조석에 앉은 경찰이 슬쩍 미윤을 돌아보며 말했다. 창밖을 응시하던 미윤은 차분하게 괜찮아요, 하고 대답했다.

순찰차 내부는 앞좌석과 뒷좌석이 투명한 아크릴판으로 나뉘어 있었다. 말로만 들었지 직접 타본 건 오늘이 처음이라 신기하면서도 또 답답한 기분이 들기도 했다.

미윤은 창으로 고개를 돌려 고요히 숨을 흘려냈다. 몸은 지나치게 피곤했고, 정신은 이상할 정도로 또렷했다. 표현할 수 없는 이질감이 어깨와 등에 달라붙어 있는 기분이었다.

"눈이 오려나? 날이 좀 흐린 것 같은데."

보조석에 앉은 경찰의 혼잣말에 미윤의 시선이 이번엔 위로 올라갔다.

"안개가 낀 것 같은데? 봐, 희뿌옇잖아."

"어? 진짜네. 갑자기 웬 안개야."

"이게 다 이상기후 때문 아니겠어? 여름에 눈 오는 나라
도 있었다잖아."

"속도 좀 줄여야겠다. 안개가 점점 심해지는 것 같아."

가만히 경찰의 대화를 듣던 미윤이 정면을 향해 고개를
기울였다.

정말이지 순식간에 안개가 짙어지고 있었다. 이런 밤중에
안개라니. 날이 습한 것도 아니고, 오히려 건조한 데다가 춥
기까지 한데. 미윤은 팔짱을 풀고 시간을 확인했다. 10시 12
분. 원래라면 반쯤 지나왔을 테지만 안개 때문에 속도가 줄
어 평상시보다 10분은 더 걸릴 듯싶었다.

"저기…… 얼마나 걸릴까요?"

양손을 포개어 무릎 위에 올려놓고 미윤이 조심스럽게 말
을 꺼냈다. 시야가 방해될 정도로 낀 안개에 당황했는지 비
상등을 켠 경찰이 '글쎄요, 안개가 심하게 껴서……' 하고 얼
버무렸다.

미윤은 더 재촉하는 대신 지그시 입술을 깨물었다. 속력이
줄어든 건 경찰의 잘못이 아니었다. 한순간 사방에 내린 이
빌어먹을 안개 때문이었다. 오늘 하루 제대로 되는 일이 하
나도 없다고 속으로 투덜거리며 그녀는 질끈 눈을 감았다.

눈앞에 적막 같은 어둠이 펼쳐졌다.

머릿속을 돌아다니던 질문이 다시 미윤의 앞으로 굴러왔다.

'언니는 왜 죽었을까?'

답이 없을 수 있다는 걸 알면서도 물음표는 자꾸만 커졌다. 자살이 아니라면, 누군가 언니를 죽인 걸까? 운전자가 고의로 언니를 친 걸까?

그건 아닐 것이다. 미윤도 운전자를 만나보았고 그와 대화를 나누기도 했다. 그 역시 사고의 충격으로 정신이 없어 보였지만 그 와중에도 진심으로 잘못을 빌었다. 따지고 보면 어쩔 수 없는 사고일지도 몰랐으나 그는 생명을 앗은 가해자로서 충분히 괴로워했다. 그가 뛰어난 배우이거나 사이코패스가 아니라면, 적어도 미윤의 앞에서 보인 감정만큼은 진실한 것이었다.

'다른 누군가가 언니를 조종하기라도 한 건가?'

뒤이어 떠오른 질문에 그녀의 미간이 좁혀졌다.

조종이라니. 적어도 미윤이 아는 언니는 쉽게 세뇌되거나 조종당할 사람이 아니었다. 가족이자 가장 가까운 사이였던 사람으로서 장담할 수 있었다.

'그렇다면…… 언니는 왜 죽었지?'

간단하게 떨어지는 답은 하나였다. 경찰이 내놓고 미윤이 받아들였던 바로 그 답. 자살. 오직 그것만이 언니의 죽음을 설명하는 가장 깔끔한 답이었다.

'하지만 왜?'

문제는 '왜?'라는 질문에 마땅히 따라올 이유가 없다는 점이었다. 언니는 우울증 같은 정신적 문제를 겪고 있지 않았다. 경찰의 조사 결과로 나온 것이니 확실했다. 금전적 문제도 없었고 애정 문제 역시 논외였다. 충동적으로 죽음을 선택할 만큼 섣부르지 않았고 오히려 삶에 대한 애착이 누구보다 강한 사람이었다. 비단 미윤만의 생각이 아니라 언니를 아는 이들 모두가 그렇게 생각했다.

미윤은 짧게 숨을 뱉어내고 오른쪽 관자놀이를 손가락으로 눌렀다. 두통이 시작되려는지 머리가 지끈거렸다.

감은 눈을 뜨고 관자놀이를 짚던 손을 슬며시 내렸다.

'뭐지?'

뭔가 이상했다.

앞좌석에 앉은 경찰관들이 조용했다. 말이야 없을 수 있다지만 도로를 달리며 나는 소음이나 바람 소리, 히터를 켜서 나는 소음 같은 것들조차 들리지 않았다.

"저기……."

투명 아크릴판에 손을 올린 미윤이 경찰을 불렀으나 누구도 대답하지 않았다. 미동조차 없는 뒷모습을 보던 그녀가 저기요, 하고 목소리를 더 높였다.

그때였다.

운전대를 잡은 경찰의 손이 왼쪽으로 휙 돌아갔다. 미윤의 입에서 단말마의 신음이 터져 나왔다.

속절없이 휘둘린 몸이 문에 부딪혔다. 귀를 찢는 굉음과 함께 차가 어딘가로 처박히는 게 느껴졌다.

몸이 앞뒤로 격하게 흔들렸다. 이명이 사방에서 덮쳤다. 어깨와 팔, 허벅지가 차례로 경련하듯 떨렸다. 둔감한 고통이 느리게 육체를 공격했다.

1분도 되지 않는 짧은 시간에 벌어진 일이었다.

겨우 정신을 차린 그녀는 눈을 뜨자마자 기절한 듯 쓰러진 경찰들을 보았다. 투명 아크릴판을 두드려 불러봐도 아무런 반응이 없었다.

미윤은 잔뜩 굳은 목을 간신히 움직여 주위를 살폈다. 창밖에 짙게 껴 있던 안개는 어느새 사라졌고, 전과 다름없는 도로가 이어져 있었다.

겨울이었지만 잘 조경된 거리와 지나는 차 한 대 없는 고요한 시간. 이곳이 어디인지 한눈에 알 수 있었다. 언니의 집으로 가는 길. 낮에 차를 타고 지난 바로 그 길이었다.

그녀는 오른쪽 문손잡이를 연이어 당겼다. 탁탁, 소리만 내는 문은 열릴 기미가 없었다.

기둥이 반대편으로 움직여 틈이 벌어진 왼쪽 문을 확인했다. 잘만 하면 열릴 것 같았다.

미윤이 손잡이를 당기는 동시에 차 문을 몸으로 밀었다. 뒤통수에서 흐른 땀이 목덜미에 떨어질 때까지 반복하자 틈새에서 끼익거리는 소리가 들렸다. 그대로 발을 들어 문을 찼다. 두어 번 발길질하자 문이 열렸다.

가까스로 차에서 빠져나온 그녀는 현기증 때문에 일단 차에 기대어 섰다.

사고의 충격 때문인지 초점이 맞지 않았다. 발을 내려다보는데 세상이 흔들렸다. 몸이 미끄러지듯 기울어져서 몇 번이나 발목에 힘을 줘야 했다. 반복적으로 눈을 감았다 뜨고 고개를 좌우로 연신 움직였다.

시야가 조금 선명해지자 멀리 도로 끝에 선 누군가의 뒷모습이 보였다. 얼굴을 확인하지 않아도 될 정도로 익숙한 뒷모습이었다. 하나로 묶은 머리, 검은색 운동복, 회색 운동화와 습관적으로 손을 터는 행동까지.

언니였다.

"언니?"

놀란 미윤의 목소리가 터져 나왔다. 그게 신호라도 된 듯 언니가 바닥에 운동화 앞코를 두드리더니 달리기 시작했다.

"언니!"

미윤은 언니를 뒤쫓아 달렸다.

등을 곧게 펴고 성큼성큼 달려가는 언니의 뒷모습이 드문드문 선 가로등 밑을 지나 어둠 속으로 사라지기를 반복했다.

뒤를 쫓는 내내 연신 언니를 불렀으나 앞서 뛰는 언니는 단 한 번도 미윤을 돌아보지 않았다.

"언니! 잠깐만!"

이대로 거리가 더 벌어지면 아예 놓치겠다는 생각에 그녀는 어금니를 물었다. 폐가 찢어질 듯 아팠으나 버틸 수 있었다. 오래 뛰는 걸로 언니를 이긴 적은 없었지만, 언니보다 빨리 뛰는 건 자신 있었다.

앞꿈치에 힘을 줘 달리자 조금씩 언니의 뒷모습이 가까워졌다. 미윤은 얼굴이 일그러질 정도로 차오른 숨을 버텨내며 뛰었다.

'조금만, 조금만 더.'

이제는 팔을 뻗으면 손가락 끝에 언니의 등이 닿을 정도의 거리였다.

"언니!"

악을 쓰듯 언니를 부르며 그녀가 힘껏 손을 뻗었다. 휘날리는 언니의 머리카락이 미윤의 손가락을 간질였다.

거기까지였다. 닿을 듯 닿지 않는 거리를 두고 언니는 계속해서 달렸다. 잡힐 것 같던 뒷모습이 도저히 잡히지 않았다. 지친 미윤의 발이 조금씩 느려졌다.

"뭐야……."

거리가 엄청나게 벌어질 거라는 예상과 달리 언니는 여전히 닿을 듯한 거리에 있었다. 언니의 발이 쉬지 않고 움직이는데도 거리가 일정했다. 미윤이 빠르게 달려도, 힘에 부쳐

느려져도 언니는 바로 앞에 있었다.

……마치 따라오라는 것처럼.

미윤은 뛰는 대신 보폭을 넓혀 빠르게 걸었다. 예상대로 언니는 더 멀어지지 않았다.

호흡이 정리되자 전보다 숨쉬기 편했고 지치지 않았다. 이대로라면 평생을 언니의 뒤를 따라다닐 수도 있을 듯싶었다.

'어?'

언니의 어깨 너머를 보았다.

앞서 걷는 누군가 있었다.

'언제부터 있었지?'

가로등 불빛이 닿지 않는 어둠 속, 형체가 흐릿한 사람의 실루엣이 언니 앞에서 걷고 있었다.

"또…….."

한숨 같은 목소리가 미윤의 앞에서 흘러나왔다. 언니의 목소리임이 분명한 음성을 듣자 미윤은 숨이 멎는 듯했다.

잊고 있던 현실이 발목을 붙잡았다. 벼락에 맞은 듯 몸의 감각이 깨어나는 기분이었다.

언니는 죽었다.

더는 언니의 목소리를 들을 수 없다.

그럼 지금 내 앞에 있는 건 뭐야?

미윤이 멈춰 서자 언니 역시 걸음을 멈췄다. 기계처럼 일정한 간격을 두고 움직일 땐 언제고, 이제 언니는 미윤을 기다리는 사람처럼 나란히 발을 모아 섰다.

미윤의 입술이 벌어졌다. 무슨 말이든, 하물며 비명이라도 나왔으면 싶었으나 목구멍에 걸린 목소리는 아무리 입을 크게 벌려도 나오지 않았다.

"또⋯⋯."

언니의 음성이 다시 한번 튀어나왔다. 반사적으로 미윤이 한 걸음 뒤로 물러났다. 그와 동시에 언니의 고개가 아래로 뚝 떨어졌다.

"*미윤아.*"

언니는 고저 없는 단정한 말투로 미윤을 불렀다. 간단한 대답조차 하지 못한 미윤이 손을 들어 입을 틀어막았다.

"*도와줘.*"

비밀을 속삭이듯 작은 소리였다. 익숙하면서도 낯설고 처연한 목소리가 눈물 날 정도로 반갑고 또 두려워서 미윤은 입을 틀어막은 채로 숨을 들이켰다.

"⋯⋯언니."

겨우 입 밖으로 언니를 부르자 어깨가 움찔거렸다.

미윤은 용기 내 언니의 어깨에 손을 올렸다. 손바닥에 닿는 체온이 놀랄 정도로 차가웠다. 얼음을 쥐었어도 이보다는 따뜻할 것 같았다.

차가운 현실의 감각이 그녀의 이성을 깨웠다.

미윤이 언니의 어깨에서 손을 떼려는 순간, 언니가 그 손을 덥석 잡았다. 차갑고 억센 손이 미윤의 손을 붙잡고 놔주지 않았다.

"미윤아!"

언니의 발이 미윤을 향해 돌아서기 시작했다. 회색 운동화 앞코가 가까워지는 것을 본 미윤은 그대로 눈을 감았다.

"도와줘!"

질긴 시선이 느껴졌다. 피부 위로 벌레가 기어다니는 것만 같은 끔찍한 감각이었다.

등에서 시작된 떨림이 어깨와 목을 타고 넘어와 턱과 다문 입술까지 진동하게 했다. 팔이 아플 정도로 전신에 힘이 들어갔다.

영영 눈을 뜨고 싶지 않았다.

……그렇지만 보고 싶었다. 마지막으로 본 언니의 얼굴이 벌써 희미해져서 더 그랬다.

눈을 뜨는 게 두려웠다.

……언니의 생김새를 잊게 될까 두려워 잠들지 못한 날들이 많았다. 아니, 지난 한 달 내내 그랬다.

눈을 뜨면 누가, 어떤 게, 무엇이 기다리고 있을지 몰랐다.

……언니라면? 정말 언니가 맞다면? 사고가 나서 나도 죽은 거라면? 그래서 언니가 데리러 온 거라면?

숨이 막힐 정도로 무서웠다.

……숨이 막힐 정도로 그리웠다.

"미윤아."

미윤의 눈꺼풀이 찡긋거리며 움직였다. 긴 속눈썹 끝에 반짝이는 눈물이 맺혀 있었다.

언니는 고개를 숙인 채 미윤 앞에 서 있었다. 차마 언니를 부르지 못한 미윤이 앞니로 입술을 물었다.

언니가 천천히 고개를 들었다.

가로등 불빛이 언니의 깨끗한 이마를 비췄다. 그녀의 고개를 따라 불빛이 움직였다. 짙고 얇은 눈썹이 보였다. 눈썹 아래로, 움푹 파인 두 개의 구멍도 함께.

"도와줘……."

눈이 있어야 할 곳인데 까만 어둠이 채워져 있었다. 구덩이 같은 두 개의 어둠 속에서 구정물 같은 검은 눈물이 흘렀다.

"미유-우나야!"

언니의 입술이 화악 벌어졌다. 숨어 있던 검붉은 혓바닥이 꿈틀거렸다.

미윤의 눈은 홀리듯 그걸 보았다. 머리가 멍해지고 감각이 둔해졌다. 추위도, 두려움도 느껴지지 않았다. 이대로 죽는대도 기꺼이 받아들일 수 있을 정도로 위태로운 안락이었다.

"저기요!"

갑작스레 끼어든 큰 소리가 사위를 가르고 날아왔다. 얇은 유리가 깨진 듯 단절돼 있던 세상이 모습을 드러냈다.

고여 있던 소음이 순식간에 쏟아져 내렸다.

정신을 차린 미윤이 소리가 들려온 쪽으로 몸을 돌렸다.

2미터 정도 거리에 잠옷 차림의 소녀가 있었다. 하얀색 잠옷이 어둠과 대비돼 자태를 더욱 돋보이게 했다.

"낮에…… 맞죠?"

의미를 모르겠는 물음에 미윤의 눈이 무겁게 감겼다.

오랜 시간 걸은 것처럼 종아리가 무거웠다. 목과 등은 땀으로 젖어 축축했고, 입안이 메말라 목이 쉰 듯 텁텁했다.

자꾸만 기울어지려는 몸에 힘을 준 다음 그녀는 겨우 옆에 있는 울타리를 손으로 짚었다.

"추워……."

추웠다.

너무 추워서 울고 싶어질 정도로.

그제야 미윤은 턱을 들고 주위를 둘러보았다.

화려한 꽃들로 조경된, 가로등이 띄엄띄엄 서 있던 도로가 아니었다. 미윤이 서 있는 이곳은 하얀 집들이 줄지어 늘어선, 언니의 표현을 빌리자면 고요한 집들이 모여 있는 주택단지였다.

울타리를 짚은 채로 미윤이 몸을 돌렸다.

두 눈이 텅 빈 언니는…… 다행히 여기에 없었다.

"괜찮아요?"

소녀가 미윤에게 다가서며 물었다.

미윤은 대답할 생각도 못 한 채 어디부터 어디까지가 현실이었고 꿈이었는지 가늠했다.

경찰서에 갔던 건 현실이었나? 참고인 조사를 받은 건? 경찰차를 탄 건? 사고가 난 건? 언니를 발견하고 뒤따라갔던 건? 애초에…… 언니가 죽은 건 현실이 맞나?

번뜩, 머리를 스치는 생각에 미윤이 구부정한 허리를 폈다. 휘휘 고개를 돌리며 눈을 굴렸다. 길 건너 맞은편에 회색 SUV가 있었다.

"저기…….”

소녀가 내미는 손을 무시하고 그녀가 성큼성큼 도로를 건넜다.

대문 안으로 거침없이 들어간 미윤이 관리되지 않은 정원을 지나 현관문 앞에 도착했다. 크게 심호흡한 다음 손을 들었다. 도어락을 푸는 손끝에 힘이 실려 있었다.

현관문 손잡이를 잡고 천천히 당기자 문이 맥없이 열렸다. 먼지 냄새는 좀 났지만, 부유하는 먼지는 많지 않았다.

환영처럼 낮의 일이 겹쳤다. 이 문을 열고 들어가 거실로 향했던 것, 통창을 열고 담배를 피웠고, 언니의 죽음을 조금 탓했으며, 사진을 챙겨 2층으로 올라갔던 일련의 과정이 수채화가 번지듯 눈앞에 번졌다. 덧붙여…….

도와줘

……미친 듯이 웃으며 추락하던 일가족들과 입김 위로 적힌 세 글자까지도 함께.

습관적으로 관자놀이를 짚던 그녀는 눈을 내리깔았다. 기울어진 시야로 현관 한쪽에 가지런히 놓인 검은 단화가 보였다. 미윤은 차마 현관에 들어서지 못한 채 단화에 시선을 고정했다.

언니는 죽었다.

언니의 몸이 불태워지고 몇 줌의 가루가 되어 유골함에 담기는 과정을 모두 지켜보았다. 세상에 남은 언니의 흔적이란 현관 구석에 덩그러니 놓인 저런 신발이 전부였다.

그러니까…… 언니가 살아있을 리는 없었다.

불쑥 신물이 올라왔다. 손으로 입을 틀어막은 미윤이 고꾸라지듯 무릎을 굽히고 주저앉았다.

뭐가 뭔지 알 수 없었다. 전부 현실인 것도 같았고, 사실은 꿈인 것도 같았다. 어느 쪽으로도 확신이 서지 않았다.

악몽을 꾼 건 아닐까?

이곳으로 오는 차 안에서 지독한 꿈을 꿔서, 현실이 흔들릴 정도로 끔찍한 꿈을 꾼 탓에 이러는 건 아닐까?

간절하게 해답을 찾으려 고민해봐도 터지기 직전인 머릿속은 명쾌한 답을 내리지 못했다. 그녀가 유일하게 명확하다고 정의할 수 있는 사실은 언니가 죽었다는 것, 그게 전부였다.

느릿하게 눈을 감았다 뜨던 미윤의 시야에 불현듯 침입자가 나타났다.

눈에 익은 회색 운동화…… 앞코를 두드리는 버릇 탓에 앞부분이 조금 닳은…… 언니의 운동화였다.

미윤은 현관에 주저앉은 채로 나릿나릿하게 고개를 들었다.

언니는 미윤을 부르지도, 도와달라는 말도 없이 우두커니 서 있었다. 창백한 얼굴은 미윤이 아닌 현관 쪽을 응시하고 있었다.

"언니……."

언니의 구덩이 같은 두 눈에선 검은 눈물이 계속 흘러내렸다. 턱 끝에 매달려 있다가 추락한 검은 눈물이 미윤의 눈가로 떨어졌다.

미윤은 주문에 걸린 사람처럼 자리에서 일어나 언니의 시선을 따라 몸을 돌렸다.

정원 입구에 하얀색 잠옷을 입은 소녀가 있었다. 미윤을 알아보고 다가오던 소녀였다.

미윤과 시선이 마주친 소녀가 긴장한 듯 침을 삼키는 게 보였다. 소녀의 검고 긴 머리카락이 바람에 휘날렸다.

"김시우!"

마주친 시선을 흐트러뜨린 건 검은색 점퍼를 입은 소년이었다. 급하게 나왔는지 운동화 뒤축을 구겨 신은 소년이 소녀의 어깨를 잡아끌었다.

"야! 맨발로 여기서 뭐 하는 거야?"

한쪽 무릎을 굽히고 앉은 소년이 챙겨 온 슬리퍼를 신기려 소녀의 발에 가져갔다. 주춤거리던 소녀가 발을 들어 슬리퍼로 밀어 넣었다.

"발에 뭐가 이렇게 묻었냐? 뭐야…… 이거 잿가루 아니야?"

소년은 툴툴거리면서도 슬리퍼를 끝까지 밀어 신겨주었다. 그 광경을 지켜보던 미윤이 걸음을 뗐다. 현관을 나서기 무섭게 코와 입으로 찬 바람이 들어왔다.

뒤늦게 미윤을 발견한 소년이 벌떡 일어나 소녀에게로 팔을 뺐었다. 앳된 소년의 얼굴엔 긴장감이 가득 서려 있었다.

"김시우, 뒤로 물러나 있어."

"시우……."

미윤의 입술이 소년이 뱉은 이름을 확인하듯 불렀다. 그게 마음에 들지 않았는지 소년이 표정을 찡그리며 날을 세웠다.

"뭐예요? 누구세요?"

"낮에 본 사람이잖아, 석진아."

석진의 팔을 잡아끌며 시우가 조용히 읊조렸다. 기억을 더듬는지 석진의 눈썹이 꿈틀거렸다.

"이 집에 살던 여자에 관해서 아는 게 있니? 뭐라도 알면 말해줄래? 사소한 거라도 좋으니까 아무거나."

미윤은 더 다가가는 대신 자리에 선 채로 물었다. 석진이 굳은 표정으로 단호하게 대꾸했다.

"그런 건 경찰한테 물어보셔야죠."

짧은 정적이 둘 사이에 잠시 놓였다.

석진은 눈에 힘을 주고 미윤을 노려봤고, 미윤은 입만 벙 긋거리다가 곧 입술을 닫았다.

"아무튼 저희는 아는 거 없으니까, 다른 사람한테 물어보 세요."

털을 세운 고양이처럼 공격적인 석진의 반응에 미윤이 자 조하듯 얼버무렸다.

"미안하다, 내가 좀……."

미윤은 팔짱을 오므리듯 낀 채로 반쯤 몸을 틀었다. 언니 가 있던 자리는 휑하니 비어 있었다. 현관에 남아 있는 거라 고는 검은색 단화 한 켤레뿐이었다. 미윤을 괴롭힌 회색 운 동화 따위는 보이지 않았다.

중력을 이기지 못하는 것처럼 미윤의 고개가 스르르 내려 갔다. 걸러지지 않은 헛웃음이 입가에 묻어났다.

너무 피곤해서…… 아니, 어쩌면 언니의 죽음으로 정신이 돌아버린 것 같았다. 미쳐서 환각을 보고 환청을 듣는 건지 도 몰랐다.

당장 응급실이라도 가야겠다는 생각에 발을 움직이려 할

때였다.

"……도와달라고 했어요."

작게 새어 나온 시우의 말이 미윤을 붙들었다. 미윤이 휙 돌아보았다.

"……누가?"

"몰라요. 근데…… 도와줘……라고 했어요."

미윤은 시우에게 와락 팔을 뻗었다. 석진이 제지하기도 전에 시우의 양어깨를 움켜잡고서 재촉했다.

"누가 그랬는데? 응? 누가?"

"누군지는 몰라요. 그냥 인터폰으로 들었어요. 계속, 계속…… 도와줘, 하고……."

"떠올려봐. 목소리가 어땠어? 말투는? 여기까지 찾아온 건, 도와달라고 말한 사람이 누구인지 조금은 알고 있다는 거잖아. 그렇지?"

미윤의 손등에 핏줄이 불거졌다. 악력이 세질수록 시우의 눈가가 떨렸다.

"그만해요! 누군지 모른다잖아요!"

시우와 미윤을 연신 번갈아 보던 석진이 미윤의 손목을 잡아채 떼어냈다. 석진은 미윤의 앞을 가로막은 다음 시우를 등 뒤로 숨겼다.

"비켜."

"못 비켜요."

"비키라니까!"

"자꾸 이러시면 경찰 부를 거예요!"

화가 났는지 석진의 눈가가 붉어졌다. 지지 않겠다는 듯 눈조차 깜빡거리지 않았다.

"신고하면 금방 오니까 잡혀가기 싫으면 더는 붙잡지 마세요. 가자, 김시우."

석진이 시우의 손목을 꼭 잡고서 빠른 걸음으로 길을 건넜다.

미윤은 두 사람을 따라가려 했지만 발을 떼지 못했다. 질척거리는 시선이 그녀의 뒤통수에 꽂혀 움직이지 않았다. 몸을 마비시키는 듯한 또렷한 시선이었다.

뒤쪽의 시선을 무시하고 멀어지는 시우와 석진의 뒷모습을 끈질기게 담았다. 미윤을 의식했는지 빠르게 걷던 석진이 주택과 주택 사이 안쪽으로 시우를 끌고 사라졌다.

길가에 홀로 남겨진 미윤은 깊이 심호흡했다. 떨어지지 않는 발을 들어 겨우 등을 돌렸다.

불이 꺼진 주택 창문은 구덩이처럼 움푹 팬 언니의 두 눈처럼 새까맸다. 미윤은 눈으로 주택 곳곳을 샅샅이 훑었다. 온통 어둠으로 가득한 그 어디에도 미윤을 옭아맨 시선의 주인은 보이지 않았다.

안도감에 숨을 토하고 나서 손을 들어 얼굴을 쓸어내렸다.

순간 기분 나쁜 축축한 감각에 멈칫해선 얼굴에서 손을

뗐다.

손바닥에 검은 액체가 묻어났다.

분명했다. 손바닥에 묻어난 건, 언니의 눈에서 흐르던 구정물 같던 검은 눈물이었다.

"진짜야……."

자신이 미친 게 아니라는 걸 확인한 그녀가 시우와 석진이 사라진 길목으로 시선을 던졌다.

"……시우."

시우의 이름을 곱씹은 미윤의 입술이 굳게 다물렸다.

언니의 죽음에 빠져 있던 '왜'가 태동하고 있었다.

균열

———

2부

"이상한 사람 같아. 혹시라도 마주치면 무조건 피해. 알겠어?"

이른 아침이었다. 하늘 끝자락에는 짙은 남색의 새벽이 번지고 있었다. 모여든 구름이 온통 하늘을 덮어 태양은 보이지 않았다.

"그래도 나쁜 사람 같지는 않았어."

학교로 가는 길은 한적했다. 도로를 달리는 차도 없었고, 길을 걷는 사람도 눈에 띄지 않았다. 세상에 나와 석진만 남겨진 것만 같은 고독감이 차올랐다.

"들어봐. 별다른 해를 끼친 것도 없고, 그냥 물어본 게 전부였잖아. 안 그래?"

덧붙인 내 설명에도 석진은 마음에 들지 않는다는 듯 눈썹을 찌푸렸다. 나는 눈치껏 석진을 보다가 반대쪽으로 고

개를 돌렸다. 평소의 석진은 깃털만큼 가볍고 농담을 좋아
했으나 때때로 말릴 수 없을 정도로 진지하고 고집이 셌다.
특히나 자기가 정한 선을 넘은 상황에는 더 그랬다.

"친절하게 물어보기만 했냐? 붙잡고 놔주지도 않았잖아.
내가 안 갔으면 너 집에도 못 들어갔을 거다. 그 집 앞에서
아침까지 붙잡혀 있었을걸."

석진의 입술이 벌어질 때마다 입김이 터져 나왔다. 나는
공기 중에 퍼지는 하얀 입김을 보다가 '그렇지만……' 하고
운을 뗐다.

"정말 나쁜 사람 같지는 않았어."

지난밤의 감각은 흐릿하지만, 여전히 남아 있었다. 어깻
죽지를 잡던 여자의 강한 악력도, 내 눈을 보며 묻던 간절한
표정까지도 전부. 눈을 감아도 떠오를 정도로 여자의 모든
게 강하게 각인된 듯했다.

"절박한 사람 같았지."

나도 모르게 흘러나온 말이었다. 내 말을 들었는지 석진은
'그래서? 다음에 또 그러면 네, 그럼요, 안녕하세요, 인사라
도 하게?' 하고 빈정거렸다. 울컥했으나 석진이 얼마나 걱정
하고 있는지 알기에 입을 다물었다.

"속도 좋다. 나 같으면 경찰에 신고부터 했어. 아니지. 처
음에 어깨 잡았을 때 소리부터 질렀을걸. 살려주세요! 싫어
요! 하고. 어릴 때 안 배웠어? 모르는 사람 따라가지 말고,

말 걸어도 대답도 하지 말라고. 김시우 너는 혼자 똑똑한 척은 다 하면서 꼭 이럴 땐 헐렁하더라?"

"말했잖아. 내가 따라갔던 거야. 그 집 앞까지."

"안 그래도 궁금했는데, 그 밤에 대체 왜 따라간 건데? 애초에 그 시간에 나갈 이유가 없잖아."

따가운 시선이 내 옆얼굴로 쏟아졌다. 나는 그의 시선을 피한 채로 적당한 대답을 찾기 위해 눈을 굴렸다. 몇 가지 대답이 생각났으나 어느 것도 먹힐 것 같지 않았다.

10년이 넘도록 꼭 붙어 다니는 사이다 보니 나와 석진은 누구보다 서로의 거짓말을 쉽게 눈치챘다. 가끔은 가족들보다도 더 기민하게 서로의 변화를 알아채기도 했다.

"그냥 어쩌다 보니까……."

석진은 눈치가 빠른 만큼 적당히 물러날 줄도 아는 애였기에 서투른 거짓말로 꼬리를 잡힐 바에는 차라리 모호한 답이 나왔다.

예상대로 더 캐물으려던 그의 입술이 조용히 다물렸다. 눈가엔 호기심과 궁금증이 가득했으나 더는 묻지 않겠다는 태도가 표정에 드러났다.

"잠옷 차림에 맨발. 내가 너 보고 얼마나 놀란 줄 알아? 신발이라도 신고 나오든가. 동상이라도 걸리면 어쩌려고."

할 말이 없어서 아무런 대꾸도 하지 않았다. 지난밤, 자정에 가까운 시간에 내가 왜 맨발로 밖에 나갔고 2호 집까지

간 것인지, 그에 대해선 어떤 말도 꺼낼 수가 없었다.

정확하게는 내가 어떤 말을 꺼내더라도 석진은 믿을 수 없을 것이다. 그런 반응을 충분히 이해할 수 있었다. 나 역시도 지난밤의 일을 완전히 이해할 수 없었으니까.

지난밤.

얕은 잠에서 날 깨운 건 반복된 기계음이었다.

신호를 보내듯 일정한 간격으로 이어지는 소음에 견디지 못하고 눈을 떴다. 이불을 걷어내고 침대에서 내려와 커튼을 열어젖혔다. 창밖에서는 하얀 눈가루가 휘날리고 있었다. 살랑거리며 낙하하는 눈가루는 꽃잎 같았다.

감상은 길지 않았다. 기계음이 끊임없이 이어졌기 때문이었다. 귀를 기울여 발을 움직였다. 문을 열자 찬 기운이 발등을 타고 올라왔다.

습관처럼 팔짱을 끼고 사방으로 눈을 굴렸다. 소음이 파도처럼 멀어졌다가 가까워지기를 반복했다.

계단 앞에 서서 아래로 시선을 떨궜다. 계단 끝 1층이 어둠에 잠겨 온통 깜깜했다. 잠시 고개를 돌렸다. 핸드폰을 가져오거나 불을 켤까 고민했으나 금방 생각을 접었다. 여긴 우리 집이었고, 아무리 어둡다고 한들 어디에 뭐가 있는지 정도는 알고 있었다.

난간을 잡은 다음 한 칸씩 발을 옮겼다. 깊은 물에 잠기듯 몸이 조금씩 어둠에 젖어갔다.

1층에 내려와 섰을 때도 기계음은 희미하지만 계속 이어지고 있었다. 깊은 잠을 깨울 정도로 크지는 않지만 예민한 신경을 건드리기에는 충분했다.

부모님의 침실이 있는 1층 복도 끝을 살폈다. 굳게 닫힌 문이 부모님의 안전을 담보하고 있는 것처럼 보였다.

조용히 걸음을 뗐다. 아치형 미닫이문을 옆으로 밀었다.

색을 잃은 거실의 풍경이 창백했다. 기계음이 거실을 떠돌아다녔다. 미닫이문을 닫고 왼쪽으로 고개를 돌렸다.

기계음은 인터폰에서 나는 소음이었다.

나는 인터폰 앞에 서서 통화 버튼을 눌렀다. 연결됐다는 신호음도 없이 기계음이 뚝 끊어졌다.

의아했다. 내가 알던 인터폰 벨소리는 쉽게 따라 부를 수 있는 멜로디였지 소음에 가까운 기계음이 아니었다.

"여보세요?"

혹시 몰라 말을 꺼냈으나 인터폰은 죽은 듯 잠잠했다. 다시 통화 버튼을 누르고 전원 버튼을 꾹 눌러봐도 똑같았다.

"뭐야……."

의아한 마음으로 시선을 아래로 내렸다.

원목 마루에 번진 내 그림자 위로 또 다른 그림자가 겹쳐 있었다. 반사적으로 몸을 틀었다. 정원을 향해 난 통창에 내 모습이 비쳤다. 운동복 차림을 한 여자의 뒷모습도 함께.

순간 숨이 막힐 듯 공포감이 목을 조여왔다. 몸이 뜻대로 움직이지 않았다. 입술을 열 수조차 없었다.

도와줘.

낯선 목소리가 정적을 지웠다. 그제야 여자가 거실이 아닌 정원에 서 있다는 걸 알아차렸다.

도와줘.

흐느끼듯 우울한 목소리가 나를 부르는 것 같았다. 도와달라는 여자의 말은 기계음이 그랬듯 계속 반복됐다.

홀린 사람처럼 통창으로 다가가 걸쇠를 풀었다. 내 기척을 읽었는지 정원 한가운데 선 여자가 운동화 앞코를 바닥에 두어 번 두드리고 정원 밖으로 뛰기 시작했다.

아무 생각도 나지 않았다. 머릿속을 채운 건 여자를 따라가야 한다는 것뿐이었다. 놓치면 안 된다고, 이유는 모르지만 꼭 여자를 따라가야 한다고. 오직 그 생각만이 머리에 가득했다.

정원을 나와 눈 위에 남은 여자의 흔적을 따라 걸었다.

바람이 불어도 춥지 않았다. 바닥을 딛는 발바닥도 차갑지 않았다. 현실이 아닌 것처럼 모든 감각이 무디게 느껴졌다.

나는 사막을 걷는 여행자처럼 오래도록 걸었다. 얼마나 걸었는지, 걸은 게 맞기는 한 건지조차 분간이 안 됐다. 여자의 뒷모습은 신기루처럼 아주 멀리 있다가도 가까이에서 나를 이끌었다. 여자를 제외한 주변의 모든 사물과 배경이 수채화처럼 번져 보였다.

한순간 버티기 힘든 찬 바람이 폭풍처럼 내 몸을 훑고 지나갔다.

번쩍 정신이 들었다. 뭉개지듯 보이던 단지 내 풍경이 또렷하게 시야에 담겼다.

뒤늦게 드러난 맨살이 아렸다. 발바닥은 따끔거렸고, 손가락 끝이 쓰라렸다. 그리고 멀지 않은 정면에…… 셔츠 차림의 단발머리 여자가 위태롭게 서 있었다.

바람결을 타고 은은한 꽃 냄새가 풍겼다. 냄새를 맡자 여자가 누구인지 떠올랐다.

경찰의 부축을 받고 떠나던, 목격자라던 여자였다.

"저기요!"

저절로 터진 것처럼 내 목소리가 여자를 불렀다. 멍하니 허공을 응시하던 여자의 눈동자가 선명하게 빛났다.

"낮에…… 맞죠?"

여자는 내 질문에 대답하는 대신 눈을 감고 울타리를 잡았다. 기울어진 여자의 몸은 잘못 그어진 선처럼 가늘었다.

"괜찮아요?"

걱정스러운 마음에 여자에게 다가서며 물었다.

"저기……."

한참이나 눈을 감고 있던 여자는 내 질문을 무시한 채 불현듯 도로를 건넜다. 나는 여자의 뒷모습을 멀거니 지켜봤다.

'가족이구나.'

단번에 알 수 있었다. 2호 집으로 향하는 여자의 뒷모습은 내게 도와달라고 하던 운동복 차림의 여자의 뒷모습과 비슷했다.

시선을 올려 2호 집을 바라봤다.

2층에 있는 두 개의 창문이 사람의 눈처럼 보였다. 검게 물들어 일렁거리는 창문 속에서 뭐라도 튀어나올 것만 같았다.

"발바닥에 잿가루는 또 뭐야? 맨발도 놀랐는데 잿가루 묻은 거 보고 더 놀랐어."

툴툴거리는 석진의 음성이 밤의 기억을 깨뜨렸다.

학교 현관을 넘어서던 발이 턱에 걸려 비틀거렸다. 몸이 기우뚱 앞으로 기울어졌다.

"조심해라, 좀."

석진의 양팔이 내 어깨와 팔을 잡았다. 다시금 발을 딛고 안전하게 섰다. 석진은 내가 똑바로 선 걸 확인한 뒤에야 손을 풀었다. 멋쩍은 내 미소에 석진이 혀를 찼다.

"너 먼저 가. 나 화장실에 들렀다가 갈 거야."

"1층 화장실 가려고?"

"급해서. 먼저 올라가."

얼른 가라는 식으로 손짓하자 그제야 석진이 가방을 고쳐 맸다.

"나 오늘 끝나고 신문부 모임 있으니까 먼저 집에 가라. 어디로 새지 말고 곧장 집으로 가!"

석진은 그렇게 당부한 뒤 계단을 올라갔다.

나는 석진을 뒤쫓던 시선을 거두었다.

긴 한숨이 헤, 벌어진 입술 틈새에서 새어 나왔다.

석진에게 밤에 목격한 걸 사실대로 말하지 못한 이유 중 하나는 환상이라고 치부하기엔 명확하게 남겨진 증거 때문 이었다.

석진이 발견했고, 나도 확인한 그것.

내 발에 가득 묻어 있던 현실의 흔적.

'잿가루.'

눈이라고 생각한 하얀 가루는 검게 바스러지는 잿가루였 다. 더 이상한 건 거리 어디에서도 잿가루를 찾을 수 없다는 점이었다. 심지어는 내가 걸어왔을 게 분명한 경로에도 아 무런 자국이 남아 있지 않았다. 잿가루는 오직 내 발바닥에 만 흔적으로서 남아 있었다.

계속 깊어지는 상념을 지우고자 고개를 흔들었다. 제대로 휴식을 취하지 못한 눈이 무겁고 뻑뻑했다.

눈을 비비며 1층 중앙 현관 옆 화장실로 들어갔다. 불투명 한 유리문을 열자 센서등이 켜졌다. 물기 없는 바닥 타일을 보다가 세면대로 가 물을 틀었다. 물소리가 고여 있던 기억을 헤집었다. 관자놀이가 지끈거렸다.

"맞아! 걔 좀 으스스하지? 볼 때마다 허공만 보고 있던데, 대체 뭘 보는 건지 모르겠다니까!"

"가끔 소름 돋아. 걔랑 말해본 적 있어?"

"당연히 없지. 내가 미쳤냐!"

두런두런 떠드는 소리가 가까워졌다. 불투명한 화장실 문에 두 사람의 실루엣이 진해졌다.

화장실 문이 열렸다. 거울을 통해 마주친 얼굴이 익숙했다. 입꼬리를 올려 인사하자 나를 알아본 친구 하나가 '어? 시우 오랜만!' 하고 손을 흔들었다.

두 사람이 세면대로 다가섰다. 물을 잠그고 비켜섰다. 거울로 얼굴을 확인하던 친구가 대뜸 나를 향해 물었다.

"시우야, 너도 알지? 3반 귀신."

갑작스러운 질문에 기억을 더듬었다. 베일에 가려진 것처럼 아득하게 얼굴과 이름이 떠올랐다.

"응, 대충. 이름이 은재……였나?"

곱씹어 토해낸 이름을 들은 친구가 '걔 이름이 은재였어?' 하고 되물었다.

"아무튼 걔 본 적 있어?"

"본 적은 있지."

"어때? 분위기 이상하지 않아?"

"왜? 무슨 일이라도 있었어?"

내가 되묻자 세면대 앞에 선 둘이 시선을 교환했다.

"어제 자습 중에 화장실 갔었거든. 근데 걔가 화장실 거울 앞에 서서 가만히 있는 거야. 자기 얼굴만 빤히 보면서, 아무것도 안 하고 그냥 가만히!"

"얼굴에 뭐 묻었나 본 거 아닐까?"

"나도 처음엔 그런 줄 알았어. 근데 내가 나갈 때까지도 그냥 그러고 있더라니까?"

소름 돋는다고 읊조린 친구가 '우리 걔 무서워서 1층 화장실까지 내려온 거야' 하고 덧붙였다.

"시우 너도 조심하라고. 웬만하면 자습 중에 2층 화장실에는 가지 마. 너도 걔랑 마주친다?"

당부 아닌 당부에 슬쩍 고개를 끄덕거려주었다. 화장실을 나서는 두 친구에게 인사하고 눈을 굴렸다.

직사각형 거울 속에 교복을 입은 내 모습이 비쳤다. 그 모습이 꼭 갇힌 사람처럼 갑갑해 보였다.

수도꼭지에서 물방울이 떨어졌다. 적막한 화장실에 똑, 똑, 하는 소리가 메아리쳤다.

걸음을 막 떼는데 안쪽 화장실 칸막이 문이 열렸다. 놀란 마음에 크게 눈이 떠졌다.

안에서 나온 건 은재였다. 은재는 전에 본 것처럼 왼쪽 눈에 안대를 끼고 있었다.

은재의 오른쪽 눈이 내 얼굴에 붙었다가 떨어졌다. 불쾌했을 대화를 다 들었으리라 생각하니 괜스레 입이 말랐다.

은재는 밖으로 나가지 못하고 멀뚱히 눈치만 보는 나를 지나쳐 세면대 앞에 섰다. 물을 틀어 손을 씻더니 은재가 손을 흔들어 물기를 털었다.

"저기……."

아래를 향해 있던 은재의 눈이 거울 속 내게로 옮겨왔다. 나는 피하지 않고 은재와 시선을 맞췄다.

"괜찮아."

은재의 목소리는 낮고 담담했다. 섭섭하다거나 화가 난다거나 하는 감정이 일절 묻어나지 않는 음성이었다.

"방금 애들하고 나눈 얘기도 그렇긴 한데……. 상처는 괜찮은 거야?"

내가 그런 걸 물을 거라고는 예상하지 못했는지 은재의 눈가가 떨렸다.

"일부러 보려고 한 건 아니고, 언뜻 보였거든. 손목에 있는 상처."

변명하듯 덧붙인 내 말에도 은재는 한참이나 입을 열지 않았다. 말하고 싶지 않은 것 같아 갑자기 미안한 마음이 들었다.

"아, 그럼 난 그만 가볼게."

나는 조심스레 몸을 돌렸다.

"보여?"

은재가 물음으로 날 멈춰 세웠다. 감정이 묻어나지 않던 조금 전 음성과 달리, 이번엔 목소리가 떨리는 게 분명하게 느껴졌다.

"어?"

"어떻게…… 정말로 보여?"

거울을 보던 은제가 나를 향해 돌아섰다. 얼굴이 희게 질려 있었다.

"미안. 내가 무슨 실수라도 한 거면 사과할게."

"아냐, 실수가 아니라……."

은재는 말을 잇지 못하고 손을 들어 입을 가렸다. 물소리조차 나지 않는 고요가 화장실을 가득 채웠다.

바깥에서 왁자지껄한 소음이 울려 퍼졌다. 손목시계를 내려다보았다. 조회 시간까지 10분이 채 남지 않은 시간이었다.

"이만 가볼게. 실수한 게 있다면 정말로 미안해."

급히 사과하고서 화장실 문을 밀었다. 불어온 찬 기운이 얼굴과 몸을 씻어 내렸다.

"저기!"

낮은 음성이 나를 또다시 불러세웠다. 나는 복도와 화장실 경계에 서서 은재를 돌아봤다. 은재의 시선이 바닥에서 내 얼굴까지 곧장 올라왔다.

"이름, 이름이……."

별거 아닌 질문인데도 은재는 외국어를 말하듯 쉽게 문장을 완성하지 못했다.

"김시우야. 1반이고."

"시우······."

은재는 몇 번이고 내 이름을 곱씹었다.

"너는 허은재 맞지?"

마침내 기억해낸 은재의 완전한 이름을 입에 올렸다. 아무 미동도 없이 선 은재가 고개를 주억거렸다.

"다음에 또 보자."

은재에게 손을 흔들어 인사하고 경계를 넘어 복도로 나왔다.

불투명한 유리문이 닫혔다.

은재는 뒤따라 나오지 않았다.

신호에 걸린 차가 멈춰 섰다. 미윤은 창문을 내리고 크게 숨을 들이마셨다. 아침의 차가운 공기가 폐부 깊숙한 곳까지 쏟아져 들어왔다.

독한 술을 마신 듯 위장이 진동했다. 그제야 어제 낮부터 오늘 아침까지 뭘 먹은 게 없다는 걸 깨닫고 그녀는 지그시 눈을 감았다 떴다.

배가 고팠고 수면이 간절했으나 죽은 언니의 집에서 뭘 먹거나 침대에서 잘 생각은 전혀 없었다. 지난밤, 정확하게는 오늘 새벽만 해도 그랬다. 차마 언니의 침대에 누울 수 없어서 소파에 웅크리고 몇 시간을 잔 게 전부였다. 그나마 다행인 건 차에 비상용으로 가지고 다니는 세면용품이 있다는 것이었다.

신호가 바뀌는 걸 보고 미윤이 액셀을 밟았다. 도로를 따라 조금씩 핸들을 움직이던 그녀가 보조석으로 흘끔 시선을 던졌다.

눈을 뜨자마자 집에 가 옷가지와 몇 가지 필수용품을 챙겨 온 참이었다. 죽은 언니의 집에서 지내는 건 내키지 않았으나 당장은 언니 집에 머물러야만 했다. 언니가 죽은 이유를 정확하게 알 수는 없더라도, 적어도 미윤 스스로 언니의 죽음을 인정하고 받아들일 때까지는 그럴 생각이었다.

"시우라고 했지. 넌 뭘 알고 있는 거니?"

미윤은 핸들을 돌리며 허공에 물었다.

길고 검은 머리카락의 소녀.

도와달라는 말을 들었다며 언니의 집 앞까지 찾아온 시우라는 애는 뭘 알고 있을까? 사실은 시우도 알고 있는 게 아무것도 없을지 몰랐다.

'모르는 게 더 현실성 있지.'

생전 언니에게서 시우나 석진은커녕 이웃에 관해 들은 적도 없었으니 연관성은 제로에 가까웠다.

머리로는 그걸 알면서도 미윤은 끈질기게 시우에 대해 곱씹고 그 애의 말을 되새겼다.

이유는 몰라도 지난밤 미윤을 괴롭힌 언니의 형상은 시우에게도 도움을 요청했다. 시우가 미윤처럼 형상을 본 건지, 소리만 들은 건지 혹은 다른 어떤 메시지를 받은 건지는 모르나 시우의 말에 따르면 그랬다.

'언니가 왜 시우 네 앞에 나타났을까?'

만약 정말로 도움이 필요하다면, 언니가 자신에게 도움을 청하는 건 당연한 일인지도 몰랐다. 매사에 조심스러운 언니의 성격상 미윤이 아닌 다른 이에게 도움을 청하는 건 상상하기 힘들었다. 더구나 미윤은 하나뿐인 동생이자 유일한 가족이었으니 언니에게 최선이자 최후의 선택지는 오직 미윤뿐이었다.

'어쩌면 시우는 언니가 남긴 변수이자 힌트인지도 몰라. 그게 뭔지 아직까지는 알 수 없지만.'

우회전 깜빡이를 켜고 핸들을 돌렸다. 경찰서 입구를 지키던 젊은 경찰이 세우라는 뜻으로 손을 들었다.

"어떻게 오셨습니까?"

"참고인 조사 때문에요."

미윤은 복잡한 설명 대신 간단하게 거짓을 섞어 대답했다. 미윤의 얼굴을 살피던 경찰이 본관 2층으로 가라고 안내하고는 뒤로 물러섰다.

창문을 다시 올리고 그녀는 빈자리에 차를 세운 다음 안전띠를 풀었다. 어젯밤 사고와 관련해 경찰에서 온 연락은 없었으나 어쨌든 방문할 필요가 있었다. 할 말도 정리해두었고, 언니의 죽음에 관해서 물을 것도 있었다.

검은색 코트를 챙겨 차에서 내린 미윤은 익숙하게 경찰서 안으로 들어갔다. 경찰서 내부 공기는 바깥보다는 포근했으나 그다지 따뜻하지는 않았다. 미윤은 코트를 입을까 고민하다가 팔에 걸친 채로 바삐 걸음을 옮겼다.

계단을 올라 1층과 2층 사이 층계참에 도착했을 때, 마침 계단을 내려가려던 중년 형사가 미윤을 보고 알은체를 했다.

"어쩐 일이세요?"

그가 푸근한 미소를 지으며 물었다.

"어제 일 때문에요."

"어제 일이요? 참고인 조사는 다 끝났는데요. 뭐 연락받은 거 있으십니까?"

"아뇨. 그거 말고, 사고요. 차 사고."

형사의 고개가 좌우로 기울어졌다. 눈을 깜빡거리던 그가 영문을 모르겠다는 듯 되물었다.

"무슨 사고요?"

"순찰차 사고요. 어젯밤에 사고가 났잖아요. 정신이 없어서 신고를 못 했는데 경찰분들은 괜찮으신가 해서요."

연신 고개를 갸웃거리던 형사가 옆을 지나던 젊은 경찰을 불러 세웠다. 막 층계참을 지나 밑으로 내려가려던 경찰이 형사의 옆으로 와 섰다.

"어제 혹시 사고 있었냐? 순찰차 사고."

"사고요? 아뇨, 없었는데요."

"잘 생각해봐. 뭐 없었어?"

"어젯밤에 제가 당직이어서 확실하게 아는데, 아무것도

없었어요. 사고가 있었으면 바로 보고드렸겠죠."

결백하다는 듯 단호한 경찰의 표정에 당황한 건 미윤이었다. 미윤은 바닥에 코트가 떨어지는 것도 모른 채 입을 열었다.

"어제 참고인 조사 끝나고 형사님이 직접 그 두 분한테 태워다주라고 하셨잖아요. 커피 마시던 젊은 경찰 두 분이요."

"제가요? 착각하신 거 아닐까요?"

형사는 바닥에 떨어트린 미윤의 코트를 주워 들어 미윤에게 내밀었다.

"그런 걸 목격하셨으니 아마 본인도 모르게 큰 충격을 받으셨을 겁니다. 푹 쉬면 나아질 테니까 집으로 가서 좀 쉬세요."

"아니, 아니에요. 그걸 혼동할 리가……."

"전 어제 조사 끝나고 다른 사건 때문에 정신이 없었어요. 1층에 내려온 적이 없어요. 제가 마지막으로 목격자분을 뵌건, 조사실에서였습니다. 1층이 아니라."

미윤의 입술이 맥없이 벌어졌다. 아니라고 단언하고 싶었으나 지난밤의 일이 워낙 모호해 자신이 없었다.

차 사고조차 착각이었을까? 어젯밤의 일 대부분이 환상이었다고?

자기를 믿을 수 없는 현실이 끔찍했다. 더 끔찍한 건 확신조차 없으면서 아니라고 단정 짓는 스스로였다.

"조심히 가세요. 웬만하면 택시 타고 가시고요."

미윤의 손에 억지로 코트를 쥐여준 형사가 젊은 경찰과 함께 1층으로 내려갔다. 층계참에 남겨진 미윤이 무력하게 뒷걸음질 쳤다.

등에 벽이 닿았다. 그대로 벽에 기댄 채 머리카락을 쓸어 넘겼다. 고개가 저절로 떨어졌다. 회색 바닥이 소용돌이치듯 어지럽게 보였다.

미윤은 눈을 감고 복잡하게 뒤섞인 문장을 다시 나열했다.

사고가 없었던 것이라면, 언니의 환영을 본 것도 거짓이라는 얘기다.

애초에 그 사고로 지난밤의 악몽 같은 일이 시작된 것이니, 모든 건 없었던 일이 되어야 했다.

'……그렇지만 시우는?'

오늘 아침, 미윤이 눈을 뜬 장소는 언니의 집 소파였다.

사고의 흔적으로 이마에 남은 상처도 그대로 있었다. 몸에 남은 격통도 역시 사고의 후유증이었다. 단순히 오래 걸었다고 해서 이 정도로 아플 수는 없는 노릇이었다.

게다가 미윤에게는 시우라는 증거가 존재했다. 미윤만이 지난밤을 기억한다면 거짓이겠지만, 미윤에게는 시우라는 분명한 증거가 있었다.

시우를 만나봐야겠다 결심하고 힘겹게 눈을 떴다.

초점이 잡힌 시야에 나란히 선 검은색 구두 두 쌍이 들어왔다.

저 구두를 본 기억이 있었다. 제복을 입은 경찰들이 신는 신발이었다. 분명…… 어제 미윤을 태워다주던 경찰들도 같은 걸 신고 있었다.

손바닥으로 벽을 짚으며 미윤이 천천히 등을 폈다. 시선이 올라감에 따라 앞에 선 두 사람의 모습이 더 자세히 보였다.

검은색 바지 군데군데 잿가루와 핏자국이 엉겨 있었다. 시야 끝에는 석고처럼 굳은 새하얀 손가락이 있었다.

심장이 뛰었다.

환영이다. 진짜가 아니야. 그렇게 되뇌면서도 어금니가 다 물렸다.

"도와드릴까요?"

갑작스레 어깨에 닿는 손길에 미윤이 짧은 비명을 내질렀다. 들고 있던 코트가 다시 바닥에 떨어졌다.

제복 차림의 젊은 여자가 '괜찮으세요?' 물으며 미윤을 바라봤다.

미윤은 심장께로 손을 모으고 황급히 주변을 살폈다. 오가던 이들이 미윤을 흘끔거렸으나 어디에도 지저분한 제복 차림의 경찰들은 없었다.

"도움이 필요하시면……."

"아뇨, 괜찮아요. 그냥 좀 피곤해서 그래요."

허리를 숙여 코트를 주워 들며 그녀가 적당히 대답했다.

"이만 가볼게요."

미윤은 서둘러 계단을 내려갔다. 유리문을 밀고 밖으로 나오자 꽉 막혀 있던 숨통이 트이는 기분이었다.

종종걸음을 쳐서 차에 올라탔다. 미윤은 코트와 가방을 보조석에 던지듯 내려두고 양손으로 얼굴을 감쌌다.

증폭된 혼란이 공포를 초래했다. 할 수만 있다면, 돌아갈 수 있다면 되돌아가고 싶었다.

어제의 일이 있기 전으로, 불면증에 허덕이기 전으로, 언니의 전화를 무시하기 전으로, 언니가 죽기 전으로, 모든 게 평범했던, 지금처럼 엉망이 아닌 소소했던 예전으로 돌아가고 싶었다.

"왜……. 대체 왜!"

삶이 송두리째 흔들리고 있음에도 변하지 않는 건 '언니는 죽었다'는 사실뿐이었다.

얼굴을 가린 손으로 핸들을 거칠게 내려치며 차오른 숨을 내뱉었다. 가파르게 오르내린 가슴이 도무지 진정되지 않았다.

"다시, 천천히, 되짚어보자. 뭐가 있을 거야. 뭐든 나올 거야. 뭐가 있으니까 지금 이렇게 된 걸 거야."

미윤은 오랫동안 숨을 내쉰 다음 정리된 목표를 입 밖으로 천천히 뱉었다. 응어리를 풀듯 말하고 나니 숨을 쉬기가 한결 편했다.

차분하게 시동을 켜며 안전띠를 맸다. 후방을 확인하며 경찰서에서 나온 미윤은 세게 액셀을 밟았다. 속도가 빠르게 올라가는 만큼 어지럽던 머리가 정리되는 것 같았다.

도로를 질주하던 미윤이 브레이크를 밟은 건 어젯밤 사고가 난 장소에 부근에 도착해서였다. 속도를 줄여 갓길에 차를 세운 다음 문을 열고 내렸다. 목을 가리는 회색 폴라티 덕분에 웅크리지 않아도 추위를 참을 만했다.

기억을 더듬어 걷던 그녀의 눈이 아스팔트 위에 남은 자국을 발견했다.

스키드마크처럼 보이는 흔적이 있었다. 스키드마크와 다른 점이라면 짙은 색이어야 할 타이어 자국이 약간의 회색을 띤다는 것이었다.

미윤은 자국을 밟고 서서 고개를 이리저리 움직였다.

이곳에 순찰차가 있었다. 순찰차에서 나와 도로를 달리던 언니를 발견해 뒤따라갔다. 언니 앞에는 앞서 걷는 낯선 이가 있었다. 미윤이 언니를 따라갔다면, 언니는 낯선 이를 쫓는 모양새로 그 뒤를 따랐다.

"그건 누구지?"

어제는 생각하지 않았던 새로운 질문이 미윤에게 던져졌다.

언니가 뒤를 따라가고 있던 거라면, 앞서 걷던 낯선 이에 관해서도 알아볼 필요가 있었다.

멀지 않은 곳에서 배기음이 들렸다. 시선을 거두고 그녀가 발을 움직였다.

차로 돌아가려던 미윤은 멈칫했다. 그녀의 속눈썹이 아래로 처졌다.

바닥에 남은 회색 타이어 자국이 미윤의 걸음 궤적을 따라 지워져 있었다. 슬그머니 발을 뻗은 그녀가 자국 위를 밑창으로 문질렀다. 발이 움직일 때마다 자국이 옅어졌다.

미윤은 무릎을 굽혀 앉은 다음 자국 위에 손가락을 댔다. 검지 끝에 가루 같은 게 묻어났다.

"발에 뭐가 이렇게 묻었냐? 뭐야…… 이거 잿가루 아니야?"

지난밤 시우에게 신발을 신겨주던 석진의 말이 머릿속에 재생됐다.

엄지와 검지를 비비자 회색 가루가 바람에 휘날렸다.

"잿가루……."

가만히 속살거리던 미윤이 자리에서 일어섰다. 가까워지던 배기음은 어느샌가 들리지 않았다.

한적한 도로 위에는 계절에 어울리지 않게 피어난 꽃들과 미윤 말고는 아무것도 없었다.

* * *

'……어떻게 알았을까.'

은재는 꼿꼿하게 허리를 세우고 앉아 허공을 올려다보았다. 시선은 공중을 맴돌았으나 시야에 잡히는 건 없었다.

은재의 눈은 모든 걸 보았지만, 아무것도 담지 않았다. 비단 물건이나 배경에만 국한된 건 아니었다. 은재는 사람들을 볼 때도 상대를 보는 듯 보지 않았다. 사람들은 그런 은재의 시선에 '생기 없는', '소름 돋는' 등의 수식어를 달았다.

애초부터 은재는 혼자였다. 눈을 뜨고 걷고 말하고 배우며 은재는 혼자라는 걸 체감했다. 물리적으로 혼자이기도 했고 정서적으로 혼자이기도 했다.

무엇이든 결론은 하나였다.

은재는 세상에 혼자 존재한다는 것.

어째서인지 당연하게 여겨진 이름으로 불리고 생활하며, 은재는 영원히 지속될 삶에 두려움을 느꼈다. 혼자만이 존재하는 세상을 끝없이 살아간다는 건 지루함을 넘어선 두려움이었고 고통이었다.

'아무도 모르는데…… 어떻게 봤을까?'

생각이 길어질수록 몸 곳곳에 난 상흔이 따끔거리는 기분이었다. 아프지는 않아도 감각은 있었다. 개미가 들끓는 듯 간지럽고 불쾌한 감각이 살갗 위를 기어다녔다.

책상 위에 얌전히 올려두었던 은재의 손이 책상을 긁기 시작했다. 끝이 갈라진 손톱이 버티지 못하고 꺾이면서 손톱 밑 연약한 살이 찢어졌다. 붉은색 피가 손가락의 움직임을 따라 뭉개졌다.

'대체 넌 어떻게 날 본 거야?'

책상을 긁는 기분 나쁜 소음이 비릿한 피 냄새와 섞였다. 교실에 있는 그 누구도 은재를 쳐다보거나 은재의 행동을 말리지 않았다. 속닥거리며 킥킥거리는 학생들도, 문제집을 푸는 옆자리 학생도, 아이들 사이를 거니는 선생조차도 은재를 보지 못했다.

은재를 지나치는 그들의 시선 속엔 분명 은재가 담겨 있었으나 초점은 은재에게 맞춰지지 않았다. 은재가 그들을 허공이라 생각하듯 그들 역시 은재를 유령으로 여기는 듯했다.

"시우."

벌어진 은재의 입술 사이에서 시우의 이름이 또렷하게 내뱉어졌다.

책상을 긁던 손이 불현듯 멎었다. 가만히 고개를 숙이던 은재가 반쯤 들려 덜렁거리는 손톱을 잡고 뜯어냈다.

감각은 있으나 아프지 않았다.

고통이 익숙해져서 그런 건지, 고통을 느낄 수 없는 건지는 은재조차도 확신할 수 없었다. 은재가 확언할 수 있는 건 모두가 보지 못하는 존재를 유일하게 본 사람이 나타났다는 것.

그 사람이 바로 시우라는 것뿐이었다.

6

'6시 12분.'

시곗바늘은 멈춰 있었다. 미윤은 시계가 걸린 거실 벽 앞에 서서 시침과 분침이 가리키는 시간을 읊조렸다.

시계가 멈춘 것이 오전과 오후 중 어느 때인지는 알 수 없었다. 한 걸음 뒤로 물러나 주변을 둘러보던 그녀가 가벼운 숨을 내쉬었다.

벽시계도, 여전히 지난 시간에 머물러 있는 탁상 달력도, 냉장고 속에 든 과일과 채소, 주인을 잃은 가구와 옷가지까지도……. 언니의 집에 있는 물건들은 느리지만 분명하게 죽어가는 중이었다.

건전지를 넣으려면야 넣을 수 있었지만 그러고 싶지 않았다. 손을 댄다는 건 책임을 져야 한다는 뜻이었고, 죽은 언니를 대신해 이곳에 생기를 불어넣어야 한다는 의미였다.

'그게 무슨 의미가 있다고…….'

소파로 돌아가 앉은 미윤이 소파 앞 테이블 위로 시선을 던졌다. 원목 테이블 위에는 10분 전 언니의 가방에서 찾은 초록색 가죽 다이어리가 보였다.

언니의 집으로 돌아와 거실과 부엌, 침실과 서재, 창고로 쓰던 방까지 뒤져봤으나 도움이 될 만한 건 눈에 띄지 않았다. 혹시 몰라 찬장과 창틀 구석, 화장실 수납함까지 확인해봤지만 마찬가지였다. 소득 없는 상황에 허탈감이 밀려들었다. 답답한 마음에 담배를 찾아 거실로 돌아온 그녀는 소파 위에 둔 자기 가방을 보고 몸을 돌렸다.

2층 침실로 들어가 안쪽 손잡이를 확인하니 베이지색 가방이 걸려 있었다. 미윤도 몇 번인가 본 적 있는 언니의 가방이었다.

가방을 거꾸로 들고 탈탈 털자 신용카드 한 장이 꽂힌 베이지색 카드 지갑, 검은색 볼펜, 옅은 분홍색 립스틱이 바닥으로 떨어졌다. 미윤은 몸을 숙여 물건들을 확인하고서 가방 손잡이를 잡아 입구를 열었다. 지퍼에 걸려 나오지 못한 다이어리가 가방에 남아 있었다. 미윤도 본 적 없는 언니의 물건이었다.

'언니가 봤으면 한 소리 했겠네. 가방을 이제야 봤느냐고.'

미윤의 눈이 손바닥보다 조금 큰 다이어리를 세심하게 훑었다. 들고 다니기에 적당한 크기였다.

다이어리 첫 장을 넘기자 일기 형식으로 쓰인 글이 나왔다. 맨 위에는 날짜와 시간이 적혀 있었고, 두 줄 아래부터 내용이 기록되어 있었다.

특별할 게 없는 내용이었다. 누굴 만났고, 무얼 했고, 뭘 먹었고, 하루가 어땠다는 게 전부였다. 지난번 노트북에서 발견한 메모처럼 어떤 의미를 찾아내긴 어려워 보였다. 다음 장도, 그다음 장을 넘겨도 특이 사항은 없었다.

혹시 모른다는 생각에 마지막 일기까지 전부 읽고서야 미윤은 다이어리를 덮었다. 1년의 기록이 담긴 다이어리는 어디까지나 일기의 영역을 벗어나지 않는 수준이었다.

작은 단서라도 찾을 수 있을까 싶어 품었던 희망이 피곤한 숨에 씻겨 내려갔다.

'역시 그 애한테 물어보는 게 낫겠어.'

시우를 떠올린 그녀는 손목시계로 시간을 확인했다. 낮 12시 10분. 방학이 아니라면 학교에 있을 시간이었다.

시우가 이 주택단지에 산다는 건 알지만, 정확히 어디에 사는지는 몰랐다. 관리센터에 가 도움을 요청해도 알려줄 리 없었다. 방법은 한 집씩 찾아가 묻거나 우연히 마주치는 것뿐이었다. 둘 중 어느 방법도 끌리지 않았으나 마땅한 게 생각나지 않았다.

'요즘은 몇 시에 끝나지? 방학은 말일 정도에 시작했던 것 같은데.'

미윤은 등받이에 몸을 기대고 앉아 눈을 감았다.

몰아친 시간이 억센 노곤함으로 돌아와 지그시 몸을 눌렀다. 끊이지 않던 생각이 뚝 잘려나갔다. 내쉬는 숨이 편안해질수록 팔과 다리가 늘어졌다. 꼿꼿하던 허리가 곡선으로 무너지고 힘이 빠진 몸이 비스듬히 늘어졌다.

오르내리는 가슴이 평온했다. 이따금 바람이 부는 소리를 제외하면 어떤 소음도 들리지 않았다. 오후 햇살이 마당을 지나 거실로 침투했고 거실 마루를 쏘다니는 빛살의 모양은 길고 뾰족했다.

그녀의 손에 들려 있던 초록색 다이어리가 소파 옆 바닥으로 떨어졌다.

둔탁한 소음이 일순 퍼졌음에도 미윤은 깨지 않았다. 색색 내쉬는 숨과 편안한 표정이 그녀가 얼마나 깊게 잠들었는지를 보여주었다.

마당 한쪽에 굳건히 선 나무의 나뭇가지가 살랑살랑 흔들렸다. 파란 하늘은 구름 한 점 없이 깨끗했고 단지는 지나칠 정도로 조용했다. 마치 세상의 소리가 전부 사라진 것처럼.

"미윤……딱, 아……, 딱."

희미하게 들려온 소리에 미윤은 뒤척거렸다. 그녀의 눈썹에 짙은 주름이 졌다.

펼쳐진 다이어리가 잘게 진동했다. 바람조차 불지 않는데 종이가 저절로 한 장씩 넘어갔다.

"딱, 미윤……, 딱, 아…….."

뒤척거리던 미윤의 눈꺼풀이 바르르 떨렸다. 진동하던 다이어리가 움직임을 멈췄다. 천천히 눈을 뜬 그녀는 통창 중앙에 시선을 고정했다.

초점이 흐렸다. 흐릿한 눈을 감았다 뜨기를 여러 번 해도 초점은 쉽게 잡히지 않았다. 미윤은 일부러 손을 들어 눈을 비볐다. 비비는 손에 힘을 주어 마사지하듯 눈을 조금 압박하자 수마에 젖은 정신이 깨어났다.

"……몇 시지?"

미윤은 허리를 일으켜 앉아 고개를 움직였다. 벽시계의 시곗바늘은 움직이지 않았다. 한 박자 늦게 '고장 났지, 참' 하고 중얼거리고선 손목시계로 고개를 숙였다.

딱, ……딱.

낯선 소음이 번쩍 그녀의 어깨를 쳤다. 시간을 확인하던 미윤이 자리에서 일어나 섰다.

잘못 들은 게 아니었다. 선명하고 큰 소리였다. 예를 들면,

혀를 입천장에 부딪혀 내는 소리 같은…….

목울대가 울렁거렸다. 바싹 입이 말랐다. 긴장감에 침을 꿀꺽 삼킨 그녀가 엄지손톱 옆에 일어난 거스러미를 만지작 거렸다.

……딱.

'또…….'

환청이 아님을 확신한 미윤이 걸음을 뗐다. 발치에 무언가 걸리적거렸다. 턱을 당겨 아래를 보자 펼쳐진 초록색 다이 어리가 있었다.

미윤의 팔이 저절로 다이어리를 향해 뻗었다. 손가락 끝에 서늘한 감촉의 종이가 닿았다.

그때였다.

현관 쪽에서 누군가의 방문을 알리는 벨소리가 들려왔다.

다이어리를 소파 위에 올려두고 미윤은 현관으로 향했다. 현관 센서등이 켜졌다. 그녀가 현관문 손잡이를 잡은 채 입 을 열었다.

"누구세요?"

밖에선 아무런 응답이 없었다. 연거푸 '누구세요?' 하고 묻던 미윤이 문득 인터폰을 떠올렸다.

'벨소리가 들렸는데, 왜 인터폰은 꺼져 있었지?'

누군가 벨을 눌렀다면 인터폰이 켜졌을 것이다. 집을 찾아온 상대가 누구인지 인터폰을 통해 확인할 수 있어야 했다. 아침에 방문한 관리센터 직원이 벨을 눌렀을 땐 작동되었으니 고작 몇 시간 만에 고장 났을 리는 없었다.

"······누구세요?"

미윤은 현관문 손잡이에서 손을 떼고 작은 소리로 한 번 더 말했다. 바깥은커녕 미윤도 들리지 않을 정도의 소리였다.

꺼지려던 현관문 센서등이 다시 켜졌다. 현관문 너머에서 들어본 적 있는 웃음소리가 터져 나왔다.

하하, 하하하, 하하····· 하하, 하하하, 하하!

웃음소리는 높낮이 없이 기계음처럼 반복되었다.

추락하던 일가족의 모습이 머릿속 필름을 채웠다.

반대로 꺾인 관절, 잔디를 적시던 피, 고통에 찬 눈, 그런데도 행복하고 즐거운 듯 웃던 이들의 얼굴이 줄을 지어 튀어나왔다.

미윤은 고통스럽게 고개를 저었다. '아냐, 아무것도 아니야, 이건 아무것도 아니야, 그냥 환청이야, 다 가짜라고······' 하며 반복해 중얼거렸다.

화창한 겨울의 한낮이었다.

도망칠 이유가 없었다.

미윤은 굳게 마음먹고 현관문 손잡이를 움켜쥐었다. 누군가 장난을 친 걸 수도 있었다. 단지 내 사는 어린아이들이 몰려다니며 이 집 저 집 초인종을 누르고 저들끼리 즐거워 웃는 것인지도 몰랐다.

또 어쩌면…… 시우가 찾아온 걸지도 몰랐다. 미윤은 시우의 집을 몰라도, 시우는 미윤이 이곳에 있다는 걸 알고 있을 테니까. 뭐라도 생각이 나서, 사소한 단서라도 전해주려고 어렵게 찾아왔을지도 모르는 일이었다.

손잡이를 잡은 손에 힘이 들어갔다. 침을 삼킨 미윤이 힘껏 손잡이를 밀었다.

현관문이 열렸다. 현관 안으로 긴 그림자가 들어왔다.

현관 앞에 선 상대를 확인하자 미윤의 표정이 스르르 풀어졌다. 안도의 미소를 지은 그녀가 '안으로 들어올래?' 하고 권했다.

문이 닫혔다.

2호 집 현관문 앞이 휑하니 비어 있었다.

새까만 아스팔트 위로 하얀 잿가루가 내려앉았다.

2호 집에서 커다란 웃음소리가 흘러나왔다.

* * *

"할 말도 없으면서 왜 모이래? 명색이 신문부라는 것들이 쓸데없이 만화 얘기나 하고. 이럴 줄 알았으면 김시우한테 기다렸다가 같이 가자고 할걸."

넥타이를 바지 주머니에 쑤셔 넣으며 석진이 연신 불만을 토했다. 겨울 방학 전 긴급 모임이라는 말에 종례를 마치고 갔더니 친숙한 얼굴들이 과자를 먹으며 낄낄거리고 있었다. 석진은 짜증을 삼키고 신문부실에서 나오려 했으나 쉽지 않았다. 넥타이를 인질 삼아 붙잡는 친구 때문이었다.

"김시우도 그래. 평소엔 뭐 놓고 왔다, 뭐 두고 왔다, 한참 걸리더니. 오늘은 왜 쏜살같이 집으로 갔대?"

겨우 친구를 떼어놓고 2학년 교실이 모인 층에 도착했을 때, 시우는 이미 교문을 나선 뒤였다. 집에 간 지 꽤 됐다는 시우 친구의 말에 석진은 멋쩍게 옆머리를 긁었다. 돌아서 계단을 내려오는 동안 시우에게 전화를 걸었으나 받지 않았다. 액정에 표시된 시간은 오후 3시 34분. 버스를 탔다면 집에 도착했을 무렵이었다.

석진은 곧장 정류장으로 가 버스를 기다렸다. 귀에 꽂은 이어폰에서 아이돌 음악이 흘러나왔다. 한 곡이 채 끝나기 전에 버스가 도착했다. 뒷문 근처에 앉은 그는 별 흥미 없이 차창 밖을 구경했다.

막힘없이 달린 버스가 단지 근처 정류장에 도착한 시간은 오후 4시 1분. 버스에서 내린 석진이 헐거운 넥타이를 풀어 주머니에 넣은 시간이었다.

"이상한 여자랑 마주치지 않았겠지? 걔 또 친절을 베푼답시고 그 집에 간 거 아니야?"

단지로 향하는 석진의 걸음이 급해졌다. 미윤과 시우의 얼굴을 번갈아 떠올리고서 관리센터까지 숨이 찰 정도로 빠르게 달렸다.

석진은 헉헉거리며 관리센터를 지나 단지 안으로 들어가다가 관리소장의 난처한 목소리에 걸음을 멈췄다.

"아, 글쎄 친구면 전화해서 물어보면 되잖아? 단지 규정상 어디에 누가 사는지는 절대로 말해줄 수가 없어요."

"그럼 김시우가 사는 집에 전화라도 걸어주세요."

"그것도 안 되지. 학생이 거짓말하는 건지 어떻게 알고?"

석진이 허리에 손을 올리고 완강하게 버티는 관리소장에게 다가갔다. '안녕하세요!' 살가운 석진의 인사에 관리소장이 알아보고 반가워했다.

"마침 잘됐네. 석진 학생, 이 학생 알아? 시우 학생 친구라는데, 무작정 어디 사는지 알려달라고 보채니 이거 원."

"김시우 친구요?"

석진의 시선이 관리소장의 턱짓을 따라 움직였다.

짧은 머리카락, 의료용 안대를 낀 창백한 얼굴에 교복 바지. 인상착의는 특별할 게 없었으나 저런 눈동자는 흔한 게 아니었다.

누구지, 누구였더라? 곱씹던 그가 정답을 찾은 듯 '3반 귀신!' 하고 소리쳤다. 영문을 모르는 관리소장이 '귀신? 뭔 귀신?' 하고 의아해했다.

"아, 그게 아니라요…… 그게……."

뒤늦게 민망해진 석진이 눈썹을 긁으며 흘끔 은재를 쳐다봤다. 은재의 까만 동공이 석진에게 고정돼 있었다. 힐난하려는 표정은 아니었으나 시선이 마주치는 것만으로도 정체 모를 오싹함이 일었다.

"제가 데려갈게요. 김시우랑 친구…… 맞아요."

석진은 '아마도'라는 뒷말은 삼킨 뒤 은재에게 따라오라는 표시로 고개를 까딱거렸다.

발소리가 뒤를 따라왔다. 거북해할 별명을 대놓고 소리친 게 미안해 데려오기는 했으나 찜찜함을 떨쳐낼 순 없었다.

단지 대문을 지나쳐 1호 집 앞에 도착한 석진이 멈춰서 몸을 돌렸다. 거리를 두고 따라 걷던 은재가 무심히 고개를 들었다.

"아까 그렇게 부른 건 미안해. 근데 정말 김시우랑 친구야?"

창백해 보이는 은재의 입술은 열리지 않았다. 석진은 인내심을 가지고 대답을 기다렸다. 시우가 봤다면, 너한테 그런 침착함이 있었냐고 비웃을 행동이었다.

"김시우한테서 네 얘기를 들은 적이 없거든. 내가 기억 못하는 걸 수도 있는데 아무리 생각해봐도 너랑 친하다는 얘기는 들은 적이 없어."

"맞아."

은재는 선선히 인정했다. 맞다고 인정한 게 친하지 않다는 뜻인지, 아니면 입버릇처럼 내뱉은 반응인지 알 수 없었다.

"친구 아니야."

은재의 단호한 대답에 석진이 눈썹을 찌푸렸다.

"그럼 왜 찾아왔는데?"

"물어볼 게 있어서."

"친구 아니라며."

"친구 아니야."

"친구가 아닌데 물어볼 게 있다고? 학교에서 물어보면 되잖아. 굳이 집까지 찾아온 이유가 뭔데?"

석진이 고집스럽게 캐묻자 은재가 입을 다물었다. 은재는 아무런 표정 없는 얼굴로 석진을 가만히 쳐다봤다.

그런 태도가 은근히 기분 나빴다. 대답할 필요가 조금도 없다는 듯 느껴졌다.

참지 못하고 석진이 먼저 입을 열었다.

"무슨 얘기인지는 모르겠는데, 미리 약속한 거 아니면 학교에서 물어봐. 걔 오늘은 푹 쉬어야 할 거거든."

"걱정돼?"

"뭐?"

"내가 김시우한테 해코지라도 할 것 같아서 걱정돼?"

맥락도, 고저도 없는 음성에 석진의 눈가가 가늘어졌다.

"그런 생각 안 해. 김시우가 어디서 해코지당할 만큼 나쁜 짓 할 애도 아니고."

"그럼 됐네."

"되긴 뭐가…… 야!"

은재가 석진을 지나쳐 걸었다. 석진이 은재의 앞을 막아섰다. 두 사람의 시선이 서로의 눈을 향했다.

"찾아온 이유 말해. 그럼 데려다줄 테니까."

안대에 가려진 눈동자가 잔뜩 찡그려져 있으리라는 생각이 스쳤다. 석진은 물러서지 않았다.

"대강이라도 말해주면 김시우 만나게 해줄게."

"내가 왜 말해야 하는데?"

"안 그럼 넌 오늘 김시우를 못 만날 테니까."

물러설 것 같지 않은 석진의 완강한 태도에 은재가 지그시 눈을 감았다. 은재는 제법 오래 눈을 감고 있다가 눈꺼풀을 밀어 올렸다.

"좋아하는구나."

"어?"

예상치 못한 말에 석진이 얼빠진 소리를 냈다. 은재는 아무 동요 없이 말을 이었다.

"너, 김시우 좋아하지?"

"미쳤냐? 절대 아니거든! 미치지 않고서야 내가 왜 김시우를 좋아해? 그리고 그게 지금 이거랑 무슨……."

석진은 제 귓가가 붉게 달아올랐다는 것도 모르고 항변하다시피 말했다. 흥분한 채 여기 온 이유를 따져 물으려는데, 별안간 클랙슨 소리가 단지를 흔들었다.

석진이 반사적으로 귀를 막고 어깨를 움츠렸다.

가까운 곳이었다. 이렇게까지 시끄러울 정도면 바로 근처에서 울리는 게 분명했다.

"야! 어디 가?"

붙잡는 석진을 뿌리치고 은재가 정면에 주차된 회색 SUV로 다가갔다. 석진은 귀를 막은 채로 은재를 잡기 위해 뒤따라갔다.

SUV에 가까워질수록 클랙슨 소리가 커졌다. 머리가 아플 정도의 데시벨이었다. 더는 다가가지 못하고 멈춰 선 석진과 달리 은재는 고막을 찢을 듯한 소음에도 인상조차 찌푸리지 않았다.

보조석 창문을 들여다보더니 은재가 급히 손잡이를 잡아당겼다. 지켜보던 석진은 여전히 귀를 막은 채로 겨우 걸음을 옮겼다.

옅게 선팅된 뒷좌석 자동차 창문을 통해 언뜻 운전석에 앉은 사람의 모습이 눈에 띄었다. 이마로 클랙슨을 힘껏 누르느라 그런지 어깨가 부들부들 떨리고 있었다.

"야! 뭐 해?"

어디서 가져왔는지 주먹만 한 돌을 집어 든 은재가 보조석 창문을 향해 냅다 던졌다. 석진이 놀라 뒤로 물러섰다.

"문!"

"어?"

"문 열어야 한다고!"

은재의 목소리가 격앙됐다. 석진은 심상치 않다는 걸 눈치채고 보조석 쪽으로 다가가 더 자세히 안을 살폈다.

운전석에 회색 폴라티를 입은 여자가 있었다. 여자는 대각선으로 몸을 기울여 양손으로 핸들을 잡고 클랙슨에 이마를 박고 있었다.

"신고! 빨리 신고해!"

헤드레스트에 스카프를 묶어 목을 맨 상태로.

무슨 상황인지 짐작한 석진이 은재에게 신고하라고 소리치고는 돌을 주워 보조석 창문을 세게 두드렸다. 쿵쿵 소리가 클랙슨 소음 사이로 섞여들었다. 굵은 땀방울이 석진의 이마에서 흘러내렸다.

아무리 힘을 줘 내리쳐도 창문엔 금도 가지 않았다. 석진은 욕설을 중얼거리며 보닛 위로 올라가 전면 유리에 발길질을 하기 시작했다.

은재는 운전석으로 가 주먹으로 창문을 두드렸다.

여자의 어깨가 심각할 정도로 거세게 떨리고 있었다. 몸전체가 휘청거리는 것처럼 보였다. 바늘에 걸린 물고기 같은 움직임이었다.

여자가 은재 쪽으로 슬며시 고개를 돌렸다. 헝클어진 머리카락 사이로 붉게 충혈된 눈과 보라색으로 변해버린 얼굴이 드러났다. 검붉게 터진 입술은 기쁜 듯 활짝 미소 짓고 있었다. 여자의 입술 사이에서 침이 흘렀다. 턱을 따라 흐른 침이 여자의 허벅지로 떨어졌다.

따끔.

낯설지 않은 감각이 은재의 손등 위로 번졌다.

여자의 미소를 보던 은재가 시선을 내리깔았다.

손등 위로 긴 상처가 그어지고 있었다. 베이는 것처럼, 얇은 선이 점점 길어지고 그 사이에서 피가 새어 나왔다.

은재의 눈이 손등 위로 그어지는 상처와 여자를 번갈아 훑었다.

웃고 있었다. 눈엔 끔찍한 고통이 차 있는데도 여자의 입술만큼은 행복한 듯 웃고 있었다. 참지 못하겠다는 듯 웃는 얼굴이 기이했다.

발길질하던 석진이 훌쩍 보닛에서 내려와 2호 집 안으로 뛰어 들어갔다.

은재는 여자에게서 시선을 떼지 못한 채 오도카니 서 있었다.

시간이 멈춘 듯한 착각이 들었다.

좀처럼 동요하지 않던 심장이 출발하는 증기기관차처럼 박동했다. 마른 입술을 가까스로 움직인 은재가 '시우……' 하고 이름을 불렀다. 그 이름이 맞다는 것처럼, 여자가 충혈된 눈을 두 번 깜빡거렸다.

클랙슨 소리가 점차 작아졌다.

여자의 동공이 압력을 버티지 못하고 위를 향해 올라갔다.

삑, 하는 기계음과 동시에 자동차 헤드라이트 불빛이 깜빡였다.

땀 냄새가 훅 끼쳤다. 은재를 밀쳐낸 석진이 운전석 문을 열었다.

주춤거리며 물러선 은재가 바닥에 떨어진 자동차 스마트키를 발견했다.

"뭐 해? 빨리 누구라도 불러와!"

은재에게 지시하고 그는 여자의 어깨를 잡아 등받이로 밀었다.

클랙슨 소리가 멎었다. 석진은 올가미처럼 여자의 목을 감은 스카프를 벗겨냈다. 허무하게도 스카프는 끝과 끝만 묶여 헤드레스트에 걸려 있을 뿐, 여자의 목을 옥죄고 있는 건 아니었다.

석진은 좌석의 등받이를 뒤로 젖혀 여자를 눕히고 맥박을 확인했다. 미약하지만 맥박이 뛰었다. 너무 늦은 건 아닌 모양이었다.

"집에 있었으면 신고하든가, 아니면 그러지 말라고 말리든가! 차 키가 어디 있는지만 알려주면 다예요?"

치밀어오르는 화를 삭이며 그가 2호 집 2층 창문을 돌아보며 외쳤다.

차 키가 있다는 걸 알려준 운동복 차림의 여자는 보이지 않았다. 1층 통창을 뚫어지게 쳐다보았으나 어디에도 여자의 흔적은 없었다.

오르내리는 가슴팍이 거칠었다. 소매로 얼굴에 흐른 땀을 닦아낸 석진은 달려오는 관리소장을 보고 긴 숨을 내쉬었다.

"이게 무슨 일이야?"

보조석 문을 열어 여자의 상태를 확인한 관리소장이 '다행이야, 숨은 붙어 있네' 하고 안도했다.

"왜 이제 오세요? 그렇게 크게 소리가 울렸는데."

석진은 인도 끝 블록에 걸터앉아 관리소장에게 말했다. 모자를 벗어 부채질까지 하던 관리소장이 '무슨 소리? 아무 소리도 안 들렸는데' 하고 대답했다.

"클랙슨 소리요. 귀가 찢어질 뻔했어요. 한참이나 울렸는데, 나와보는 사람도 없고."

"착각한 거 아니야? 그 정도로 큰 소리면 당연히 내가 들었겠지. 여기서 관리센터까지 거리가 얼마나 된다고."

"아니에요. 진짜 큰 소리였는데."

"김석진!"

석진의 고개가 왼쪽으로 돌아갔다. 가벼운 외출복 차림을 한 시우가 놀란 표정으로 달려왔다.

"무슨 일이야? 너 다쳤어?"

시우는 석진의 옆으로 다가와 무릎을 굽히고 앉으며 걱정스레 물었다. 고개를 가로저은 석진은 운전석으로 시선을 던졌다.

"아냐, 내가 아니고……."

시우의 눈이 석진의 시선을 따라 옮겨갔다. 전보다 혈색이 돌아온 여자의 얼굴을 확인한 시우가 '어제……' 하고 말끝을 흐렸다.

"누군지 알아?"

"어제 그 여자잖아."

"어?"

"2호 집……."

입을 지그시 다문 시우가 어떤 시선을 느꼈는지 몸을 일으켰다. 방향을 잡지 못하고 헤매던 그녀의 시선이 누군가와 맞닥뜨리자 굳어버렸다.

시우를 올려다본 석진이 '왜 그래?' 하고 물었다.

관리센터와 2호 집 중간, 차도에 은재가 서 있었다.

은재는 시우를 부르지도, 알은척하지도 않고 그저 조용히 응시했다. 시우 역시 아무 말도 꺼내지 못한 채 은재를 마주 봤다.

"구급차 도착했나 보네. 우선 너희는 집으로 돌아가는 게 좋겠다. 어른들께는 내가 말씀드릴 테니까 너무 걱정하지는 말고. 알겠지?"

시우와 석진을 다독이고 나서 관리소장이 구급차를 향해 손을 흔들었다.

요란한 사이렌 소리와 함께 구급차가 안으로 진입했다. 툭툭 털고 일어선 석진이 가자며 시우의 어깨를 살짝 쳤다.

잠깐 사이, 구급차가 은재의 모습을 가렸다. 눈을 깜박이는 것보다 약간 더 긴 시간이었다.

구급차가 지나간 자리에 은재는 없었다. 시우를 일으켜 세운 시선도 더는 남아 있지 않았다.

"뭐 해? 가자니까."

시우의 손목을 붙잡고 석진이 인도로 올라섰다. 석진을 따라 인도에 선 시우가 구급대원들에 의해 들것에 실려 가는 미윤을 보았다.

불편함.

혹은 불쾌함.

정체가 뭐든, 꺼림칙한 감정이 시우의 안 깊은 곳에서 솟아났다.

'······죄책감?'

스스로 되물은 질문에 시우는 침을 삼켰다.

속이 울렁거렸다.

빛이 있었다.

사방이 구분되지 않는 어둠 속, 한 줄기 빛이 바닥에 선처럼 그어져 있었다.

미윤은 그 빛을 따라 걸었다. 한 걸음 한 걸음 내딛다가 뒤를 돌아봤으나 얼마나 걸어온 것인지 가늠되지 않았다. 한참 동안 아주 멀리 온 것 같다가도 겨우 몇 걸음 걸은 듯 가깝게 느껴졌다.

걷던 방향으로 몸을 돌린 그녀가 멈췄던 걸음을 뗐다.

빛이 이끄는 곳이 어디인지는 알지 못했다. 끝없이 뻗은 빛을 따라 시선을 던져보아도 끝나는 지점이 보이지 않았다.

'돌아갈까.'

잠시 고민했으나 '돌아간다니, 어디로?' 하는 질문이 뒤따라왔다. 돌아간다는 건 시작점이 있다는 뜻이고, 그 지점을 정확히 안다는 의미였다.

'나는 왜 이걸 따라 걷고 있지?'

미윤의 고개가 스르륵 떨어졌다. 저절로 눈이 감길 만큼 환한 빛이 이어져 있었다. '왜?'를 곱씹던 그녀가 멈춰 서서 무릎을 굽히고 앉았다.

빛에 손가락을 가져다 대자 손가락 마디만큼 빛이 지워졌다. 빛이 소실된 건 겨우 한 마디만큼인데도 눈을 뜨는 게 수월했다.

미윤은 반쯤 눈을 감고 찬찬히 빛을 살펴봤다. 백색에 가까운 빛 사이에 가느다란 무언가가 존재했다. 미세한, 신경 써서 보지 않는다면 발견하지 못했을 길고 가는 선. 빛이 없었더라면 어둠에 묻혀 찾지 못했을 검은 균열이 빛 속에 숨어 있었다.

'틈?'

틈이었다.

빛 속에 틈이 있었다.

빛은 벌어진 틈새에서 뿜어져 나왔다.

바닥에 낮게 엎드린 미윤은 빛 가까이 얼굴을 가져다 댔다. 광대와 볼에 숨결 같은 바람이 닿았다.

"아냐. 이상해. 이럴 리가 없는데……."

한순간 귓불을 타고 올라온 건 언니의 목소리였다. 불가능하다는 걸 알면서도 미윤은 틈을 벌리려고 애쓰며 '언니?'

하고 불렀다.

"잠깐. 확인을 해보자. 확인을 해보면…….

언니의 모습은 보이지 않았으나 틈 사이를 비집고 올라온 목소리는 미윤에게 도달했다. 언니를 부르는 대신 입을 다물고 그녀는 귀를 기울였다.

언니는 불안한 듯 연신 무어라 중얼거렸으나 단어가 뭉개져 잘 들리지 않았다. 미윤은 언니의 말을 들으려 애썼지만 문장 곳곳에 빈칸이 많아 정확한 말과 상황을 이해하기는 힘들었다.

"똑같아. 하나도 빠짐없이."

허탈한 듯한 말투로 언니가 웅얼거렸다.

미윤은 '뭐가? 뭐가 똑같은데?' 하고 되물었으나 틈 사이는 조용했다.

바닥을 짚은 손바닥에 힘을 줘 몸을 일으켰다. 사방은 여전히 어둠뿐이었고, 바닥에 그어진 한 줄기 빛 또한 그대로였다.

더는 앞으로 나아갈 수 없었고, 뒤를 돌아 도망칠 수도 없었다.

사실은 어디가 앞인지조차도 가늠이 되지 않았다. 어디든, 어느 방향이든 앞이라면 앞이었고, 뒤라면 뒤였다. 시작점을 몰랐기에 지금 선 이 자리가 시작점이 될 수도, 도착점이 될 수도 있었다.

'나는 왜 여기에 있지?'

고요한 물음에 미윤은 답을 골랐다.

'……없어져야 한다고 했으니까.'

스스로 고른 답이 아니었다. 누군가 말해준 것이었다.

'누가 그렇게 말했는데?'

떠오른 기억들 위로 검은 얼룩이 뭉개졌다. 기억하는 마지막을 떠올려보려 했으나 쉽지 않았다.

"……!"

기억을 헤집던 미윤의 발목을 억센 손이 움켜쥐었다.

균열이 만들어낸 틈이 벌어졌다. 빛이 더 넓은 범위로 확장됐다. 억센 손은 미윤의 발목을 잡고 아래로 끌어당겼다.

미윤은 틈 사이, 빛 속으로 낙하했다.

깊이를 알 수 없는 깊은 빛 속으로 잠겨가는 동안 그녀는 자신이 지나온 궤적을 멍하니 응시했다.

'내 잘못이 아니야.'

중력을 가로질러 떨어질수록 기억에 남은 마지막 말들이 미윤을 깨웠다.

'처음부터 그랬던 것처럼, 그냥 그렇게 지냈으면 됐는데.'

말을 내뱉던 이의 얼굴에는 빗금이 그어져 있었다. 자기 잘못이 아니라고, 되려 원망을 퍼부어대던 끔찍한 모습 위로 거칠게 그어진 빗금이 가득했다.

'아프지 않았을 거야. 아프다는 말의 의미를 모를 테니까.'

순식간이었다. 흐릿하던 미윤의 눈동자에 초점이 돌아왔다.

뒷머리와 등이 차가운 아스팔트 바닥에 닿았다. 미윤은 옆으로 몸을 비틀며 격하게 기침을 토해냈다. 팔에 힘이 들어가지 않아 몇 번이나 비틀거리고서야 겨우 중심을 잡고 섰다.

검은 아스팔트를 디딘 발이 맨발이었다. 위아래 옷은 병원 로고가 박힌 환자복이었고, 목엔 의료용 밴드가 붙어 있었다.

'걱정하지 마. ……니까.'

여전히 기억은 불안정했고 문장 사이에 지워진 단어가 무엇인지 알 수 없었으나, 어디로 가야 할지, 그것만큼은 알고 있었다.

미윤은 지체하지 않고 걸었다.

길가에 조경된 꽃들이 살랑거렸다.

바람은 불지 않았다.

* * *

"잘 잠갔어? 확실하게 잠근 거 맞지?"

엄마는 불안한 듯 연신 팔뚝을 쓸어내리며 아빠에게 물었다. 아빠는 현관문 잠금장치를 몇 번이나 확인했다.

"확실하게 잠갔어. 허락 없이는 아무도 우리 집엔 못 들어와."

아빠는 결연하게 대답하며 일부러 현관문 손잡이를 잡아당겼다. 꿈쩍도 하지 않는 현관문을 확인하고서야 엄마는 비로소 긴장된 어깨를 떨구었다.

나는 계단 중앙에 앉아 그 모습을 지켜보았다. 나를 돌아보며 아빠가 한쪽 눈을 찡긋거렸다.

"나갈 때 항상 조심해. 밖에 뭐가 있을지 모르니까."

"애한테 겁주지 마. 시우는 얼른 올라가서 자고."

차례로 내게 말을 건넨 아빠와 엄마가 1층 침실로 들어갔다.

난간을 잡고 일어서서 굳게 잠긴 현관문을 바라보았다. 문을 열면 누군가 서 있을 것 같았다. 열리기를 기다리다가 열리는 순간 내 몸을 낚아채 꾸역꾸역 씹어 삼킬 것만 같은 기분이었다.

현기증이 일었다. 여러 번 속을 게워낸 탓인지 현관문이 일렁거렸다. 난간을 잡은 손바닥에서 땀이 났다. 안정을 위한 심호흡을 반복하고 몸을 돌렸다. 한 칸씩 계단을 딛고 올라갔다.

방에 들어가 좋은 냄새가 나는 푹신한 침대에 몸을 뉘었다. 두꺼운 겨울용 이불이 따뜻하게 몸을 감쌌다.

고른 숨을 내쉬며 힘을 풀었다.

끔뻑거리던 눈이 잠을 이기지 못하고 감겼다.

불이 꺼진 흰색 2층 주택 앞이었다.

나는 그 집 앞에 멀거니 서 있었다.

주택 곳곳을 훑고 다니던 시선이 활짝 열린 현관문에 이르렀다. 현관문 안쪽은 온통 검은색이었다.

문을 향해 다가갔다. 현관문에 설치된 센서등이 내 방문을 알렸다. 반짝, 켜진 불빛이 어둠을 걷어냈다.

계단을 내려오는 다급한 걸음 소리가 들렸다. 고개가 움직였다. 시선이 마주쳤다. 품에 한가득 무언가를 안아 든 여자가 수척한 얼굴로 가쁜 숨을 몰아쉬었다.

"너…… 아니야. 너구나, 시우. 그렇지?"

나를 쏘아보던 여자가 안심한 듯 내게 물었다.

"꿈이죠?"

가벼운 내 되물음에 여자의 입술이 벌어졌다.

"꿈? 나도 그랬으면 좋겠다."

여자는 환자복을 입고 있었다. 목에는 상처를 치료한 듯 의료용 밴드가 덮여 있었다.

"꿈일 거예요. 그게 아니라면 제가 왜 여기에 있겠어요?"

꿈이었다.

꿈일 것이었다. 나는 내 방 침대에서 잠들었고, 지금도 실제의 나는 거기에 있었다.

"마음대로 생각해. 널 설득할 시간은 없으니까."

내 앞을 지나치던 여자의 품에서 얇은 공책 한 권이 떨어졌다.

허리를 숙여 공책을 주웠다. 거실로 들어가던 여자가 '미안한데, 여기로 좀 가져다줄래?' 하고 부탁했다.

나는 여자가 떨어뜨린 공책을 들고 거실 안으로 발을 들였다.

거실은 깔끔했다. 내가 사는 집과 비슷한 구조였으나 더 단정했다. 최소한의 가구와 물건만 있었고, 나머지는 어디론가 모두 치워버린 것만 같았다. 이 집의 주인이 어떤 취향인지 짐작이 갔다.

"거기에 둬."

그러나 소파 앞 테이블과 바닥에는 수십 권은 될 듯한 공책과 다이어리, 메모가 쌓여 있었다. 그중 몇 권은 바닥에 널브러져 있었고, 또 몇 권은 소파 위에 놓여 있었다.

여자가 시킨 대로 테이블 끝에 공책을 올려두었다. 여자는 손에 잡히는 대로 펼쳐 내용을 읽었다.

"가족이죠?"

그렇게 묻자 여자의 고개가 나를 향해 틀어졌다.

"여기 살던 분. 그분 가족 맞죠?"

"동생이야. 내 이름은 박미윤이고. 여긴 언니 집……이었어."

"과거형으로 말씀하시네요."

입을 다문 미윤이 지그시 내 눈을 바라봤다.

"죄송해요. 나쁜 뜻으로 한 말은 아니었는데……."

여전히 침착해 보이는 그녀의 표정을 살피며 사과했다.

"너를 탓하려고 본 게 아니야. 어떤 표현이 맞을지 몰라서 고민하고 있던 거야. 죽었다는 표현은 적합한 게 아닌 것 같아서."

"적합하지 않다고요?"

"어떤 표현이 적합한지는 나도 모르겠다. 어쩌면 죽었다고 말하는 게 맞을 수도 있겠지. 나도 아직은 답이 뭔지 모르거든."

얼굴 귓가로 흘러내린 머리카락을 쓸어 넘기며 미윤이 '혹시 우리 언니에 대해 아는 게 있니?' 하고 물었다.

나는 이곳에 살았던 여자를 떠올리려 노력했다. 내 앞에 있는 미윤의 언니였고, 나의 이웃이었던 여자. 오고 가며 마주쳤을 테고 인사도 했을 테지만 내가 내놓을 수 있는 대답은 없었다.

"죄송해요."

화내거나 전처럼 절박하게 매달릴 것이란 예상과 다르게 미윤은 가만히 고개를 주억거렸다.

"그래도 좋은 분이셨을 거예요."

서둘러 덧붙인 내 말에 미윤이 고개를 들어 나를 똑바로 보았다.

마주친 눈동자가 짙었다. 짙은 눈동자가 누군가와 꼭 닮은 느낌이었다.

"맞아. 언니는 좋은 사람이었어."

미윤의 입술이 살짝 벌어졌다. 말을 고르는 듯하던 그녀가 조심히 말을 꺼냈다.

"근데 이상하게 언니에 관한 게 기억나지 않아. 꼭 처음부터 존재하지 않았던 사람을 추억하는 것처럼."

"그건…… 정말 이상한 일이네요."

내가 맞장구를 치자 그녀는 '그렇지?' 하고 힘없이 웃었다.

"뭘 하는 거예요?"

미윤에게 묻은 슬픔을 조금이나마 환기시킬 요량으로 테이블과 바닥을 가리켰다.

바닥을 훑던 미윤의 시선이 올라왔다. 그녀의 손이 내 앞으로 다이어리를 내밀었다.

"나도 내가 뭘 찾는지는 몰라."

미윤에게서 건네받은 다이어리를 펼쳤다.

오래전에 사용한 것인지 겉가죽엔 사용감이 묻어났고 종이 끄트머리는 다소 노랗게 변색돼 있었다.

"이게 다 뭔데요?"

"언니가 그동안 쓴 일기, 기록, 메모 같은 것들이야."

"뭘 찾는지 모른다면서요. 근데 이걸 왜 봐요?"

"내 생각엔 언니가 뭔가를 남겨둔 것 같거든."

"그 말은 언니분 사고가……."

"사고가 아니야. 절대로."

일말의 고민도 없이 단언했다.

미윤은 확신하고 있었다. 여기에 모아둔 수많은 과거 속에 힌트가 있으리라고. 나는 종이를 넘기며 다이어리에 적힌 내용을 훑었다. 죽음과 관련된 힌트가 숨어 있다기에는 그저 평범한 일기였다.

"정말 여기에 있을까요?"

종이를 넘기던 내 손을 그녀가 붙들었다. 갑작스러운 악력에 놀라 미윤을 쳐다봤다. 꿈이라고 여기기에는 몹시도 선명한 감촉이었다.

"만약에 내가 찾을 수 없는 상태가 된다면, 그땐 네가 꼭 찾아야 해."

내게 닿는 시선이 묵직하게 느껴졌다.

"너라면 할 수 있을지도 몰라."

미윤과 마주 보고 있자니 다시금 속이 울렁거렸다. 실려 가던 미윤을 보며 느꼈던 감정이 휘몰아쳐 내 안에 쌓이는 듯했다.

도저히 거절할 수 없었다. '왜요?'라는 질문조차 꺼내지 못했다. 그래선 안 될 것 같았다.

차마 나오지 않는 목소리를 대신해 고개를 끄덕였다.

"고마워. 난 더는 기댈 데가 없거든."

허탈하게 말해놓곤 그녀가 테이블 위에 있던 다른 공책을 들어 펼쳤다.

미윤과 내가 있는 이 공간엔 종이를 넘기는 소리만이 흘렀다. 나도, 미윤도 더는 말을 꺼내지 않았다.

무얼 찾아야 하는지, 힌트라는 게 남아 있는지조차도 몰랐다. 그런데도 우리는 암묵적으로 합의한 사람들처럼 필사적으로 눈을 굴렸다.

다섯 번째 다이어리를 집어 들었을 즈음 통창 밖을 올려다보았다. 하늘 끝자락이 어슴푸레한 색으로 물들어 있었다.

종이를 넘기던 손가락이 힘을 잃고 허공에서 방황했다.

막이 낀 듯 희뿌연 시야가 마지막으로 담은 건 일기를 읽는 미윤의 옆모습이었다.

손쓸 새도 없이 아슴아슴 눈이 감겼다. 도저히 참을 수 없는 졸음이었다.

"시우야."

미윤이 나를 불렀다.

"시우야."

'아냐, 아니야.'

나를 부른 건 미윤이 아니었다.

흐릿해진 미윤의 잔상 뒤로 덧입혀진 그림자.

형체도 없이 뭉개진 물감처럼 잔뜩 번진 모습으로 내 이름을 부르는 존재.

"시우야."

그림자가 미윤을 삼켰다. 장막이 내려오듯 미윤의 모습이 위에서부터 사라져갔다.

"시우야."

미윤을 완전히 집어삼킨 그림자가 다시금 나를 불렀다.

"김시우, 일어나라니까."

어깨를 흔드는 손길에 눈을 떴다. 눈앞엔 석진이 교탁을 짚고 서 있었다.

"이제야 눈을 뜨네. 밤에 안 자고 뭐 했어?"

석진이 볼멘소리를 했다.

당황스러워 무릎에 은근히 힘이 들어갔다. 반동으로 바닥에 끌린 의자가 끼익, 소리를 내질렀다.

"뭐 하나?"

"내가 왜 여기에 있어?"

"뭐? 뭔 소리야?"

"집…… 아니, 아니야. 그 여자……. 박미윤 씨랑 2호 집에 있었는데."

"꿈꿨냐?"

석진의 손바닥이 내 얼굴 앞을 왔다 갔다 했다. 나는 석진의 손을 잡아 멈춰놓고 교실을 둘러보았다.

항상 봐온 풍경이었다. 꿈이든 아니든 지나칠 정도로 현실적이었다.

"꿈이야?"

"자꾸 뭐라는 거야? 어이, 김시우 씨. 정신 좀 차리세요. 이제 곧 종렌데 아직도 정신을 못 차리면 어떡합니까? 이래서 집에는 갈 수 있겠어요?"

"꿈이라고? 전부?"

멍하니 읊조린 내 말에 석진이 걱정되는 듯 금세 장난기를 거뒀다.

"너 어디 아픈 거 아니야?"

손목에서 힘이 빠졌다. 내 손아귀에서 벗어난 석진의 손이 위로 움직였다.

"이상하네. 열은 없는데."

석진은 내 이마에 손바닥을 대 체온을 재고는 갸웃거렸다.

"가봐야겠어."

나는 가방을 챙겨 교실을 뛰쳐나왔다. 복도의 서늘한 기운이 종아리를 덮었다. 뒤따라온 석진이 내 팔을 붙잡아 세웠다. 놀란 듯이 눈을 크게 뜬 그가 '왜 이러는 거야, 진짜?' 하고 화내듯 말했다.

"무슨 일인데? 어?"

"이상해. 전부 다 이상해."

"그러니까 뭐가 이상한데?"

석진은 입을 꾹 다문 내 표정을 찬찬히 살핀 다음 눈썹을 긁었다.

"가방 가져올 테니까, 나랑 같이 가. 알겠지?"

나를 남겨두고 석진이 복도 끝을 향해 달려갔다. 작아지는 석진의 뒷모습을 보다가 손을 들어 머리를 감쌌다.

입술이 벌어졌으나 나오는 말은 없었다. 무슨 말을 꺼내야 할지 몰랐다. 표백된 듯 아무런 생각도 나지 않았다.

"가자."

석진은 오른쪽 어깨에 가방을 걸치고서 돌아왔다.

헐거운 넥타이를 풀어 주머니에 넣은 다음 그가 앞서 계단을 내려갔다.

"시우야."

불쑥 들려온 소리에 뒤를 돌았다. 가슴이 심하게 요동쳤다. 복도 어디에도 나를 부른 이는 보이지 않았다. 현기증이 일 듯 자꾸만 눈앞이 점멸했다.

"왜 그래?"

층계참에 먼저 도착한 석진이 나를 돌아봤다.

"아냐."

더듬더듬 발을 움직여 계단을 밟았다.

기분 나쁜 불쾌함이 울컥 치솟았다.

단지 내로 들어와 무작정 집을 향해 걸었다. 내 옆을 따라 걷던 석진이 단지를 순찰 중이던 관리소장을 발견하고 친근하게 인사했다.

나는 걸음을 멈춘 뒤 방향을 틀었다.

2호 집 현관문이 닫혀 있었다.

"여긴 왜 보고 있어? 집에 간다며?"

석진이 불안한 목소리로 물었지만 나는 대답하지 않았다. 그러자 석진도 나를 따라 2호 집을 보았다.

"수척해 보이기는 했는데, 많이 다친 것 같지는 않았어."

"누가?"

"그 여자. 박미윤 씨."

"박미윤?"

"네가 구해준 여자."

덧붙인 설명에 석진의 입술이 씰룩거렸다.

"내가 여자를 구해줬다고? 넌 무슨 꿈을 그렇게 다채롭게 꾸냐?"

꿈이라고? 갑자기 심장이 멎는 것 같았다. 몸의 피가 전부
빠져나간 듯 손가락에 감각이 사라졌다.

"네가 차에서 꺼냈잖아."

"그렇게 말하니까 내가 꼭 영웅 같네. 너 은근히 나를 영
웅처럼 생각하는구나?"

"장난치지 말고! 어제 네가 구해줬잖아!"

"그런 일이 있으면 내가 기억하겠지."

내 눈치를 살피던 그가 말을 얼버무렸다.

"2호 집에 살던, 죽은 여자의 동생 있잖아. 짧은 단발에 날
붙잡고 안 놔줘서 네가 화내기도 했던, 그 여자 말이야."

길어지는 설명에도 석진은 연신 '내가? 상상 아니고?' 하
며 어깨를 으쓱거렸다.

"근데 여기 빈집 아니야? 계속 비어 있었는데."

석진은 아무렇지 않게 말하곤 휘파람을 불었다.

"다시 말해봐. 여기가 빈집이라고?"

나는 석진의 허리께를 잡은 채 되물었다.

"빈집 맞을걸? 기다려봐. 소장 아저씨한테 물어볼 테니까."

석진이 관리센터로 돌아간 관리소장을 부르러 뛰어갔다.

기다릴 여유가 없었다. 나는 석진에게서 시선을 거두고 2호
집 정원에 발을 들였다.

현관문 앞에 도착해 손잡이를 잡아당겼다. 현관문이 손쉽

게 열렸다.

매캐한 먼지가 폭발하듯 바깥으로 터져 나왔다. 소매로 코와 입을 막고 현관 안으로 들어갔다.

내가 기억하는 2호 집 내부와 같았으나 생활 흔적이 없었다. 조심스레 거실로 걸음을 옮겼다.

소파와 테이블 위, 근처 바닥엔 먼지 쌓인 공책과 다이어리, 메모들이 너저분하게 흐트러져 있었다.

바닥을 이리저리 돌아다니던 눈길은 바닥을 디딘 하얀 맨발을 보고 멈췄다.

시선이 올라갔다.

상체가 검게 칠해진 가냘픈 인영이 나를 향해 가만히 서 있었다. 새하얀 발바닥 아래에서 흐른 구정물 같은 검은 액체가 바닥에 고였다.

"사고가 아니야. 절대로."

수척한 여자의 환영이 내게 말했다.

내쉬던 숨이 멎었다.

환영은 부유하는 먼지들과 섞여 사라졌다.

그제야 숨통이 틔었다. 손끝이 차가웠다.

'미윤…….'

알고 있다.

나는 그 이름을 알고 있다.

테이블 앞으로 걸어가 펼쳐진 공책을 주워 들었다. 펄럭거리며 종이가 넘어갔다.

"김시우! 안에 있어?"

현관에서 나를 찾는 석진의 음성이 들렸다. 안으로 들어오려는지 둔탁한 걸음 소리가 가까워졌다.

"어휴, 먼지 봐. 여기 빈집 맞아. 아저씨가 그러는데 입주 때부터 아무도 안 살았대."

석진은 툴툴거리며 말하다가 입을 다물었다.

그럴 리 없어. 나는 석진의 말에 대답하는 대신 아랫입술을 깨물었다.

"그게 다 뭐냐? 빈집에 웬 공책들이 이렇게 많아?"

"석진아, 정말로 너는 박미윤 씨가 기억나지 않아?"

"맹세코 몰라. 처음 들어봤어."

다가온 석진이 '와, 먼지 대박' 하고 테이블 위에 있던 메모지를 들고 팔랑거렸다. 먼지가 주변으로 흩어지며 날아갔다.

"박미윤이 누군데 계속 물어봐?"

나는 어떤 말도 꺼내지 못한 채 침묵을 지켰다.

내 앞에 앉아 말하고, 내 손을 잡고 부탁하던 존재가 하루 아침에 사라졌다. 심지어는 나를 제외한 모두가 그 존재를 기억하지 못했다.

오직 나만이 박미윤 씨를 기억했다.

그녀는 절박하게 나를 붙잡았고, 내게 도움을 구했고, 무언가를 부탁한 사람이었다.

여자가 단언했듯, 나도 단언할 수 있었다.

내 기억은 잘못되지 않았고 박미윤 씨는 존재했다. 지금 여기, 이곳에 남겨진 공책과 다이어리, 메모지가 그 증거였다.

미윤을 보면서 느끼던 죄책감은 책임감이 되어 내 어깨를 내리눌렀다.

외면할 수 없어. 모른 척할 수 없어. 그런 다짐이 중심을 잡아주었다.

"만약에 내가 찾을 수 없는 상태가 된다면, 그땐 네가 꼭 찾아야 해."

나는 미윤을 떠올리려 애쓰며 두 눈에 힘을 줬다.

올곧은 시선으로 내 눈을 들여다보던 그녀의 얼굴이 어쩐지 선명하지 않았다. 빗금을 잔뜩 칠해둔 것처럼 떠올리려 할수록 미윤의 형상이 멀어졌다.

"근데 이상하게 언니에 관한 게 기억나지 않아. 꼭 처음부터 존재하지 않았던 사람을 추억하는 것처럼."

언니에 관해 꺼내놓은 미윤의 말이 머릿속을 떠돌아다녔다.

"야! 그걸 왜 넣어? 뭐 하려고?"

먼지 쌓인 기록물을 챙겨 가방에 넣었다. 한가롭게 장난치던 석진은 내 행동에 기함해 입을 벌렸다.

"약속했어."

가방이 꽉 찰 정도가 되자 미련 없이 지퍼를 잠갔다. 가방에 넣지 못한 것들은 따로 모아 챙겨 갈 작정이었다.

"무슨 약속?"

"내가 찾겠다고."

"뭘 찾는데?"

다이어리를 쌓아 올리던 내 손이 일순 멈칫했다.

"나도 내가 뭘 찾는지는 몰라."

내게 털어놓던 여자의 목소리가 귓가를 간질였다.

"여기서 찾아야 할 게 대체 뭔데?"

여자가 찾던 것, 이제는 내가 찾아야 할 것. 대체 그건 뭘까.

석진은 재차 뭘 찾는 거냐고 물었다. 나는 숨을 고르고 여자의 대답을 따라 말했다.

"나도 내가 뭘 찾는지는 몰라."

석진의 표정이 우스꽝스럽게 변했다. 그는 이해할 수 없다는 듯 '모른다고?' 묻고는 미치겠다며 혼잣말했다.

"그렇지만 꼭 찾아야 하는 게 있거든."

"뭘 찾는지도 모르면서, 찾아야 할 게 있다는 건 어떻게 아는데?"

"알아."

여자가 그랬듯 힘을 줘 대답했다.

내 표정을 본 석진이 손가락으로 관자놀이를 눌렀다.

"내가 너 때문에 못 산다, 진짜."

석진은 어깨에 걸쳐 멘 가방을 바닥에 내려두고 내가 쌓아둔 다이어리를 가방 안에 넣었다.

"나중에 새 가방 하나 사줘라. 인간적으로 이 정도면 다시 못 써."

남은 세 권의 공책을 마저 챙긴 다음 그가 그만 나가자며 손짓했다. 무거운 가방을 앞으로 메고 거실을 나섰다.

흩어진 먼지가 걸음마다 날아올랐다.

* * *

손등 위에 길게 그어진 상흔이 존재했다. 은재는 손가락으로 상처 자국을 쓸어내리다가 이내 소매를 내려 손등을 덮었다.

속닥거리던 학생 둘이 은재의 눈치를 보다가 교실을 나갔다. 교실에 혼자 남은 은재는 등받이에 기대며 고개를 쳐들었다.

하얗게 칠해진 천장에 금이 가 있었다. 하나하나 세어보면 그 수가 족히 수십 개는 될 법했다.

천장뿐만이 아니었다. 교실 벽과 바닥, 복도 곳곳에도 금이 가 있었다. 전부 살펴보지는 못했으나 학교 전체에 금이 가 있으리란 확신이 들었다.

'……균열.'

은재는 낯선 단어를 곱씹으며 건물들처럼 금이 간 자기 몸을 떠올렸다. 도자기처럼 연약한 피부에 남은 상흔과 건

물에 남은 금이 흡사했다.

'계속해서 금이 가면 무너지고 말겠지.'

균열을 일으킨 건물이 무너지는 걸 상상하다 보면, 자연히 상처로 얼룩진 몸이 연상됐다.

'내 몸도 산산이 조각나서 무너질까?'

그럴 수도 있겠다는 생각에 은재가 조소를 머금었다.

'내 안엔 뭐가 들어 있을까?'

조각난 몸속에서 쏟아질 것들은 예상되지 않았다. 어쩌면 텅 비어 있을 수도 있었고 반대로 꽉 차 있을지도 몰랐다.

느긋하게 눈을 감으며 은재는 디딘 발에 힘을 줘 바닥을 밀었다. 기우뚱, 의자 앞다리가 들렸다.

의자 뒷다리가 불안정하게 흔들렸다. 은재는 몸에 힘을 빼고 안정감 있게 중심을 잡았다. 흔들리던 몸이 나른하게 늘어졌다.

균열은 전조라는 생각이 들었다. 무엇의 전조이든 간에 이미 시작된 이상 멈출 수는 없는 일이었다.

은재가 손을 들어 왼쪽 눈을 가린 안대를 치웠다.

텅 빈 눈이 깜빡거렸다.

"어때? 오랜만에 오빠랑 밥 먹으니까 즐겁지? 너도 봤겠지만, 어머님하고 아버님 눈에서 꿀이 뚝뚝 떨어지더라. 아무래도 너보단 내가 더 사랑받는 것 같아."

저녁을 먹는 내내 쉼 없이 떠들었는데도 석진은 아직 할 말이 남은 모양이었다.

"좋겠다. 사랑받아서."

나는 책상 의자에 앉아 다이어리를 펼치며 대강 대꾸했다.

"좋지. 일단 사랑을 받는다는 거 자체가 얼마나 가슴 따뜻한 일이니?"

내 침대에 걸터앉은 석진이 양손을 모아 가슴께에 대고 떠들었다.

"저녁도 먹었는데, 집에 안 가?"

내가 핀잔을 주듯 묻자 그가 눈을 가늘게 뜨고 삐딱하게 되물었다.

"왜? 갔으면 좋겠냐?"

"부모님 걱정하실 거야. 그만 가."

"누가 들으면 우리 집이 여기서 한 시간은 떨어진 데 있는 줄 알겠다. 바로 맞은편, 코앞인데. 네 방 창문에서 내 방 창문이 보이는 건 알지?"

딱히 대꾸할 말이 없어서 습관처럼 혓바닥을 입천장에 두드렸다. 딱, 딱, 하는 소리가 입안에서 울렸다.

"너 그 버릇 여전하구나."

"무슨 버릇?"

"그거. 혓바닥으로 입천장 두드리는 거."

"버릇이잖아. 나도 모르게 하는 거지."

수긍한다는 듯 석진의 고개가 위아래로 움직였다.

대화를 이어갈까 하다가 아직 읽지 못한 일기가 많다는 걸 상기하고 마음을 접었다.

2호 집에서 가져온 공책과 다이어리가 아직도 반이나 남아 있었다. 뭘 찾아야 하는지 모르기에 꼼꼼하게 읽다 보니 속도가 더뎠다. 석진은 도와주겠다고 했으나 원체 읽는 걸 싫어해서 진도는 지지부진했다.

"그러지 말고 머리를 맞대보자."

다이어리 첫 장을 막 읽으려는데 석진이 말을 걸었다. 팔을 뒤로 뻗어 침대를 짚으며 그가 '무작정 읽는다고 뭐가 나오겠냐? 뭘 찾는지도 모르면서' 하고 덧붙였다.

"일단 네가 아는 거 전부 말해봐. 찾는 게 뭔지는 몰라도, 왜 찾아야 하는지는 말해줄 수 있을 거 아니야."

영 헛소리는 아니었다. 나는 석진이 이해할 수 있을 정도의 문장을 고르고 골라 말을 꺼냈다.

"누가 죽었어. 다들 사고나 자살이라고 생각하는데, 사실은 그게 아님을 밝힐 수 있는 증거 혹은 힌트가 여기 어디에 남아 있을 거야. 이게 내가 아는 첫 번째."

"두 번째는?"

"이건 좀 불확실한데……."

석진의 눈이 호기심으로 반짝거렸다.

"왜 하필 일기일까, 고민해봤거든. 일기는 되게 사적인 거잖아. 꼭 비밀이 적혀 있지 않더라도 그 사람이 그날 뭘 했는지 알 수 있는."

"근데?"

"일기에서 뭔가를 찾아야 한다면 평소와는 다른, 다른 곳에는 적지 않은 걸 찾는 게 맞지 않을까……."

"오, 일리 있는데? 그럼 그걸 찾아보면 되겠네."

실마리라도 잡은 듯 석진이 명쾌하게 반응했다. 나는 신이 나서 공책을 펼치는 걸 지켜보다가 이어 말했다.

"그런데 하나도 없어."

석진은 공책을 펼치다 말고 눈썹을 찌푸렸다.

"뭐가?"

"다른 점이 없어. 눈에 띄는 것도 없고. 평범해. 딱히 좋은 일도, 나쁜 일도 없는 진부한 하루들이야."

"전부 읽은 건 아니잖아? 혹시 아냐. 아직 안 읽은 부분에 그런 게 있을지."

석진이 소리 나게 공책을 덮었다. 머리를 마구 헤집더니 '공부하는 것보다 이게 훨씬 어렵다' 하고 앓는 소리를 내며 침대에 누웠다.

뾰족한 수가 없기에 다시 다이어리로 시선을 옮겼다.

꾹꾹 눌러썼을 것 같은데 일기 내용은 담백했다. 날씨가 맑았고, 지인을 만나 함께 밥을 먹었으며, 집에 돌아오는 길에 꽃을 샀고, 화병에 담아 서재에 두었다는 게 전부였다.

타인의 일기를 읽는 게 꼭 몰래 훔쳐보는 묘한 기분이라서 괜스레 헛기침이 나왔다.

"나도 생각해봤거든?"

언제 일어났는지 옆으로 다가온 석진이 무릎을 굽히고 앉아 내 눈을 똑바로 보았다.

"눈에 띄는 게 없다! 다른 점이 없다! 지금 상황이 이거잖아. 그렇지?"

"그렇지."

"그럼 공통점을 찾아보는 건 어때?"

"공통점?"

"다른 점을 찾을 수 없으면, 같은 점을 찾아보자는 거지. 그냥 보기엔 별거 아닌데 막상 모아보면 그게 이상한 점일 수도 있는 거니까."

"맞아. 그럴 수도 있겠다."

석진의 말을 되새기며 내용을 훑었다. 눈에 띄지 않더라도 공통된 무언가 있다면…….

"잠깐만, 날짜는 전부 다른데…….'

종이를 넘기는 손이 빨라졌다. 마지막 장까지 전부 확인하고 다른 다이어리를 펼쳐 확인해도 바뀌지 않는 한 가지가 있었다.

"석진아."

"어?"

"너 집에 일기 있어?"

"일기?"

"어릴 때 썼던 거나, 최근에 쓴 거나. 혹시 있어?"

내 질문에 눈을 굴려 고민하던 석진이 '있을걸? 그건 왜?' 하고 되물었다.

"지금 당장 가서 집에 있는 일기 전부 가져와."

"갑자기?"

"나도 내 일기 찾아올 테니까, 최대한 빨리!"

"야! 이유는 말을 해줘야지!"

석진의 팔을 잡아 방 밖으로 끌어냈다. 후드를 뒤집어쓴 석진이 주머니에 손을 넣고 계단을 내려갔다.

나는 계단 아래로 사라지는 석진을 오래도록 주시했다. 일어날 수 없는 일들이 일어났고 불가능한 일이 벌어지기도 했으나 어쨌든 받아들였다. 하지만 이건…….

이건 뭘 의미하는 거지?

현관문 닫히는 소리가 들린 후에야 방으로 들어와 아직 읽지 않은 다이어리와 공책을 전부 펼쳤다.

양손으로 각기 다른 일기를 넘기며 맨 위에 적힌 '날씨'를 확인했다.

날씨, 맑음

날짜가 바뀌고 내용이 소소하게 변했음에도 날씨는 늘 그대로였다. 어느 계절에도, 누구를 만나도 그것만큼은 변하지 않았다.

잘못 기록한 건 아닐까. 매일 기록한 게 아니니 맑은 날에만 일기를 썼을 가능성도 충분했다.

비교할 다른 일기가 필요했다. 마냥 석진을 기다리기보다 당장 할 수 있는 걸 해야 했다.

방을 나와 계단을 내려갔다. 계단을 밟는 발에 힘이 가득 실렸다.

곧장 거실로 들어가 장식장 맨 아래 서랍을 열었다.

석진이 학교 신문부이듯 나는 사진부에 속해 있었다. 사진에 딱히 취미가 있는 건 아니었으나 학교를 벗어나 돌아다니는 게 좋았다. 건전한 일탈을 위해 선택한 동아리였기에 나는 결코 성실한 부원은 아니었다. 그렇다고 해서 부원으로서의 책임 의식을 버린 것도 아니었다. 나는 담당 선생님이 시킨 대로 야외 풍경을 찍고는 했다. 3월부터 11월까지, 방학을 제외한 약 6개월 동안.

바닥에 주저앉아 서랍에서 꺼낸 앨범을 펼쳤다. 파란 하늘을 담은 사진 밑에 날짜가 기록되어 있었다.

다음 장을 넘기고, 또 다음 장을 넘겨도 하늘은 온통 파랬다. 바뀌는 건 날짜와 피사체뿐이었다.

일기 속 날씨가 전부 '맑음'이었듯 내가 찍은 사진 속 풍경도 온통 맑았다. 흐리거나 비가 내리는 날은 없었다. 괴로움과 고통이 없는 완전무결한 세상처럼, 하루하루가 완벽한 날씨였다.

나는 몸을 앞으로 기울여 바닥을 짚고 떠올렸다. 날이 흐렸던 날을, 비가 오고 번개가 친 날을.

'……기분이 나빠질 정도로 날씨가 좋지 않았던 순간이 있었던가?'

눈이 내릴 때도 하늘은 청명했다. 그땐 전혀 의식하지 못했으나 지금 와 곱씹어 생각해보면 이상한 일이었다.

앨범을 옆으로 치우고 자리에서 일어섰다. 이대로 단정 지을 수는 없었다. 석진의 일기도 확인해봐야 했다.

거실을 나와 외투도 걸치지 않은 채 운동화를 꺾어 신었다. 그대로 현관문 손잡이를 밀었다.

현관에 달린 센서등이 빠르게 점멸했다. 그런데 현관문이 열리지 않았다. 그제야 걸쇠가 걸린 잠금장치가 눈에 띄었다.

단단하게 걸린 걸쇠를 풀고 그 아래 동그란 잠금장치를 돌렸다. 철제 특유의 비릿하고 눅진한 냄새가 손가락에 배어났다.

힘껏 현관문을 밀었다. 틈이 벌어지면서 깜깜한 밤의 풍경이 드러났다.

"나갈 때 항상 조심해. 밖에 뭐가 있을지 모르니까."

현관 밖으로 나오기 무섭게 장난스러운 아빠의 말이 환청처럼 내게 경고했다. 나도 모르게 뒤를 돌아봤다. 침실 앞에 엄마와 아빠가 서 있었다. 두 사람은 아무 미동도 없이 서서 나를 지켜보고 있었다. 송곳처럼 몹시 날카로운 시선이었다.

완전히 집을 나오자 문이 굳게 닫혔다.

그와 동시에 1층 통창과 2층 창문의 빛이 사라졌다. 내부가 보이지 않을 정도의 짙은 어둠이었다.

"난 비가 오는 날을 싫어해."

마주 본 주택 사이, 도로 가운데에 선 누군가가 하늘을 올려다보며 중얼거렸다.

"석진이도 비가 오는 날이 싫댔어."

"누구세요?"

"은재는 흐린 날이 끔찍하게 싫다고 했고."

"석진이랑 은재를 알아요?"

하늘을 향해 있던 고개가 조금씩 아래로 내려왔다. 피할데 없는 시선이 부딪혔다. 손끝이 차갑게 얼어붙었다.

"그래서 궂은 날씨를 없앴어. 매일 맑은 날만 있으면 좋으니까."

나였다.

"완벽했거든! 화창한 날씨, 친절한 사람들, 미소가 전부인세상. 어떤 고난과 역경도 여기선 아무것도 아닌 게 되어버리니까."

내가, 내 앞에 있었다.

"어떻게……."

침을 삼킬 수도, 눈을 깜빡거릴 수도 없었다.

"근데 균열이 일어났어."

분명 나였다. 도로 중앙에 선 사람은, 거울을 보듯 나와 똑같은 모습이었다.

내 앞에 있는 나는, 표정이 지워진 무채색의 얼굴로 나를응시했다.

"봐. 천둥이 칠 거야."

말이 끝나자마자 요란스러운 천둥이 울려 퍼졌다. 커다란굉음 사이로 이명 같은 비명이 섞였다.

"누구야…… 넌 뭐야!"

두려움을 감추기 위해 악다구니를 내질렀다. 그런 나를 본 내가 힘없이 입꼬리를 올렸다.

"내가 누굴 것 같아?"

"장난치지 말고 대답해. 뭐야 너? 잃어버린 쌍둥이, 뭐 그런 거야?"

내 앞에 선 나는 아무런 대답도 하지 않았다. 나와 나 사이의 적막이 아슬아슬하게 차올랐다.

"김시우."

백지 같은 표정을 지은 내 앞의 내가 입을 열었다.

"그게 나야."

"김시우는 내 이름이야!"

버럭 튀어나온 외침이 허무하게 사라졌다. 진정되지 않은 가슴이 들썩거렸다.

"맞아, 너도 김시우야."

도로에 선 내가 허무할 정도로 쉽게 수긍하더니 느리지만 분명한 어조로 이어 말했다.

"나도 김시우고."

"그게 무슨…….."

"행복하지? 아니지, 행복했지? 그동안 말이야."

"뭐?"

"행복하기를 바랐어. 간절하게. 정말 간절하게."

입술이 떨리는 통에 좀처럼 다물리지 않았다. 어금니를 물어봐도 몸에 스민 두려움은 해소되지 않고 되레 증폭됐다.

"있지. 넌 꽤 오랫동안 변한 게 없어. 끝이 없는 겨울은 네가 열아홉 살, 스무 살이 되도록 놔두지 않거든."

무슨 의미인지 이해되지 않았다.

이런 내 표정을 읽은 내가, 입술을 움직였다.

"시간이 흐르고 나이를 먹는다는 건…… 더 많은 고통을 경험해야 한다는 거야."

쿵, 쿵, 쿵. 심장이 튀어나올 듯 몸부림쳤다. 앙다문 잇새에서 참지 못한 숨이 튀어나왔다.

"벌써 몇 년째 넌 열여덟 살로 살고 있어."

"무슨 뜻이야?"

"나는 이 완벽한 세상을 사랑했어."

나는, 내 질문에 답하지 않았다.

"여긴…… 우리가 꿈꾼 미래, 낙원. 그런 곳이었어."

"우리?"

"언젠가 셋이 모여 살자고 약속했었는데."

도로에 선 나는, 추억을 더듬듯 아득한 허공에 시선을 고정했다.

"말 돌리지 말고 대답해. 넌 뭐야?"

내 닦달에 고정돼 있던 시선이 올라왔다.

눈가에 눈물이 맺혀 있었다. 눈을 깜빡이면 흘러내릴 듯했다.

"말했잖아. 김시우라고."

버티며 선 나도, 도로에 선 나도, 흔들림 없는 시선으로 서로를 지켜봤다.

"네 의심에 대한 답을 해줄게."

입술이 벌어졌다.

"이 완벽한 세상은 내가 만들었어."

볼을 타고 흐른 눈물이 긴 자국을 만들었다. 나를 보는 눈이 빨갛게 충혈돼 있었다.

"여긴 내 꿈속이야."

완벽한 세상

3부

9

다세대 주택이 빼곡한 동네 가장 높은 곳에 교회가 있었다.

허름한 동네에 비하면 제법 크고 잘 단장된 교회였다. 주차 공간은 없었으나 누구나 앉을 수 있는 벤치가 있었고, 화려하지는 않았으나 누구든 들어갈 수 있도록 항상 문이 열려 있는 곳이었다.

신을 믿지는 않았지만, 나는 종종 교회에 가곤 했다.

이상하게 높은 곳이 좋았다. 어쩌면 너무 낮은 곳에서만 살았기에 더 그런 것일지도 몰랐다. 가파른 언덕이 한눈에 내려다보이는 그곳에 서 있노라면 모든 게 괜찮아질지 모른단 착각이 들었다.

나와는 반대로 할머니는 신을 믿었다. 그것도 간절하게.

할머니는 간절하게 기도하면 바라는 게 이루어질 거라고 입버릇처럼 얘기했다. 마음을 다해 기도하고 신께 믿음을 보이면 반드시 이루어질 거라고. 나는 신을 믿지 않듯 할머니의 말도 믿지 않았다. 내가 기억하는 가장 오래된 기억에서조차 할머니는 기도하고, 기도하고 또 기도했는데도 달라진 건 없었으니까.

할머니가 평생에 걸쳐 간절하게 바란 게 무엇인지는 몰랐으나 적어도 그 바람이 이루어지지 않았다는 건 분명했다. 할머니의 평생은 지긋지긋한 가난과 끈질긴 불행으로 점철돼 있었다. 젊은 나이에 과부가 되었고 이른 나이에 아들을 잃고 손녀인 나를 떠맡아 키워야 했다. 할머니가 바란 게 무엇이건 간에 신은 할머니의 간절한 소원을 이루어주지 않았다.

아빠는 내가 여덟 살이 되던 해에 죽었다. 적어도 할머니는 그렇게 생각했다.

내 기억 속 아빠의 마지막은 커다란 검은색 가방을 들고 집을 나서는 뒷모습이었다. 초등학교 입학을 앞둔 크리스마스였다. 문이 닫히는 걸 확인하고 자리에서 일어나 창문으로 달려갔다. 삐걱거리는 창문을 열고 고개를 내밀자 골목 어귀를 서성거리는 아빠가 보였다. 아빠는 한참을 가지도 돌아오지도 못한 채 머뭇거렸다. 오래전 엄마가 그랬듯이 아빠도 망설이고 있었다.

망설임의 시간이 얼마나 걸리든 아빠가 돌아오지 않으리라는 건 알고 있었다. 경험을 통한 학습이었다. 엄마가 영영 떠났듯 아빠도 영영 떠나는 것이었다. 겨우 일곱 살, 며칠 후면 여덟 살이 될 내가 아는 건 그런 것이었다.

할머니가 홀로 남은 날 데리러 온 건 그다음 날이었다.

할머니는 아무런 말도 없이 밥을 하고, 청소하고, 아빠를 기다렸다.

된장찌개가 김치찌개가 되고, 어느 날은 동태탕이 되고 또 어느 날은 콩나물국이 된 끝에야 할머니가 말했다. 아빠는 죽었다고. 나는 아무런 말도 꺼내지 못했다. 아빠가 죽었다고 말하는 할머니의 얼굴이 몹시 고요해서, 그 고요함이 깨지면 무슨 끔찍한 일이 벌어질까 두려워서 말을 꺼낼 수가 없었다.

나는 할머니의 손을 잡고 시장통 어귀, 방 하나 화장실 하나가 전부인 아빠의 집을 떠났다.

버스를 세 번 갈아탔고 중간중간 오래도록 걸었고 두어 번 교차로를 건넜다. 언젠가 엄마가 읽어준 동화 속 주인공이 그랬듯이 빵 부스러기를 흘리지 않으면 돌아가지 못할 정도로 복잡하고 먼 길이었다.

가는 길 내내 할머니는 내 손을 잡고 놓지 않았다. 할머니의 거칠고 축축한 손바닥에서 끈적하고 뜨거운 땀이 났다.

몇 번인가 와본 적 있는 할머니의 집에 도착하자마자 밥을 먹었다. 밥을 먹은 뒤에는 할머니가 정리해둔 이불 위에서 잠을 잤다. 불을 꺼도 소란스러움이 남아 있던 아빠의 집과 다르게 할머니의 집은 불을 끄지 않아도 조용했다.

세상에 나 혼자 남은 것만 같은 적막이었다. 그 적막 속에서 할머니는 낡은 성경책을 꺼내 주름진 두 손을 모아 맞잡고 기도문을 읊었다.

기도문을 읊는 목소리에 흐느낌이 묻어났다. 벽으로 몸을 돌려 이불을 머리끝까지 뒤집어썼다.

아빠는 죽지 않았다. 그렇지만 돌아오지 않을 것이다.

여덟 살이 된 내가 배운 건 버려졌다는 고통과 내게 남은 건 할머니가 전부라는 사실이었다.

"아멘……."

기도는 할머니가 매달릴 유일한 희망이었고 삶의 의지였다. 기도하면 모든 게 나아지리라는 희망이 할머니의 삶을 일으켜 세우는 듯했다. 그래서인지 할머니는 내게도 기도를 권유했다. 간절하게 바라면 꼭 이루어질 거라고 말하면서.

여덟 살을 지나서 아홉 살, 열 살이 되어도 나는 기도하지 않았다. 기도만으로는 엄마와 아빠가 돌아오지 않을 것을 충분히 알고 있었다.

"불쌍한 내 새끼……. 시우야, 너무 미워하지 말아라, 응? 너무 미워하고 오래 담아두면 안 돼."

열세 살. 다른 애들에게는 있으나 내게는 없는 게 무엇이고 내가 가질 수 있는 것과 영원히 가질 수 없는 게 무엇인지 판단하게 됐을 때, 할머니는 나를 붙잡고 당부했다. 너무 미워하지도, 미워하는 마음 그대로 담아두지도 말라고.

그럴 수 없다고 대꾸하고 싶었다. 당연한 것들이 왜 내게는 당연하지 않은지, 별거 아닌 일들이 왜 내게는 별것이 되는 건지, 겨우 열세 살인 내가 왜 모든 걸 감당해야 하는지, 이럴 거면 왜 나를 세상에 태어나게 했는지…… 누구에게든 따지고 싶었다.

나는 수많은 말을 애꿎은 할머니에게 쏟아내기 전에 집을 나와 교회로 뛰어갔다. 숨이 차올라 폐가 아파도 멈출 수 없었다. 멈춰 서는 순간 대상을 잃은 분노가 어디로든 튀어 나갈까 두려워서였다.

붉은색 빛을 뿜어대는 교회 첨탑 아래 몸을 숨기고 앉아 엉엉 울었다. 불행하다는 건 받아들일 수 있었으나 불쌍하다는 말은 받아들이고 싶지 않았다.

어디서든 당당하고 싶었다. 부모가 없어도 괜찮다고 말할 자신 있었다. 남들이 뭐라 하건 움츠러들지 않고 버틸 수 있었다. 다만 유일한 가족인 할머니가 나를 향해 '불쌍한'이라는 표현을 붙이는 건 버틸 수가 없었다. 가장 가까운, 가장 소중한 사람조차 나를 불쌍하다고 생각한다면, 남들도 그렇게 생각하고 있다는 뜻일 테니까.

열네 살.

나는 불쌍한 사람이 되지 않기 위해 부단히 노력했다. 내 형편을 아는 어른들이 적선하듯 동정해도 기꺼이 받아들였다. 열심히 공부했고, 어울렸고, 지치지 않으려 이를 악물었다. 허물어지듯 힘이 들 땐 교회에 가 그늘 속에 숨어 울었고, 아침이면 지난밤의 고단함을 잊고 새롭게 시작했다.

완벽하지는 않아도 꽤 괜찮은 세상이었다. 열다섯 살 여름, 할머니의 죽음이 때늦은 장마처럼 찾아오기 전까지는.

이른 새벽, 고장 난 조리개처럼 느리게 열고 닫히던 할머니의 눈이 완전히 감겼다. 아무 말도 하지 못하고 세상을 떠났다. 잘 살라는 말도, 기도하라는 말도 남기지 못했다. 죽음은 한마디 말할 틈도 없이 할머니를 데리고 떠났다.

나는 엄마와 아빠가 그랬듯, 영혼이 되어 서성거릴 할머니를 찾아 집 안을 돌아다녔다. 아무리 닦아도 눈물은 계속 흘렀고 걸음은 좁은 집을 몇 번이나 배회했다.

아침이 되어서야 복지관에 전화를 걸어 할머니의 죽음을 알렸다. 서둘러 달려온 복지사가 나를 대신해 병원과 동사무소에 연락했다.

장례가 진행되는 동안 나는 몸에 맞지 않는 큰 상복을 입고 앉아 멍하니 할머니의 영정사진만 보았다. 눈물은 나지 않았다. 그저 피곤했고 졸렸으나 얹힌 듯 가슴이 답답해 잘 수 없어 고될 뿐이었다.

한 줌의 재가 된 할머니를 품에 안은 뒤에도 울지 않았고, 잠들지 못했다. 시간이 멈춘 것 같았는데 정신을 차리면 아침이었고, 저녁이었다.

홀로 있는 게 싫어 학교에 갔다. 학교에 가면 느릿하니 눈꺼풀이 내려왔다. 집에 오면 다시금 불면증이 괴롭혔다. 다른 방법이 없었다. 잠들기 위해 학교에 가야 했다.

그때쯤 서류를 통해 아빠가 죽지 않았음을 활자로 확인했다. 사실은 죽었을지도 모르지만, 적어도 활자 속 아빠는 살아있었다. 나는 뻔뻔하게 남은 아빠의 이름을 눈으로 훑으며 할머니의 간절한 기도가 혹, 아빠가 죽지 않고 살아있기를 바라던 것은 아니었을까, 생각했다.

혼자서는 잠들 수 없음을 깨달은 뒤로 나는 누구에게든 쉽게 문을 열어주었다.

찾아오는 건 대체로 문제아로 지목된 애들이었다. 그들은 보호자가 없는 내 공간을 좋아했다. 방해하는 어른 없이 술을 마시고 담배를 피우고 떠들 수 있어서였다. 나는 그들이 떠나지 않기를 바라며 그들과 어울렸다. 걔들을 따라서 술을 마시다 보면 어느새 꾸벅꾸벅 고개가 앞으로 기울었다.

문제아들과 어울려 몰려다니기 시작하자 선생들은 나에 대한 감정을 동정에서 비난으로 뒤바꿨다. 몇은 나를 붙잡아 훈계했고, 몇몇은 그럴 줄 알았다는 힐난의 시선으로 말없이 한숨을 쉬었다. 내가 왜 몰려다니는지, 왜 기꺼이 나와 할머니의 공간이었던 곳을 내어주고 억지로 술을 마시는지는 묻지 않았다. 어른들은 '잘못을 가르쳐줄 부모도 가족도 없으니 저렇게 되는 게 당연하지' 정도로 나를 단정 짓는 듯했다.

어른들의 표현을 빌려 말하자면 '막사는 애'처럼 굴었다. 수업 시간엔 줄곧 잤고, 학교가 끝나면 집으로 와 삼삼오오 모여 술을 마셨다. 이웃집에서 몇 차례 찾아왔으나 아무리 어른이라 한들 '막사는 애들'이 모여 있는 무리를 이기기는 힘들었다.

어른들이 예견했을 사고는 열다섯 살 겨울에 벌어졌다. 무리에서도 눈에 띄지 않던, 다른 애들에 비해 조용하고 얌전하던 남자애가 내 허벅지에 손을 올렸다. 벌레가 기어다니는 듯한 징그러운 감각에 바짝 붙어 앉은 남자애를 밀쳤다.

주변에 있던 애들이 휘파람을 불었다. 그 들썩거리는 반응에 자신감이 붙었는지 남자애의 손이 내 가슴께로 올라왔다.

옆에 있던 소주병을 들고 휘두른 건 찰나였다. 남자애는 머리를 붙잡고 쓰러져 신음을 흘렸다.

여자애들은 비명을 질렀고 남자애들은 욕을 지껄이며 내 어깨를 밀쳤다. 나는 피 묻은 소주병을 든 채 집을 나왔다. 뒤에서 내 이름을 부르는 목소리가 뒤따라왔다.

오래전 그랬듯 정신없이 교회로 달려가 몸을 숨겼다.

할머니의 죽음 이후로 몽롱하던 정신이 잠에서 깬 듯 맑고 깨끗해졌다.

그제야 지난 몇 개월, 내가 어떻게 살았는지가 와닿았다. 순간순간 내린 선택이 전부 후회로 되돌아왔다. 아랫입술을 깨물고 펴지지 않는 손가락을 겨우 폈다. 바닥에 떨어진 소주병 밑부분에 피가 말라붙어 있었다.

우습게도 눈꺼풀이 무거웠다. 어떻게 이런 순간에도 잠이 올 수 있는지 스스로 역겨웠다. 어떻게든 깨어나려고 해봤으나 술과 추위로 마비된 몸은 자꾸만 옆으로 기울었다. 아슴아슴 눈을 감았다. 가파른 언덕이 한눈에 내려다보이는 곳에 있으니 모두 괜찮아질지 모른단 착각이 들었다.

눈을 뜬 건 거센 추위 때문이었다.

11월 중순의 한밤을 버티기에 얇은 후드티와 청바지는 어울리지 않았다. 발목에 억지로 힘을 주고 일어서서 어디로 가야 할지 고민했다. 비틀거리는 발치에 피 묻은 소주병이 툭 부딪혔다.

죽었을까? 머리에서 피가 났으니 크게 다쳤겠지. 병원에 갔을까? 경찰이 와서 물어봤을 거야. 걔는 내 이름을 말했겠지. 김시우가 그랬다고. 걔가 나를 죽이려고 했다고. 경찰에 잡히면, 경찰은 뭐라고 할까. 내 말을 들어줄까? 죽이려고 한 게 아니라고. 걔가 먼저 나를 위협했다고. 그렇게 말하면…… 내 말을 믿어줄까? 아무도 내 편이 되어주지 않을 텐데. 아무도 나를 위해 나서주지 않을 텐데…….

선택의 순간이었다.

달빛이 환하게 비추는 바닥에 교회 십자가가 그림자 져 내려왔다. 할머니의 집으로 향하는 언덕길 아래와 동네를 나가는 교회 옆길. 그 가운데에 서서, 나는 내가 내린 지난 선택을 후회했음을 복기하며 길게 심호흡했다.

걸음은 쉽게 떨어지지 못한 채 오래도록 십자가 그림자 옆을 서성였다. 문득 골목길 어귀를 서성거리던 아빠와 엄마가 떠올랐다. 이제는 오래된 사진처럼 빛바래 흐릿한 기억이었다.

엄마와 아빠도 이런 기분이었을까? 이렇게 서럽고 처참하고 아팠을까.

너무 미워하지 말고, 미워하는 마음을 오래 담아두지 말라던 할머니의 말이 조금은 이해됐다. 남겨지는 것만큼이나 떠나는 선택도 쉬운 게 아니었다.

어깨가 들썩거릴 정도의 흐느낌이 몸속에서 터져 나왔다. 도저히 멈출 수 없어서 무릎을 굽히고 앉아 손바닥으로 얼굴을 감쌌다.

겨우 열다섯 살이 감당하기에는 너무 무서운 일이 내 앞에 있었다. 사람을 죽였을지도 모른다는 공포가, 유일한 내 편인 할머니가 없다는 현실이 성큼 눈앞으로 다가왔다.

멀리서 시끄러운 사이렌 소리가 들렸다.

번쩍 고개를 쳐들었다. 고민할 겨를도 없이 교회 옆길로 달음박질쳤다.

계속해서 달렸다. 도로변으로 나와 방향도 보지 않고 뛰었다. 헛디뎌 넘어지고, 사람들이 괜찮냐고 물어도 전부 뿌리치고, 최대한 먼 곳으로 가기 위해 달리고 또 달렸다.

어딘지도 모를 곳을 돌아다니며 3일을 보냈다.

밤에는 문이 개방된 건물에 숨어들어 새우잠을 잤고, 낮에는 한산한 틈을 봐 지하철 화장실에 가 세수를 했다.

지하철이나 식당에 있는 TV를 통해 내 얼굴이나 이름, 남자애와 관련된 사건이 뜨지는 않았나 확인하기도 했다.

잔뜩 겁을 집어먹고 두더지처럼 숨어 다니는 동안에도 세상은 아무 일도 없는 것처럼 잠잠했다. 경찰은 나를 잡으러 오지 않았고, 아무도 나를 살인자라고 부르지도 않았다. 세상은 조금도 변한 게 없었다.

최대한 얼굴을 가리고 살던 동네로 돌아왔을 즈음, 내가 휘두른 술병에 맞았던 남자애가 학교 운동장에서 멀쩡하게 축구공을 차고 있는 걸 보았다.

웃고 있었다. 뭐가 즐거운지 욕을 지껄이며 웃어댔다.

온몸에서 맥이 쭉 빠졌다. 3일을 지옥에서 산 내가 바보같고 우스웠다. 나는 유일한 안식처조차 잃은 채 거리를 떠돌았는데. 도망친 나를 얼마나 비웃었을까. 얼굴이 저절로 일그러졌다. 참을 수 없었다.

그대로 운동장으로 뛰어 들어갔다. 나를 발견한 남자애가 인상을 찌푸렸다.

눈높이가 비슷한 남자애를 향해 손을 뻗었다. 교복 넥타이를 잡아당겼다. 남자애는 방어하지 못하고 끌려오며 버둥거렸다. 나와 남자애를 둘러싸고 모여드는 애들이 '뭐야?', '누가 좀 말려!' 하고 소리쳤다.

잔뜩 겁먹은 남자애의 눈동자에 내 모습이 비쳤다. 제대로 자고 먹지 못해 몰골이 사나운 데다 차림새는 더러웠다.

내가 미쳤다고 생각했는지 남자애가 벌벌 떨며 살려달라고 읊조렸다. 호루라기 소리와 함께 고함치는 선생의 목소리가 사위를 갈랐다.

나는 태연히 손에 힘을 풀고 몸을 돌렸다. 가까이 온 체육 선생이 나를 호명했다.

대답하지 않았다. 선생은 한 번 더 나를 호명하고는 말끝에 싸가지 없는 새끼라고 덧붙였다. 기다란 막대기를 들고 내 어깨를 꾹꾹 찔렀다.

나는 막대기 끝을 움켜잡아 옆으로 밀었다. 선생이 헛웃음을 흘리며 내 이름을 불렀지만 나는 도리어 눈을 치켜떴다.

"저 이제 이 학교 학생 아니에요. 그러니까 건드리지 마세요."

"뭐? 야 인마!"

"어차피 귀찮으시잖아요. 저 같은 거 없는 게 더 편하실 텐데. 뭘 화를 내세요."

웃음이 났다. 전부 웃겼다.

내가 살인자가 되지 않았듯이, 세상은 영원히 변하지 않을 것이란 생각이 들었다.

모여든 애들 사이에 3일 전 휘파람을 불던 얼굴들이 있었다. 그 얼굴들을 하나하나 빤히 둘러보았다. 나와 마주친 눈들이 슬쩍 옆으로 사라졌다.

붙잡는 선생을 지나쳐 운동장을 나왔다.

곧장 할머니 집으로 갔다.

현관문을 열고 들어서자 집 안 꼴이 엉망이었다. 좁은 집에 온갖 쓰레기와 오물이 가득했다. 부러 어지럽힌 티가 역력했다.

책상 위에 있던 가방의 지퍼를 열고 안에 든 내용물을 전부 꺼내 바닥에 던졌다. 빈 가방 속에 챙길 만한 것들을 간단히 챙겨 넣었다. 속옷 몇 개와 여분의 옷, 생리대, 돈이 될 만한 물건, 50만 원도 들어 있지 않은 통장과 젊은 시절의 할머니 사진 한 장까지. 묵직해진 무게를 느끼며 가방을 멨다.

운동화를 구겨 신고 현관에 섰다. 습관처럼 현관 옆 거실 스위치를 껐다.

"할머니도 어디로든 가."

들을 사람이 없다는 걸 알면서도 나는 조용히 속삭였다.

낮인데도 불이 꺼진 거실은 어두웠다. 이곳엔 볕이 들지 않는다는 걸 처음으로 깨달았다. 돌이켜보니 나는 불이 꺼진 집에 들어선 적이 없었다. 할머니가 매번 불을 켜두고 나를 맞이해준 것이었다. 할머니는 부지런하게도 언제나 내게 돌아올 곳이 있음을 일러주었다.

문을 열고 나섰다. 마침 대문으로 들어서던 이웃이 나를 보고는 대번에 고개를 돌렸다. 우리는 인사도 없이 서로를 지나쳤다.

언덕을 내려가는 동안 돌아보지 않으려 애써 입술을 깨물었다.

동네에서 멀어지는 내내 소매로 얼굴을 닦았다. 내심 누군가 불러줬으면, 나를 잡아줬으면 하고 바랐던 걸까. 종잡을 수 없는 마음에 괴로웠다.

어디로 가야 할지 정해두지 않았기에 어디로든 갈 수 있었다.

정류장에 정차하는 아무 버스나 타고, 아무 정류장에나 내려 다시 아무 버스로 갈아탔다. 차가 끊기면 걸었고, 첫차가 다니면 버스를 탔다.

할머니의 손을 잡고 아빠의 집을 떠나올 때처럼 길고 먼 여정이었다. 그때는 할머니와 함께였으나 지금은 나 혼자였다.

이제는 빵 부스러기를 떨어트린다 한들 절대로 되돌아갈 수 없을 것이다.

열다섯 살의 끝 무렵, 내가 이해한 건 그것이었다.

거리의 생활을 통해 배운 첫 번째는 보호자가 없는 미성년자는 홀로 살아남을 수 없다는 거였다. 우리는 돈을 벌 수도 없었고 방을 구할 수도 없었으며 하다못해 밥조차 편하게 먹지 못했다.

어른들은 단번에 우리를 알아봤다. 우리는 '가출한 애들'로 구분되어 이곳저곳으로 쫓겨났다. 그중 몇은 선심 쓰듯 조언이랍시고 청소년보호센터에 가보라고 했다. 너희를 도와줄 거라고, 너희가 보호받을 수 있는 곳이라고 덧붙였다.

"웃기지 않냐? 거기서 도망쳐 나온 건데, 다시 거기로 가라고 하고. 자기들이 뭘 안다고 이래라저래라야."

지역보호센터에서 도망쳤다던 지혜가 중지를 들고 침을 뱉듯이 욕을 내뱉었다. 지혜는 상가 건물 계단에 앉아 경험에 기인한 사실을 설명했다.

"그리고 거기 아무나 못 들어가. 애들 많으면 다른 데로 가라고 해. 가고 싶다고 막 들어갈 수 있는 곳도 아니야."

더 길게 말하진 않았으나 그곳에서의 기억이 좋지 않았다는 것은 알 수 있었다.

"돈이나 주면서 지껄이든가. 선생도 아니고 왜 저렇게 잔소리만 해? 우리한테 필요한 게 잔소리냐? 돈이지. 그렇게 불쌍하고 걱정되면 찜질방 가게 만 원이라도 주든가."

지혜의 껄렁한 말에 벽에 기대고 서 있던 노란 머리 남자애가 낄낄거리며 웃었다.

뭘 웃냐고 핀잔하던 지혜의 시선이 내게로 옮겨왔다.

"이름이 뭐랬지? 시우? 넌 그냥 가출했다고 했었나?"

"응. 갈 곳도 없고 집에 갈 수도 없어서."

나는 간단하게 대답했다. 미사여구를 뺀 정직한 사실이 담긴 문장이었다.

"다 그래. 집에 못 들어가니까 밖에 나와 있는 거지. 난 집에서 하도 맞아서 나왔고, 쟨 학교에서 하도 맞아서 나온 거야. 근데 웃긴 건 여기도 비슷해. 무리에 잘못 들어가면 거기서도 맞는다? 봐."

가죽 재킷 소매를 걷어 올려 지혜가 손목을 보여줬다. 손목에 갈색의 둥근 상흔이 있었다.

"어떤 미친 새끼가 대장으로 있는 무리였는데, 자기 기분 안 좋다고 담배로 지지더라? 거기서 겨우 도망쳤어. 쟤랑 같이."

나는 지혜의 옆, 벽에 기대어 선 노란 머리 남자애를 돌아보았다. 나의 노골적인 시선을 느꼈는지 남자애가 핸드폰에서 눈을 떼고 잠시 나를 쳐다봤다.

"그래도 넌 이름은 알려주네. 쟨 이름도 안 알려줘. 그래서 그냥 '야'라고 불러."

"어차피 또 헤어질 텐데 그냥 대충 불러."

툴툴거리는 지혜의 말에 남자애가 담담하게 뇌까렸다.

거리의 생활을 통해 배운 두 번째는 살아남기 위해선 둘 이상이 모여 있어야 하는데 관계는 오래 지속되지 않는다는 점이었다.

혼자인 존재는 쉽게 표적이 된다. 표적이 되지 않기 위해선 어떻게든 무리를 만들거나 무리에 들어가야 했다. 막상 무리에 들어가더라도 어떤 식으로든 쉽게 분열되고 흩어졌다. 애초에 바닥이 흔들거리는 불안정한 모임에 가까웠기에 당연한 귀결이었다.

"집 나온 지 얼마 안 된 것 같은데 아무나 쉽게 믿지 마라. 여기 네 편 없어. 살고 싶으면 적당히 굴고, 빨리 도망쳐. 그게 여기서 생존하는 비법이야."

남자애는 툭 던지듯 내게 경고했다. 지혜는 아무 말 없이 피식거렸다.

"새겨들을게. 고맙다."

일주일 전 연지역 지하상가에서 만나 시작된 인연이었다. 두 사람이 먼저 홀로 있는 내게 다가왔다.

여차하면 도망칠 생각이었다. 하지만 예상했던 것과 달리 두 사람은 내 돈을 빼앗는다거나 나를 끌고 이상한 데로 가지 않았다. 대신 싸게 밥을 먹을 수 있는 식당이 있다며 안내했다.

우리는 백반을 시켜 먹었다. 각자의 몫으로 돈을 걷어 지불하고 식당을 나왔다. 내가 갈 곳이 없다는 걸 어떻게 알았냐고 묻자, 지혜는 집 나온 애들은 딱 티가 난다고 시원하게 대답했다.

둘은 이제 막 거리 생활을 시작한 내게 많은 걸 알려주었다. 지하상가에 꽤 많은 무리가 있고, 어느 무리가 위험하고 어디가 지낼 만한 무리인지까지. 나는 왜 이런 걸 다 알려주는 거냐고 의심스럽다는 듯이 물었다. 지혜의 답은 간단명료했다.

'예전의 나 같아서.'

그게 전부였다.

나는 두 사람과 다니며 미성년자에게도 일자리를 주는 곳이 있음을 알았다. 대체로 우리가 할 수 있는 일은 전단을 돌리거나 탈을 쓰고 가게를 홍보하는 일이었다. 시급도 적었고 그마저도 깎아서 주기 일쑤였으나 한 푼이 급한 우리에겐 놓칠 수 없는 돈줄이었다.

"돈 얼마 있냐?"

"왜?"

"오늘은 방 좀 잡아서 자게. 계속 계단에서 잤더니 피곤해."

남자애가 좌우로 두두둑, 목을 꺾으며 말했다. 지혜는 주머니에서 꾸깃꾸깃하게 접힌 지폐를 꺼내 내밀었다.

"2만 원."

"넌?"

내게 몰려든 시선에 엉겁결에 더듬더듬 주머니에 손을 넣었다. 이틀 전 여섯 시간 동안 전단을 돌리고 받은 3만 원을 꺼내 들었다.

"내 돈까지 합치면 6만 원이네. 그래도 여인숙은 가겠다."

지혜와 내 돈을 전부 가져간 남자애가 지폐를 모아 셌다. 남자애는 초록색 지폐 여섯 장을 반으로 접어 주머니에 넣었다.

"시장 끝에 있는 데로 가자. 거기 1박에 2만 원이니까 3일은 있을 수 있잖아."

지혜가 제법 계획성 있게 말하자 노란 머리 남자애가 '밥은 안 먹냐?' 하고 되물었다.

"대충 때우면 되지. 가자, 가자! 아, 피곤해. 그래도 며칠은 푹 자겠다."

엉덩이를 털고 일어선 지혜가 내 팔을 잡고 계단을 내려갔다. 나와 지혜의 뒤를 따라 내려온 남자애가 시장 쪽으로 방향을 틀었다.

저녁이 한참 지난 시간인지라 가게 대부분 문이 닫혀 있었다. 우리는 텅 빈 시장을 쭉 걸어 '금장여인숙'이라 적힌 허름한 2층 건물로 들어갔다.

주인으로 보이는 할아버지가 '며칠?' 하고 물었다. 남자애가 '일단 하루요' 하고 모아둔 지폐에서 2만 원을 뽑아 건넸다.

열쇠를 받아 들고 복도를 걸어 1층 끝으로 갔다. 문을 열기 무섭게 눅눅한 곰팡내가 끼쳤다.

바닥에 까는 이불과 덮는 이불, 베개 하나가 전부인 오래된 여인숙이었으나, 계단에서 쪽잠을 자던 것에 비하면 호텔이나 다름없었다.

우리는 누가 먼저랄 것도 없이 바닥에 아무렇게나 누워 눈을 감았다. 바닥이 따뜻했다. 할머니와 함께 누워 자던 때가 떠올랐다.

고롱고롱 코를 골던 소리가 환청처럼 이어졌다. 중력이 사라진 듯 몸이 허공에 떠 있는 기분이었다.

언제 잠들었는지 모르게 자다가 눈을 떴다.

방이 조용했다. 숨소리조차 들리지 않았다.

몸을 일으키자 지혜와 남자애의 모습이 보이지 않았다. 대신 내팽개쳐둔 내 가방이 활짝 열려 있었다.

서둘러 가방으로 기어가 안을 확인했다. 통장이 없었다. 챙겨 온 옷과 속옷도 보이지 않았다. 대신 할머니의 젊었을 적 사진은 안에 있었다.

사진을 품에 안고 숨을 몰아쉬었다.

아무나 쉽게 믿지 말라던, 여기에 내 편은 없다던 남자애의 말이 뒤통수를 후려쳤다.

돈을 잃었다는 분노보다도 배신감이 더 컸다. 관계랄 것도 없는 관계였음에도 세상이 무너지는 듯한 기분이었다.

가방을 챙겨 방을 나섰다. 안경을 쓰고 신문을 읽던 주인 할아버지가 쯧, 혀를 찼다.

누구도 믿어선 안 됐고, 나 말고는 누구도 내 편이 아니었다.

지혜와 남자애가 알려준 교훈이 가슴 깊이 박혔다.

표적이 되지 않기 위해선 다른 무리에 섞여들어야 했다. 적당한 무리를 찾아 거리를 탐색했다. 하루, 이틀은 문이 열린 건물 계단에서 쪽잠을 자고, 낮에는 지하상가를 돌아다니며 시간을 보냈다. 3일이 지났을 때 짙은 화장을 한 앳된 여자애 둘이 다가왔다.

향수 냄새가 역할 정도로 강하게 풍겼다. 지낼 곳과 친구들이 있다는 그들의 유혹을 거절하고 반대쪽으로 걸음을 뗐다. 여자애들은 지혜가 말해준 위험한 무리에 있던 애들이었다.

선택이 신중해질수록 혼자인 시간이 길어졌다.

자세히 지켜보면 누가 집을 나온 애고 아닌지가 구분됐다. 지혜의 말이 이해되는 순간이었다.

나는 이도 저도 아닌, 어느 무리에도 합류하지 못한 채 홀로 떠돌아다녔다.

침착하고 싶었으나 마음은 초조했다. 지금껏 혼자였는데도 막상 혼자가 되자 불안했다. 어디든 포함되어 함께였으면 싶었다. 향수 냄새가 짙게 풍기던 그 여자애들을 찾아가 볼까, 그런 생각마저 들 때였다.

"너 신발 끈 풀렸어."

석진이 내게 건넨 첫마디였다.

나는 빈 가방을 메고 석진을 돌아봤다. 석진은 바지 주머니에 손을 넣고 비딱하게 서서 턱짓으로 내 신발을 가리켰다.

"얼른 묶어. 곧 뛰어야 할지도 모르니까."

"왜?"

"경찰 떴거든."

멀지 않은 데서 고함과 욕설이 이어졌다. 그걸 신호 삼아 석진이 내 가방끈을 잡고 뛰기 시작했다.

나는 가방을 빼앗길까 두려워 석진을 따라 뛰었다. 나와 석진은 사람들 사이를 헤집으며 지하상가 이리저리로 방향을 바꿔 달렸다.

겨우 지하상가를 빠져나와 거리로 올라왔다. 연지역 지하상가 자체가 미로라고 불릴 정도로 복잡했기에 지금 선 이곳이 어디인지 감이 잡히지 않았다.

"이제 갈 길 가라."

석진은 미련 없이 가방끈을 놓고 걸음을 뗐다.

나는 지하상가로 내려가는 계단과 멀어지는 석진의 뒷모습을 번갈아 보았다.

내게는 함께할 무리가 필요했다. 완전히 믿지는 않겠지만, 함께라고 할 만한 사람. 친구는 아니어도 외로운 시간을 함께 지탱할 또 다른 존재.

"왜 따라와?"

다분히 귀찮다는 말투였다. 나는 석진의 눈을 바라봤다.

"너도 혼자지?"

짙은 눈썹을 찌푸리며 석진이 '뭐?' 하고 되물었다.

"같이 다니자."

석진에게 손을 내밀었다.

열여섯 살 늦봄의 어느 날이었다.

석진은 싫다고 했지만 그렇다고 나를 억지로 떼어놓지는 않았다. 나는 그게 그 나름의 긍정의 표시라 판단했고, 의심 없이 그를 따라다녔다.

하루, 이틀…… 일주일, 보름.

우리는 우리의 존재가 사람들에게 불청객이고 침입자임을 알기에 최대한 눈에 띄지 않도록 조용히 거리의 음지로만 돌아다녔다.

우리에겐 경비원 없는 개방형 건물 계단이 보금자리였고, 새벽이슬을 피할 수 있는 모든 곳이 아늑한 침실이었다. 추울 땐 최대한 몸을 웅크리는 것으로 그나마 온기가 빠져나가는 걸 막았다. 초라해 보이더라도 그게 최선이었다.

낮에는 학생들의 하교 시간에 맞춰 마트에 들러 화장실을 이용했다. 마트는 깨끗한 화장실뿐만 아니라 앉아서 쉴 수 있는 의자와 배를 채울 시식 코너가 있어 유용했다. 지하상가를 끼고 너무 많은 사람이 드나드는 지하철에 비하면 우리를 그나마 여유롭게 맞아주는 반가운 공간이었다.

거리를 전전한다고 해서 나와 석진이 완전히 무일푼인 건 아니었다. 각자가 가진 돈이 얼마인진 말하지 않았어도 급할 때 꺼내놓을 돈이 있다는 건 넌지시 알고 있었다. 내게는 지혜와 노란 머리가 가져간 돈과 통장 외에 3만 원이 남아 있었고, 석진도 얼마간 가지고 있는 듯 보였다.

돈이 있어도 무작정 쓸 수는 없는 노릇이었다. 당장 편안하려고 어찌 될지 모를 내일을 걸 수는 없었다. '만약'이라는 변수가 우리에게는 너무도 큰 것이었다. 피할 수 없는 폭우가 내린다거나 약국에서 약을 사지 않으면 위급한 상황이라거나. '만약'의 변수는 무엇이든 될 수 있었고 그렇기에 우리는 암묵적으로 돈과 관련된 얘기는 꺼내지 않았다.

보름이 지나고 서로의 존재가 익숙해졌을 무렵, 나는 석진에게 지혜와 노란 머리 남자애에 관한 일을 말해주었다. 연지역에 있던 내게 다가와 말을 걸고 생존을 위한 정보를 일러주었으며 끝내는 나를 남겨둔 채 내 가방을 털어 사라졌다는 것까지. 석진에게 뱉어내는 말들은 억울함과 서러움을 토로한다기보다 내가 새롭게 배운 게 무엇인지를 증명하는 것에 가까웠다.

"아직도 그러고 다니나 보네."

사방이 어슴푸레한 새벽이었다. 초등학교 운동장 벤치에 앉아 가만히 듣고만 있던 그가 조소를 터트리며 기지개를 켰다.

"너도 걔들을 알아?"

예상하지 못한 석진의 반응에 나도 모르게 목소리를 높였다. 피곤한지 눈을 비벼대던 그가 '어, 대충은' 하고 이어 말했다.

"너한텐 자기 이름 뭐라고 말했냐?"

"지혜. 남자애는 안 가르쳐줬어. 이름은 왜?"

"그거 본명 아닐 거야. 나한텐 승연이라고 했고, 다른 애한텐 미주라고 했거든. 여기서 나름 유명한 애들이야. 집 나온 지 얼마 안 된 애들한테 접근해서 사기 치고 튀는 거."

"사기 친다고? 나처럼 당한 애들이 많다는 거야?"

내게로 삐딱하게 고개를 기울인 석진이 가볍게 혀를 찼다.

"나온 지 얼마 안 된 애들 특징이 뭔 줄 알아? 제법 두둑한 비상금이 있다는 거. 그리고 좀만 친절하게 대하면 쉽게 사람을 믿는다는 거. 그러니 며칠 같이 지내다가 방심했을 때 돈 들고 튀는 거지. 그게 걔네 수법이야. 혼자니까 어디다 도와달라고 말도 못 하고, 무리가 있는 것도 아니라서 뒤탈도 없고."

저절로 입술이 벌어졌다. 너무 순진하게 굴었다는 생각이 머릿속을 맴돌았다. 그런 내 생각을 읽었는지 석진은 위로 아닌 위로를 건넸다.

"그래도 걔들은 착한 애들이야. 강제로 뺏거나 때리지는 않잖아."

대화는 그걸로 끝이었다.

나와 석진은 잠시간 아무 말도 없이 벤치에 앉아 새벽 운동장을 응시했다.

우리가 앉은 벤치 반대편엔 아이들이 타고 놀 만한 기구들이 옹기종기 모여 있었다. 문득 해가 지던 운동장에서 발을 구르며 그네를 타던 기억이 아른거렸다. 할머니가 시장에서 사 온 촌스러운 운동화를 신고 뛰어다니던 그때. 아무 생각 없이 놀다가도 혹 아빠가 찾아와 나를 부를까 싶어 걸음을 멈추고 교문을 쳐다보던 기억. 골목길 어귀를 서성거리던 때처럼, 멀지 않은 어딘가에서 나를 찾고 있지 않을까, 괜한 기대감에 동네를 빙 돌아 걷던 추억이었다.

"갈 수 있으면 돌아가라."

석진의 목소리가 상념 사이를 비집고 들어왔다.

여름이 훌쩍 가까워진 봄인데도 새벽은 아직 서늘했다. 나는 파랗게 그늘진 석진의 옆얼굴로 시선을 돌렸다.

"돌아갈 곳이 있으면 돌아가."

"돌아갈 데가 없어."

담담하게 꺼내놓은 대답이었다. 석진은 지그시 눈을 감고 벤치에 등을 기댔다.

"넌 왜 나왔어?"

나는 눈을 감고 묵묵히 있는 석진에게 물었다. 석진과 함께 다니며 가장 묻고 싶었던 질문이었다.

그는 내가 거리에서 지내며 본 사람들과는 달랐다. 혼자였으나 혼자인 걸 불안해하지 않았고, 언제든 날아갈 수 있는 끈 없는 풍선처럼 자유로워 보였다. 연지역에 머무는 아이들이 서로 가짜 이름을 밝히고 생존을 위해 무리 지어 지내는 것과는 판이한 행동 양식이었다.

"죽기 싫어서."

석진의 눈꺼풀이 바르르 떨렸다. 마침내 눈을 뜬 그가 덧붙여 말을 이었다.

"죽이기도 싫고."

방황하던 내 시선이 그의 뒷머리에 닿았다. 석진의 뒷머리가 목을 덮을 만큼 길게 자라 있었다.

"방학 땐 학교에 못 가잖아. 그럼 집에 있어야 하는데, 집에 있으면 맞으니까 바깥으로 나갈 수밖에 없더라고. 그렇게 며칠 살다 보니까 집이 없는 게 낫겠다 싶어서 나왔어. 안 그러면 내가 그 인간 손에 죽든지, 내가 그 인간을 죽이든지 할 것 같아서."

바람이 불었다. 벤치 옆 나무가 소란스럽게 울었다.

"16년을 살아남았는데 인제 와서 죽는 건 억울하고, 그 인간처럼 살지 않겠다고 다짐했는데 살인자가 되는 건 더 억울해서 그냥 나왔어."

다른 이들이 듣는다면 어떨지 모르지만, 나는 석진이 착하다고 생각했다.

"언제부터 맞았는데?"

조심스러운 질문이지만 시큰둥하게 물었다. 석진은 오랜 기억을 더듬듯 어득하니 먼 곳에 시선을 고정했다.

"내가 기억이라는 걸 하는…… 제일 오래된 순간부터."

짙은 남색이던 하늘 끝이 연한 주황색으로 물들고 있었다. 나는 어깨를 움츠리고 그의 눈이 뜨이고 감기는 모습을 지켜봤다.

"엄마는 나를 낳고 도망갔다는데 사실은 그 인간이 죽인 걸지도 몰라. 그럴 만한 인간이니까."

일순 석진의 표정이 일그러졌다.

"쓰레기 같은 인간인데도 여자들은 엄청 많이 데려왔어. 나한테 엄마 만들어주겠다고 개소리하면서. 새엄마라고 부르라고 하도 때려대서 누구든 집에 오면 무조건 엄마라고 불렀어. 하루만 있다가 가더라도 엄마, 내 저금통 가져가도 엄마, 그 인간이랑 싸우고 내 뺨을 쳐도 엄마. 무조건 엄마였어."

나는 방구석에 숨어 짐승처럼 몸을 웅크린 채 떨고 있는 어린 석진을 떠올렸다. 입술이 터지도록 깨물어 소리를 참아도 새어 나오는 울음. 서러운 울음에 대고 발길질하는 사내. 피할 곳 없는 공간에서 석진이 참아냈을 16년이 질식할 것처럼 내 몸을 조였다.

"재미있는 얘기 해줄까?"

여전히 석진은 나를 보지 않았다. 나는 그가 시선을 던져 둔 저 어디쯤 근방을 찾아 눈을 굴렸다.

"몇 번째 엄만지는 기억 안 나. 하루는 자다가 눈을 떴는데, 엄마가 아직 잠에서 깨지 않은 그 인간 목에 칼을 대고 있었어. 손이 하도 떨려서 그런지 칼끝이 막 흔들리더라. 그러다가 날 본 거야. 놀라서 칼도 집어 던지고 화장실로 도망쳤어. 아침이 됐는데 그 인간은 아무것도 모르고 차려준 밥상이 별로라고 엄마를 욕하고 때렸어."

잠시 숨을 고르고 나서 그가 천천히 입술을 열었다.

"그 엄마, 그날 도망갔어. 나 때문에 집 나간 거라고 죽어라 맞았지. 처음으로 후회했어. 그냥 모른 척, 자는 척했으면…… 그 인간이 죽었을지도 모르는데. 그럼 난 살인자가 안 돼도 그 인간 없이 살 수 있을 텐데, 하고."

"도와준 사람은 없었어?"

"없었어."

석진의 목소리는 단호했다. 그는 싸늘한 표정을 하고 입술을 움직였다.

"도와달라고 말한 적도 없고. 그 인간이 살아있고 내가 살아있는 한 어차피 바뀌는 건 없을 테니까."

그의 체념이 어느 정도로 절망적이었는지 알 것 같아 입이 썼다. 내게도 순간마다 덮쳐오는 체념이 존재했다. 체념은 견뎌내는 것이지 결코 익숙해질 수 없는 것이었다.

때로는 말하는 것만으로도, 들어주는 것만으로도 위로될 수 있음을 알기에 나는 그가 충분히 비워지기를 기다렸다.

하늘 끝부분에 있던 빛이 번져 전보다 주위가 환했다. 드문드문 도로에서 차 소리가 넘어왔다.

"넌?"

석진이 내게 물었다.

"난……."

난 이제야 말을 배운 아이처럼 쉽게 말을 잇지 못했다.

많은 게 스쳐 지나갔다. 내게 남겨진 가장 오래된 기억 속에는 나를 두고 떠나는 엄마가 있었고, 엄마처럼 떠나던 아빠가 있었다. 할머니는 엄마와 아빠를 너무 미워하지 말라고, 기도하면 반드시 이루어진다고 했으나 그녀 역시 영영 내 곁을 떠났다.

"아무리 간절하게 기도한다고 해도, 반드시 이루어지는 건 아니라는 걸 알았거든."

신을 믿지 않았으나 간절한 소원이 있었고, 그걸 위해 남몰래 수십, 수백 번 두 손을 모아 바란 적도 있었다.

"나 같은 애가 교회 안에 들어가면 부정 탈까 봐 교회 첨탑 그늘에 숨어서 기도했는데, 안 이루어지더라."

할머니의 소원이 뭐였는지, 그녀가 매일 간절하게 빌고 또 빈 게 무엇인지 더는 알 방법이 없다는 게 서러웠다.

"무슨 소원을 빌었는데?"

"할머니만큼은 엄마나 아빠처럼 내 곁을 떠나지 않게 해 달라고."

할머니의 소원 속에 내가 있었을까? 죽음이 다가온 순간, 눈에 담긴 사람이 나라는 게 할머니는 원망스럽지 않았을까?

마지막으로 두 손을 모아 기도한 건 할머니의 영정사진 앞에서였다. 나는 할머니가 간절하게 빌어온 소원의 대상이 아빠가 아닌 나였기를 바랐다. 평생 불행했던 그녀가 죽음의 문턱을 넘을 때만큼은 행복했기를, 적어도 마지막 순간은 불행하지 않았으면 싶어서였다.

"근데 혹시 모르잖아. 내가 빈 소원이 할머니를 그 좁고 허름한 집에 묶어둔 거면 어떡하나 싶었어. 할머니가 아빠도 찾아가서 보고 자유롭게 멀리 떠나려면 내가 있으면 안 될 것 같더라고."

불면증에 정신을 놓은 밤이면, 골목 어귀를 서성이던 엄마와 아빠처럼 할머니도 현관 앞을 서성거리고 있는 듯한 착각이 들고는 했다.

"그래서 나왔어. 아마 지금쯤이면 할머니도 완전히 떠났을 거야. 벌써 아빠한테 가서 내 새끼, 하고 울고 있을 수도 있고. 어쩌면 할머니 소원은 이루어진 걸지도 모르겠다. 무슨 소원을 빌었을지는 모르지만."

모두 나를 떠난 것처럼, 나 역시도 나를 떠나 도망친 기억이 줄줄 딸려왔다.

"이젠 아무도 나를 기다리지 않아. 돌아갈 곳도 없고."

엄마와 아빠, 할머니. 나를 떠난 이들은 안식을 얻었을까. 내게서…… 나와 함께일 때는 찾을 수 없던 그 평온함을 느끼고 만족하고 있을까.

"무엇보다 혼자만 남겨지는 건 이젠……."

작게 덧붙인 말이 목구멍을 아프게 조였다. 꽉 끼는 옷을 입은 것처럼 흉통이 일었다.

"돌아갈 곳이 없다는 건……."

석진의 목소리가 툭 떨어졌다. 나는 그를 보는 대신 어느새 환하게 밝아진 하늘을 쳐다봤다.

"어디든 정착할 수 있다는 거잖아."

해가 뜨고 있었다. 석진의 말은 시를 읊는 듯 조곤조곤했다.

"나도 잘은 모르겠는데, 어디든 네가 원하면 거기가 집이 될 수 있는 거 아니야? 돌아갈 수 있고, 푹 잘 수 있고, 너를 위해 기다릴 집."

입술을 벌리면 북받친 감정이 터져 나올 것 같아서 아무 대답도 하지 못했다.

석진은 내가 그랬듯 입을 다물었다.

우리는 벤치에 나란히 앉아 사나운 시간을 견뎠다.

여름이 성큼 가까워진 봄이었으나 여전히 공기는 차가웠다.

과거를 터놓았다고 해서 나와 석진이 절친한 친구가 된
건 아니었다.

　석진은 언제든 떠날 사람처럼 굴었고 나는 석진과 나 둘
인 게 나을지 다른 무리를 찾아 이동하는 게 나을지 매일 고
민했다.

　더 나은 선택을 위한 시간은 꾸준히 흘렀다.

　이제는 새벽이 되어도 춥지 않은, 오히려 더워서 짜증이
치미는 여름이었다.

　"잘 데 있어. 모텔 아니고 방 두 개짜리 빌라. 같이 지내는
애들이 있기는 한데, 너희도 올래?"

　석진에게 말을 걸어온 애는 붉은색 머리카락이 허리까지
오는 여자애였다. 자기를 '나연'이라고 한 그녀는 석진이 마
음에 들었는지 은근히 나를 밀쳐냈다.

단번에 거절할 것이란 내 예상과 다르게 석진은 군말 없이 나연을 따라나섰다. 나는 나란히 걷는 두 사람의 뒤를 따라 걸었다.

연지역을 나와 한참을 걸어 도착한 곳은 곳곳에 재개발 예정 안내문이 붙은 동네의 5층짜리 빌라였다.

계단을 훌쩍 오른 나연이 201호 문을 열었다. 철제문이 끼익, 소리를 내며 열렸다. 안에서 술 냄새와 담배 냄새가 역하게 풍겨왔다.

나연은 새 친구가 왔다고 소리치며 안으로 들어갔다. 흘끗 나를 돌아본 석진이 잠깐 망설이다가 먼저 안으로 걸음을 옮겼다.

안으로 들어가느냐 계단을 내려가느냐.

결정의 순간이었다.

사실 내게 주어진 선택지는 하나였다. 마땅한 대안이 없었으니까. 나도 석진을 따라 201호로 들어가 문을 닫았다.

201호에는 우리보다 나이가 들어 보이는 남자 둘, 나연처럼 긴 머리를 밝은 갈색으로 염색한 여자애 하나, 나보다 어린 듯한 앳된 단발머리 여자애 한 명이 있었다.

남자들과 밝은 갈색 머리의 여자애는 석진에게 먼저 장난스레 말을 걸었다. 그들은 석진이 마음에 드는 모양이었다.

나는 최대한 숨죽여 거실 구석으로 가 앉았다. 오랜만에 경험하는 시끌벅적한 분위기에 적응이 안 됐다.

"라면 있는데."

보라색 후드티를 입은 단발머리 여자애가 내 옆으로 다가와 넌지시 말했다. 빤히 쳐다보자 여자애는 '술도 있어요' 하고 주절거렸다.

"몇 살이야?"

"네?"

"나이. 몇 살이냐고."

내 질문이 조금 당황스러웠는지 여자애가 볼에 바람을 넣고 눈을 굴렸다. 그런 행동에서조차 어린 티가 났다.

"열다섯이요."

고민 끝에 대답한 나이였으나 더 묻지 않아도 거짓이라는 게 뻔했다. 열넷. 더 어리다면 열세 살 정도. 아무리 상상해봐도 이렇게 어린 얼굴엔 교복도 어울리지 않았다.

"예은아."

화장실에서 나온 건지 나연이 손에 묻은 물기를 털어내며 거실로 와서 섰다. 나연은 내 옆에 있는 여자애 앞으로 걸어와 번쩍 손을 들었다.

짝, 마찰음과 함께 '예은'이라 불린 앳된 여자애의 얼굴이 돌아갔다. 소리 뒤에 일순 정적이 파고들었다. 작게 욕을 지껄인 남자들이 석진에게 방에 들어가자며 어깨에 손을 올렸다.

거실에 남은 건 나와 나연, 갈색 머리 여자애와 예은까지 넷이었다.

석진과 남자들이 들어간 방 쪽에서 커다란 웃음소리가 들렸다. 거실에 가득한 긴장과는 상반되게 밝은 소리였다.

"내가 수건 빨아두라고 했지? 냄새나면 짜증 난다고 몇 번이나 얘기했어!"

나연은 연거푸 예은의 뺨을 쳤다. 빨갛게 볼이 부은 예은이 울먹거리며 사과했다.

갈색 머리 여자애는 피식피식 웃으며 구경만 했다. 입가에 머금은 미소가 징그러웠다.

"먹여주고 재워주면 시키는 건 똑바로 해야 할 거 아냐! 그냥 나갈래? 너 나간다고 잡는 사람도 없는데."

예은은 발작적으로 고개를 내저었다.

"그럼 똑바로 해. 알겠어?"

고개를 연신 끄덕이던 예은이 화장실로 뛰어갔다. 화장실 문이 닫히는 것까지 보고 나서 나연이 내게 고개를 돌렸다.

"이름이?"

"김시우."

"시우야, 여기서 먹고 자려면 각자 하는 일이 있어야 해. 보는 것처럼 나는 집을 제공해주고."

나연의 손가락이 갈색 머리 여자애를 가리켰다.

"쟤는 돈을 벌어 와. 방금 본 예은이는 청소도 하고, 이것저것 다 해. 그럼 넌 뭘 해야 할까?"

나는 섣불리 입을 여는 대신 나연이 말하길 기다렸다. 갈색 머리 여자애가 크게 입을 벌리고 하품했다.

"말 못 해? 사람이 물으면 대답해야지."

"시킬 게 있는 거 아니었어?"

내 답변에 나연이 픽 웃었다.

"눈치 빠르네. 예은이보다는 마음에 든다."

팔짱을 낀 채로 그녀가 석진과 남자들이 들어가 있는 방을 돌아보았다. 안에서 저급한 욕설과 경박한 웃음이 이어졌다.

"우리는 돈이 필요해. 여기서 지내고 싶으면 돈을 벌어야 해."

나연은 쪼그리고 앉은 다음 나와 시선을 맞췄다.

"많이 벌어 와. 살고 싶으면."

자정이 한참 지난 깊은 새벽이었다.

나와 석진의 환영회라며 시작된 술자리로 거실에는 술병과 과자 봉지가 지저분하게 나뒹굴었다. 나는 소리가 나지 않게 조심해서 몸을 일으켜 가방을 챙겼다. 바닥에 뒤엉켜 잠든 이들이 깨지 않도록 발꿈치를 들고 살살 현관으로 향했다.

이곳에서 지낼 마음은 없었다. 겨우 하루긴 했으나 제법 괜찮게 먹었고 쉬었으니 충분했다.

구겨진 신발을 대충 신고 현관문 손잡이를 잡았다.

……문이 열려 있었다.

이상하다 싶어 뒤를 돌아봤다. 거실엔 나연과 남자들, 갈색 머리 여자애와 예은이 잠들어 있었다.

뒤늦게 깨달았다. 거실 어디에도 석진이 없었다.

문을 밀고 나와 소리 나지 않도록 약간의 틈을 남기고 문을 열어두었다. 한 발 한 발 조심해서 움직였다.

계단을 내려와 건물을 나오자 처음 보는 흰색 후드티를 입은 석진이 서 있었다.

"가자."

석진은 기다렸다는 듯 내게 말하고 앞서 걸었다.

"뭐야?"

"늦으면 두고 가려고 했어."

"뭐냐고."

"난 오늘 여기 뜰 거야."

"뜬다고? 갑자기?"

"이 지역에서 한 달 지냈어. 내 얼굴이랑 이름 정도는 거의 다 퍼졌을걸."

뛰듯이 걸어가 석진을 잡았다. 멈춰 선 그가 무심히 나를 보았다.

"알아듣게 설명해. 나 지금 하나도 이해 안 되거든?"

"너한테 사기 친 애들 있지? 나도 걔들하고 비슷하게 돈을 벌어. 번다기보다는 구한다는 게 맞겠네."

"지금 저기서 돈을 가지고 나왔다는 거야?"

"돈만 가져온 건 아니야. 옷도 입고 나왔지. 핸드폰도 가지고 나왔고."

"왜?"

"필요하니까."

석진은 피하지 않고 내 시선을 받아냈다.

"이게 내 방식이야. 싫으면 네 갈 길 가든가."

"이게 몇 번짼데?"

석진의 입술이 살짝 벌어졌다. '아마……' 하고 첫마디를 꺼낸 그가 '세 번째' 하고 끝맺었다.

"지금쯤 슬슬 이동해야 안 걸려. 너도 웬만하면 뜨는 게 나을 거다. 나 때문에 괜히 끌려가기 싫으면."

그 말을 끝으로 내 팔을 뿌리치며 석진은 어둠에 묻힌 거리로 나아갔다. 나는 순식간에 멀어지는 석진을 멍하니 지켜보다가 빠르게 걸음을 내디뎠다.

"하나만 묻자."

뛰어가 그의 앞을 막아섰다. 어쩔 수 없이 멈춰 선 그의 눈썹이 삐죽 위로 솟았다.

"내 가방도 뒤진 적 있어?"

"없어."

석진은 조금도 망설이지 않고 단번에 대답했다. 나는 비켜

서지 않고 두 번째 질문을 꺼냈다.

"뒤져볼까 생각한 적은?"

그의 입꼬리가 삐딱하게 올라갔다. 명백한 비웃음이었다.

"없어. 네 가방 하나 뒤져서 돈이 얼마나 나온다고."

나는 석진의 다갈색 동공을 끈질기게 쳐다봤다. 그의 눈동
자에 내 모습이 비쳤다. 대충 묶은 머리카락이 어깨에 흘러
내려 지저분했다.

"그럼 됐어."

석진의 말이 거짓이 아니라는 걸 확인하고 물러났다.

그의 옆에 서서 함께 걸었다. 석진은 아주 잠시 나를 쳐다
보다가 이내 시선을 거뒀다.

우리는 정류장으로 가 첫차를 탔다. 언젠가 그랬듯 중간에
내려 무작정 걸었고 다시 버스를 타고 가다가 아무 곳에서
내려 한참을 걸었다.

지겹던 풍경이 변해가는 것을 보고 있자니 오래 머물렀던
연지역, 그곳에서 쉽사리 찾을 수 없을 만큼 멀어지고 있다
는 게 실감 났다.

오랜 시간 이동하면서 나도 석진도 제대로 된 대화는 나
누지 않았다. 우리는 목적지 없이 그저 같은 방향으로 걷는
것으로 대화를 대신했다.

"앞으로도."

까무룩 밤이 되어서야 도착한 낯선 곳에서, 먼저 입을 연

사람은 석진이었다.

상가가 밀집한 먹자골목에는 술에 취한 사람들이 가득했다. 그들은 벌겋게 달아오른 얼굴로 삼삼오오 모여서 나와 석진처럼 이리저리 거리를 배회했다. 우리와 다른 점이라면 저들은 돌아갈 곳이 있다는 것이고, 우리에겐 없다는 거였다.

"눈치껏 따라오든지 알아서 갈 길 가든지 해. 난 너까지 챙길 여유 없으니까."

나는 아무 말도 하지 않았다. 석진 역시 내 대답을 기다리는 건 아닌 듯싶었다.

까만 하늘에서 뚝뚝, 비가 내리기 시작했다.

장마였다.

지곡동은 연지시에서 차로 두어 시간 떨어진 또 다른 지방의 작은 동네였다. 뭐든 과하게 넘쳐났던 연지시와는 다르게 지곡동은 대체로 조용한 곳이었다.

상권과 식당이 밀집한 유흥가를 제외하면 대부분 주택가였고, 거주민들 역시 3인, 4인 구성원이 많은 가정이었다. 주택가와 멀지 않은 곳에 학교와 학원가, 마트가 있어 가족 단위가 살기에 적합했다.

생활은 금세 익숙해졌다. 나와 석진은 각자의 방식으로 돈을 벌고 지낼 곳을 찾아냈다.

지낼 곳이라고 해봐야 보증금 없이 달에 50만 원을 내는 작은 모텔의 달방이었다. '낙원'이라는 이름의 4층짜리 모텔엔 숙박객보다 우리처럼 달세를 내고 지내는 사람들이 훨씬 많았다. 분위기는 삭막했고 결코 집이라고 할 수는 없었으나 우리에겐 모텔 이름만큼이나 아늑한 같은 공간이었다.

편히 쉴 공간이 있었고, 눈치 보지 않아도 되는 화장실이 있었다. 내부에서 조리는 불가능했으나 바깥에서 간단한 먹거리를 사서 오면 되었으니 큰 문제는 아니었다.

침대가 하나였으므로 자연스레 나와 석진은 각자의 자리를 정해 공간을 나누기로 했다. 침대를 양보한 그는 양보의 대가로 새 이불 값을 요구했다. 나는 기꺼이 5만 원을 내밀었다.

석진은 바닥에 깔기 좋은 두툼한 회색 요와 이불 세트를 샀다. 침대와 약간의 거리를 두고 이불을 깐 그는 자기만의 자리가 생겨 만족스러운 모양인지 한참 동안 미소를 거두지 못했다.

우리가 머무는 4층 끝 406호는 다른 호실에 비해 방이 약간 더 넓었다. 얼마나 더 넓은지는 몰랐다. 그저 주인의 말이 그랬을 뿐이었다.

자세히 말하지는 않았으나 석진은 식당에서 일하는 것 같았다. 정오에 나가 자정이 다 되어 돌아오는 그에게서는 음식을 조리한 기름 냄새 같은 게 났다. 종종 식은 치킨이나 떡볶이를 가져오기도 했다. 군말 없이 음식을 바닥에 내려 두고 그가 화장실에 들어가면, 나는 익숙하게 침대 옆 협탁을 끌고 와 나름의 상을 차렸다.

우리는 재미없는 영화나 드라마, 예능 같은 걸 보며 밥을 먹었다. 가끔은 웃었고 또 가끔은 별말 없이 식사를 마치고 잠들었다. 석진은 석진의 자리에서, 나는 침대에서 각자의 밤을 보냈다.

일상이 익숙해질수록 시간은 더 빠르게 흘렀다.

한 달 뒤면 열일곱 살이었다. 홀쩍 지나간 시간을 되돌아 보기도 전에 코앞에 다가온 크리스마스였다.

나는 음식점이 밀집한 먹자골목 근처의 편의점 아르바이트 자리를 구해 일했다. 중년의 사장은 간곡한 내 부탁에 평균 시급보다 훨씬 싼 금액으로 나를 고용했다.

새벽 3시부터 정오까지 일하면 하루에 3만 6천 원을 벌었다. 주 5일을 근무하면 한 달에 대략 70만 원 정도가 수중에 들어왔다. 이 중 25만 원은 달세로 나갔고, 10만 원은 식비로 사용했다. 남은 돈은 침대 밑 사탕통에 넣어 보관했다. 때때로 돈이 필요할 땐 꺼내 썼고, 꺼내 쓴 만큼 다음 달에 채워 넣었다.

모은다는 기쁨이 뭔지 사탕통을 볼 때마다 느낄 수 있었다. 돈을 모은다는 건 단순히 쓸 돈이 많아진다는 의미가 아니었다. 그건 미래를, 희망을 쌓는 거였다.

내일이 있다는 것. 다음 달이 있고, 내년을 기대한다는 것. 나에게 사탕통에 돈을 넣는 행위는 그런 뜻이었다.

눈이 내리는 크리스마스였다. 자정에 가까운 시간이어서 더는 별 의미 없었으나 심심하다는 핑계로 석진과 거리를 쏘다니던 중이었다.

어느 곳으로 걸음을 돌려도 크리스마스 캐럴이 흘러나왔다. 편의점에서 일하는 동안 틀어둔 라디오에서 나오던 음악과 비슷했다. 가사가 영어라서 무슨 뜻인지는 몰라도 대충 좋은 의미이겠거니 싶었다.

포근하던 한낮과 달리 어깨가 으슬으슬 떨렸다. 석진과 이만 돌아가자는 시선을 주고받고 몸을 틀었다.

협소한 골목이 개미굴처럼 뻗어난 길을 지나는데 거친 욕설이 걸음을 잡았다. 어디서 들려온 건지 고개를 움직이니 가로등이 깨진 어두운 골목에 여러 개의 검은 실루엣이 뭉쳐 있었다.

석진은 귀찮다는 듯 외면했으나 골목 진입로 바닥에 떨어진 십자가 목걸이가 눈에 밟혀 쉽게 걸음을 떼지 못했다.

고민하다가 몇 걸음 다가가 눈을 가늘게 뜨고 보았다. 여자애 셋, 남자애 한 명이 둥글게 모여 거친 욕들을 아무렇게나 뱉어내고 있었다. 내 인기척이 들렸을 법한데도 그들은 하던 짓을 멈추지 않았다. 잔뜩 흥분한 모습이었다.

나는 석진의 팔을 툭 친 다음 핸드폰을 가리켰다. 삐딱하게 입술을 끌어올리곤 그가 눈치껏 핸드폰 화면을 켰다.

"경찰 불렀거든. 튈 거면 지금 튀는 게 좋을걸."

너무 작지도 크지도 않은 정도로 내가 경고하자 한 걸음 뒤에 서 있던 남자애가 나를 쳐다봤다.

초등학교 때 하던 놀이처럼 네 사람은 서로의 눈치를 보며 동작을 멈췄다. 누군가 땡! 하고 외쳐줘야만 다시 움직일 듯싶었다.

기다렸다는 듯이 경찰차 사이렌이 시끄럽게 터져 나왔다. 제일 먼저 골목을 나와 도망친 건 남자애였다. 뒤따라 여자애들이 욕을 뱉으며 내 어깨를 치고 달아났다. 멀어지는 그들을 주시하다가 떨어진 목걸이를 주웠다.

"이제 꺼. 시끄럽다."

내 말에 석진이 사이렌 소리가 나는 앱을 종료했다. 골목이 삽시간에 조용해졌다.

골목 안쪽으로 걸음을 내디뎠다. 쓰레기봉투처럼 웅크리고 있던 그림자가 꿈틀댔다. 꺼져 있던 가로등이 별안간 깜빡거리더니 팟, 소리를 내며 켜졌다. 먼지가 눈처럼 휘날렸다. 불빛이 그림자를 거뒀다.

머리카락이 헝클어지고 입술이 터진, 깡마른 여자애가 고개를 들었다. 드러난 목덜미와 어깨가 바싹 말라 있었다.

"네 거야?"

나는 여자애의 눈앞으로 목걸이를 내밀었다. 내 손바닥을 본 여자애가 좌우로 고개를 저었다.

"그럼 내가 가진다?"

목걸이를 챙겨 몸을 돌렸다. 골목을 나서려는데 질질 끄는 발소리가 따라왔다. 반쯤 돌아보니 여자애가 세 걸음 뒤에 서 있었다. 여자애는 계절에 맞지 않게 짧은 청바지를 입고 있었다.

"어디로 가?"

여자애는 나와 아는 사이처럼 '이 동네 살아?' 물으며 친근하게 굴었다.

"그게 왜 궁금한데?"

냉정하게 거리를 두는 반응에도 여자애는 굴하지 않고 '그냥, 어디 사는데?' 하고 끈질기게 말을 걸었다.

"김시우, 뭐 해? 빨리 가자."

석진이 일부러 큰 소리로 부르며 재촉했다. 나는 여자애를 그 자리에 둔 채 골목을 나왔다. 석진이 뭐냐는 듯 여자애를 향해 눈짓했다. 별다른 대답을 할 수 없어서 어깨만 으쓱거렸다. 궁금한 건 나도 마찬가지였다.

골목이 사방으로 거미줄처럼 뻗친 거리를 지나 큰 도로에 나왔을 때쯤 여자애는 보이지 않았다. 어쩌면 그 골목에 아직 혼자인 채로 남아 있을지도 몰랐지만, 다른 곳으로 움직였을 가능성이 높았다.

궁금했으나 더 이상 돌아보지 않았다. 다시 돌아보았는데 여자애가 따라오고 있다면 어떻게 해야 할지 몰라서였다.

"신호 바뀌었어."

횡단보도 신호가 바뀌자 미련도 사라졌다. 석진은 뛰듯이 걸어 도로를 가로질렀다. 나는 손에 든 목걸이를 주머니에 넣으며 뒤를 따라갔다. 신호가 초록색에서 붉은색으로 바뀌기 무섭게 차들이 쌩하니 질주했다.

건너편으로 시선을 빼앗기지 않으려 애쓰며 모텔로 걸어 갔다. 406호에 도착했을 땐 25일이 지난 26일이었다.

열일곱 살이 되어도 크게 달라진 건 없었다. 여전히 나는 꼬박 한 달 일해 70만 원 정도를 벌었고, 석진은 무릎이나 팔을 다쳐 돌아오는 날이 늘었다. 석진의 상처에 약을 발라 주며 나는 그가 배달 일을 하고 있다는 걸 짐작했다.

여자애를 다시 만난 건 1월 2일, 내가 근무하는 편의점에서였다. 아침이라기에는 아직 조금 이른 6시, 가죽 재킷에 청바지를 입은 여자애가 술 냄새를 풍기며 안으로 들어섰다.

먼저 알아본 사람은 나였다. 카운터 앞을 지나치는 여자애의 얼굴이 낯설지 않았다. 내가 기억을 더듬고 있는 사이 여자애는 캔맥주 한 캔을 가져와 카운터에 만 원을 올려놨다.

"신분증 있어?"

여자애가 성인이 아니라는 건 굳이 확인하지 않아도 알았다. 그건 앳된 외모 때문이 아니라 미성숙한 태도 때문이었다.

"집에 두고 왔는데? 그냥 계산해주면 안 되나?"

"안 돼. 무조건 신분증 확인해야 하거든."

단호한 대답에 여자애가 입술을 삐죽 내밀었다.

"거스름돈 안 받을게. 그냥 너 가져."

"그래도 안 돼. 사고 싶으면 신분증 가져와."

캔맥주를 들고 카운터를 나왔다. 진열된 칸에 캔맥주를 두고 돌아왔다. 카운터 앞에 있던 여자애가 보이지 않았다. 나갔나 싶어 바깥을 살피다가 안쪽으로 들어왔다.

뜻밖에도 여자애는 카운터 안쪽 히터 앞에 쪼그려 앉아 있었다. 불을 쬐는지 손바닥을 히터 가까이에 댄 채로 여자애가 '따뜻하다' 하고 중얼거렸다.

"너 뭐 해?"

"추워서."

"집에 가."

"집이 없어서."

"어쨌든 네 갈 길 가라고."

"갈 데가 없는데?"

끝나지 않는 스무고개를 하는 기분이었다. 무릎으로 약하게 여자애의 등을 밀었다. 여자애가 나를 올려다보며 여자애가 울상을 지었다.

"조금만 쉬었다 가면 안 돼?"

"여기가 마음대로 들어와서 쉬는 데인 줄 알아?"

"만 원 줄게."

"그 돈으로 찜질방을 가. 거기가 여기보다 훨씬 좋을걸."

"귀찮단 말이야. 여기서 찜질방까지 한참 걸어야 해."

"택시라도 타든가."

"불러줄래?"

말이 뻔뻔하고 길었다. 참으려 입술을 깨물었다가 입을 열었다.

"취한 것 같은데 경찰 불러줘?"

"부르면 안 될걸?"

"왜 안 되는데?"

"너도 성인 아니잖아. 여기서 일하는 거 들키면 안 되는 거 아니야?"

불시의 일격에 얼이 빠졌다. 내 반응이 재미있었는지 여자애가 손으로 입을 가리고 킥킥거리며 웃어댔다.

"경찰 오면 같이 가야 해. 나랑 손잡고 경찰차 타고 싶어? 경찰차는 뒷문에 손잡이 없어서 내리고 싶어도 못 내려. 밖에서 누가 열어줘야만 나갈 수 있어. 거짓말 아니야. 내가 타봐서 알아."

"너 진짜 뭐냐?"

"너 아니고, 은재야. 허은재."

답답한 숨이 새어 나왔다. 내 얼굴에 고정되어 있던 여자애의 시선이 아래로 내려갔다.

"너는 이름이 성은이야?"

내가 입은 조끼에 달린 명찰은 오후에 근무하는 대학생의 이름이었다. 나는 문제가 생길까 싶어 급하게 명찰을 가리고 고개를 저었다.

"아냐. 여기서 일하는 것도 잠깐이고."

"거짓말. 주말 빼고 여기서 내내 일하던데?"

"스토커야? 네가 그걸 어떻게 알아?"

여자애는 습관처럼 손으로 입을 가리고 웃었다. 술을 마셔서 그런 건지 휘어지는 눈꼬리가 붉었다.

"지나가다가 몇 번 봤어. 아니다. 사실은 많이 봤어."

출입구에 달린 풍경이 딸랑, 소리를 냈다. 패딩을 입은 남자가 곧장 라면이 있는 곳으로 다가섰다.

라면을 고르는 남자의 눈치를 보다가 바닥에 내려둔 무릎 담요를 주워 여자애의 등에 던졌다.

"조용히 있어. 들키면 안 되니까."

여자애가 연기를 하듯이 손을 입에 가져다 대고는 지퍼를 닫는 시늉을 했다.

컵라면을 골라 집어 든 남자가 과자 매대로 움직였다. 나의 시선도 미끼를 문 생선처럼 남자의 이동을 따라 움직였다.

"있잖아."

밑에서 여자애의 목소리가 올라왔다. 고개는 움직이지 않고 눈만 움직여 슬쩍 아래를 보았다. 담요로 얼굴과 몸을 다 가린 여자애가 눈을 깜빡거리며 작게 말을 이었다.

"왜 그때 대답 안 했어?"

"그때?"

"골목길에서 도와줬잖아. 기억하거든. 네 얼굴이랑 이름. 시우, 맞지?"

라면과 과자를 양손에 든 남자가 카운터로 다가와 섰다. 나는 남자가 가져온 것들을 계산하고 봉투에 담아 건넸다.

까닥 인사하곤 남자가 가게를 나갔다. 풍경이 다시 딸랑거렸다. 슬쩍 들어온 찬 바람이 공기 중에 흩어졌다.

"시우야, 왜 아무 말도 안 해?"

여자애는 나른하고 나긋한 목소리로 내게 물었다. 어쩔까, 고민하다가 여자애의 몸을 가린 무릎담요로 손을 뻗었다.

"이제 가."

"나는 고마워서 물어본 거였어."

비스듬히 고개를 숙였다. 두 손을 무릎 위에 올려둔 여자애가 어울리지 않게 환하게 웃으며 입술을 움직였다.

"도와준 게 고마워서. 네가 안 도와줬으면 거기서 맞다가 죽었을지도 몰라. 아니면 맞다가 지쳐서 잠들었다가 추워서 죽었을지도 모르고.”

　가슴까지 내려오는 여자애의 머리카락이 새까맸다. 새까만 머리카락 사이로 드러난 얼굴 곳곳에 아물지 않은 생채기가 남아 있었다.

　“왜 맞았는데?”

　내 물음에 여자애가 ‘음’ 하고 뜸을 들였다.

　“내가 희연이 애인을 뺏었거든. 시우 넌 누군지 모르지? 거기에 있던 애 중에 단발머리 한 여자앤데.”

　히이, 하고 웃는 얼굴이 희멀겠다. 속도 없고 철도 없고, 생각도 없군. 나는 상처투성이인 여자애를 보며 생각했다.

　“근데 따지고 보면 내 잘못만은 아니야. 걔가 먼저 짜증 나게 굴었어. 그래서 뺏은 거야. 사실 뺏은 게 아니고 걔 애인이 선물이라고 주기에 받았어. 선물 받았으니까 고마워서 몇 번 놀았고. 그게 다인데 걔는 내가 자기 애인을 빼앗았대.”

　“그럼 사과하면 되잖아.”

　“내가 왜? 걔도 나한테 미안하다고 안 했는데?”

　“아니면 짜증 나게 굴지 말라고 말로 했어야지. 애인을 빼앗을 게 아니라.”

　“빼앗은 게 아니라니까? 그냥 선물 받고 몇 번 논 거야.”

　절로 답답한 숨이 올라왔다. 애써 침을 꿀꺽 삼키고 똑바로 시선을 맞췄다. 머리카락만큼이나 까만 눈동자였다. 보고 있으면 빨려들 것처럼 짙었다.

"어쨌든 넌 걔가 짜증 나게 굴어서 걔 애인을 빼앗았고, 걘 그 이유로 애들 불러다 널 때렸다는 거잖아. 내가 보기엔 너도 걔도 과했어. 물론 네가……."

입가에 남은 붉은색 피딱지가 신경을 건드렸다. 약을 바르지 않은 건지 생채기도 여전히 선명했다.

"배로 당했으니 걔도 할 말은 없겠지만."

"치, 내 잘못 아니라고 해줄 줄 알았는데."

내가 왜? 그런 말이 튀어나오려는 걸 참고 카운터 밖으로 나왔다. 여자애에게도 나오라고 손짓했다.

여자애는 입술을 삐죽 내밀고 일어나 발을 질질 끌었다. 카운터 밖으로 나온 여자애의 등을 출입구 쪽으로 밀었다.

"가."

일부러 냉정하게 말했는데, 여자애가 볼에 바람을 넣고 부풀렸다.

"빨리 가. 너 때문에 여기서 잘리면 나도 너 가만 안 둘 거니까."

으르렁거리듯이 경고하자 그제야 여자애의 발이 문 쪽을 향해 움직였다. 나는 부러 여자애가 나가는 걸 보지 않고 외면했다. 카운터에서 출입구까지는 몇 걸음밖에 안 되는데도 풍경 소리는 한참이나 지난 후에야 들렸다.

고개를 들었다. 카운터 바로 앞 매대가 시야를 어지럽혔다.

"사람 짜증 나게 하는 애네."

읊조리듯 말하고 카운터 앞 매대에서 몇 가지 물건을 집어 들었다. 포스기에 물건을 찍고 주머니에서 지폐를 꺼내 돈통에 넣었다.

동이 트기 시작한 하늘은 하늘색과 보라색의 경계에 걸쳐 있었다. 그 아래, 도로 앞을 어슬렁거리는 뒷모습이 잘못 찍힌 자국처럼 눈에 띄었다.

"야!"

나는 큰 소리로 여자애를 불렀다. 지나는 차도 없었고 사람도 없었기에 충분히 들렸을 텐데도 여자애는 돌아보지 않았다.

"안 들려? 야!"

다시 한번 불렀는데도 여자애는 서성거릴 뿐, 내 쪽으로 몸을 돌리거나 반응하지 않았다. 그냥 들어갈까, 들고 있는 걸 확 던져버릴까, 짧게 고민했다.

"허은재!"

여자애의 이름을 불렀다. 그제야 움찔거린 어깨가 내 쪽으로 천천히 움직였다.

돈이 아까우니까, 이미 계산해버려서 어쩔 수 없으니까. 나는 그런 생각을 되새기며 은재에게로 다가갔다.

"가져가."

은재의 손바닥 위에다 바르는 연고와 반창고를 올려놓았다. 물끄러미 나를 보던 은재가 히이, 하고 미소 지었다.

"고마워."

흰 입김이 솜사탕처럼 피어올랐다. 더는 말하지 않고 그대로 몸을 돌렸다. 편의점으로 가는 시간이 이상할 정도로 길었다.

"시우야! 고마워!"

뒤에서 은재의 목소리가 메아리쳤다. 딸랑거리는 풍경 소리가 은재의 소리를 덮어버렸다.

카운터로 돌아와 은재가 있던 자리를 한참 쳐다보았다. 언제 개어놓았는지, 무릎담요가 네모반듯하게 접혀 있었다.

담요를 들어 어깨에 둘렀다. 술 냄새와 함께 사탕 냄새 같은 단내가 슬그머니 배어 나왔다.

나른하게 내려앉는 졸음의 무게를 털어내려 허공으로 천천히 팔을 뻗었다. 기지개를 켜자 입술 새로 앓는 소리가 나왔다.

'귀찮은 애야. 더는 엮이지 말자.'

스스로에게 다짐하며 무거운 눈꺼풀을 밀어 올렸다. 흰 입김이 주변을 둥둥 날아다니는 것 같았다.

* * *

시우야.

오늘부터 장마가 시작이라고 하더라.

그래서 그런지 어제부터 비가 많이 내렸어. 주문도 장난 아니게 많았고. 같이 일하는 형은 어제 배달 나갔다가 사고가 나서 크게 다쳤어. 하필이면 다리를 다쳐서 당분간은 출근 못 할 것 같다고 하더라고.

난 어땠을 것 같아?

너도 알겠지만, 내가 운이 좋잖아.

난 아무 사고도 없이 무사히 하루를 마무리했어. 폭우가 쏟아졌는데도 비에 젖은 거 말고는 멀쩡해. 사장님이 고생했다고 보너스도 두둑하게 챙겨주셨고.

덕분에 이번 달은 밀리지 않고 병원비도 낼 수 있을 것 같아. 요즘 들어서 생각하는 건데, 네 말처럼 세상엔 좋은 사람들도 있는 모양이야.

이런 말 내가 할 줄 몰랐지? 네가 알던 나는 세상엔 나쁜 사람만 있다고 말하던 비관적인 놈이었잖아.

참, 엊그제 내 생일이었던 거 알아?

나도 몰랐는데 같이 일하는 동생이 조각 케이크를 사다 줘서 알았어. 설탕으로 만든 작은 토끼가 올라간 생크림 케이크였는데 맛있더라. 근데 예상보다 비싸서 놀랐어. 케이크는 배달하면서 보기만 했지, 먹어본 적은 없었거든.

먹다 보니까 네 생각이 났어. 너랑 케이크를 먹어본 적이 한 번도 없더라. 함께한 시간이 짧은 것도 아닌데, 정말 한 번도 없었어. 그래서 궁금했어. 너도 이걸 좋아할까? 달아서 좋다고 할까, 너무 달아서 싫다고 할까? 멋대로 상상해봤는데 잘 모르겠더라. 내가 이렇게 너를 몰라.

어쨌든 조각 케이크에 기다란 초 두 개를 꽂아서 나름대로 분위기도 냈어. 촛불을 끄려고 하니까 케이크를 사다 준 동생이 그러는 거야. 형, 원래 생일 초 불기 전에 소원을 빌어야 해요, 하고. 됐다고 하려다가 눈을 감고 두 손을 모았어. 네가 한 말이 갑자기 생각났거든.

언제였더라. 왜 갑자기 그 말이 생각난 건지 모르겠어. 모르겠는데 그냥 떠올랐어.

어느 새벽에, 이름도 모르는 학교 운동장 벤치에 앉아서 이런저런 얘기를 나눈 때가 있었잖아. 그때 네가 아무리 간절하게 기도해도 반드시 이루어지는 건 아니었다고 그랬잖아. 지금의 넌 어떻게 생각할지 모르겠는데, 지금의 나는 네 말이 틀렸다고 믿어.

간절히 바라면, 정말 간절히 원하고 소망하면 이루어질 거라고, 그러니까 훗날 우린 다시 예전처럼 그렇게 지낼 수 있을 거라고. 나는 그렇게 믿어.

내가 벌써 스물두 살이라는 게 믿기지 않지?

난 우리가 평생 열여덟…… 딱 그 나이에 멈춰서 어른이 안 될 줄 알았거든.

평생을 지겹도록, 보호자 동의 없이는 아무것도 못 하는 그 시절에 고여 있을 줄 알았는데 시간이 이렇게 흘렀어. 이제는 하고 싶은 건 다 할 수 있어. 예전처럼 눈치 보지 않아도 돼. 잘 곳이 필요할 땐 당당하게 객실을 잡을 수도 있고, 새벽까지 식당에서 밥을 먹어도 괜찮아. 추위에 떨면서 바깥을 돌아다니지 않아도 되고 운동장 벤치에 앉아서 밤새울 필요도 없어.

그렇다고 해서 함께 보낸 시간 전부가 후회된다는 뜻은 아니야. 종종 곱씹는 추억 중에는 추위를 잊으려 밤새 떠들던 기억도 있으니까. 그때 우린 어렸고, 어려서 몰랐고, 몰라서 두려웠지만, 함께여서 좋았잖아. 나는 아직도 그때의 기억으로 매일을 살아.

내일은 미용실에 갈 거야.

머리가 많이 길었는지 사장님이 출근하기 전에 머리 좀 자르고 오라고 하더라고. 간만에 거울을 보니까 많이 자라기는 했더라. 예전엔 네가 부엌 가위로 잘라주기도 했었는데. 거울을 보다가 그 기억이 떠올라서 오래도록 웃었어. 오랜만이었어. 그렇게 웃어본 건.

내가 변한 만큼 너도 참 많이 변했어. 비록 시우 넌 지금의 네가 어떤 모습일지 모르겠지만 말이야.

이제 소등하나 보다. 이만 가볼게. 내일모레 또 올 테니까 섭섭해하지 말고 기다리고 있어.

참…… 있지 시우야…….

아니야. 방금 내 말은 잊어.

푹 자. 푹 자고⋯⋯ 언제든 일어나고 싶을 때 망설이지 말
고 일어나주라.

난 항상 여기서 널 기다리고 있을 테니까.

진짜 가볼게.

안녕.

* * *

가끔 생각해.

어쩌면 난 이미 죽어버린 게 아닐까.

엄마와 아빠, 할머니가 그랬듯

영혼인 채 떠나지 못하고 서성이고 있는 게 아닐까.

·

·

정말 그렇다면

떠나지 못하도록 나를 붙잡고 있는 건 누구일까?

도대체 누가⋯⋯

이토록 처절하게 나를 기다리고 있는 걸까.

"안녕! 나 또 왔다?"

은재는 아직 동이 트지 않은 새벽 시간에 주로 나를 찾아왔다. 나로선 은재를 반길 이유가 없었다. 오히려 화를 내도 어쩌지 못할 충분한 핑곗거리가 있었다. 은재가 찾아오는 시간대는 손님이 없어 눈치껏 자거나 쉴 수 있는 귀한 시간이었다. 나는 나름의 휴식 시간을 은재에게 빼앗긴 셈이었다.

"오늘도 인사 안 해주네. 섭섭하다."

처음 한두 번은 찾아오지 말라고 화를 냈고, 그다음엔 무시했다. 일부러 차갑게 군다는 걸 뻔히 알 텐데도 은재의 방문은 아랑곳없이 계속 이어졌다.

은재는 방문 때마다 두 번 중에 한 번은 간식거리를 골라 계산하고 내 앞으로 내밀었다. 같이 먹자는 은재의 말에도 나는 듣지 못한 척 외면하거나 간이의자에 앉아버리는 것으로 거절 의사를 밝혔다.

"맞아. 그때 너랑 같이 있던 남자애 있잖아. 나 오늘 걔 봤다? 걔 식당에서 일하더라? 오토바이 잘 타나 봐."

석진이 배달 일을 하고 있다는 건 이미 짐작하고 있었다. 별로 놀라운 소식이 아니었고 반응해줄 사이도 아니었기에 간이의자에 앉은 채 눈을 감았다.

"피곤해? 하긴. 원래 밤에 일하는 게 제일 힘들기는 해. 사람들이 굳이 낮에 일하고 밤에 자는 이유가 있다니까."

맥락 없는 말들이 주절주절 이어졌다. 은재는 눈치껏 물건을 고르는 척하며 매장 안을 돌아다녔다. 편의점 내에 사장이 종종 확인하는 감시 카메라가 있다는 걸 말해준 다음부터 시작된 행동이었다.

"참! 한 이틀 정도는 못 올지도 몰라. 오랜만에 친구들 만나러 갈 예정이라서. 오랜 친구도 아니고 엄청 친한 사이도 아니기는 한데 심심해서 만나고 오려고. 슬슬 집에 들를 때가 되기도 했고."

"너 진짜 말이 많구나."

"드디어 대답했다!"

버릇처럼 히이, 하고 웃어버린 은재가 매장 구석 천장에 달린 CCTV를 흘끔거리고는 초콜릿 맛 과자 한 봉지를 들고 카운터로 다가왔다.

의자에서 일어나 바코드를 찍었다. 표시된 금액을 말해주자 은재는 주머니에서 지폐를 꺼내 내밀었다.

"시우야, 그거 알아?"

나는 잔돈을 챙겨 은재의 손바닥 위에 올려줬다. 스친 손바닥 온도가 뜨거웠다. 맞잡고 있으면 온몸이 녹을 듯 따뜻한 온기였다.

"자정이 지나고 신호등이 꺼지는 시간이 되면, 여기 이 편의점이 꼭 등대 같아진다는 거."

잔돈을 주머니에 대충 욱여넣은 은재가 편의점 출입구로 반쯤 몸을 틀었다. 은재의 시선이 투명한 유리문 밖으로 던져졌다.

"온통 깜깜한데, 여기만 환한 빛을 뿜고 있어. 그래서 계속 찾아오게 되나 봐. 망망대해에서는 등대만이 유일한 목적지가 되잖아. 나처럼 길을 잃고 떠도는 배가 유일하게 희망을 걸 수 있는 것도 등대뿐이고."

어깨 밑으로 흘러내린 새까만 머리카락이 살랑거렸다. 나는 은재의 머리카락을 넌지시 보다가 옆으로 눈을 굴렸다.

"그러니까 나한테 시우 넌 등대 같은 존재인 거지."

"편의점이 등대라며. 난 그냥 사람이야. 사람은 대체할 수 있어도 등대는 대체 못 해."

유리문 너머의 어둠이 잔잔히 흘러가는 물결 같았다. 소란스럽지 않고 지루하지도 않은 큰 강을 눈앞에 둔 기분이었다.

"네가 찾은 등대는 내가 아니야."

나는 도장을 찍듯 단호하게 말을 끝맺었다. 흘러내린 머리카락을 귀 뒤로 넘기고 은재가 눈을 휘어 웃으며 나를 봤다.

"넌 모를걸? 내가 찾은 등대의 의미가 뭔지. 아마 영원히 모를 거야."

은재의 얼굴에 났던 생채기가 옅어져 있었다. 챙겨준 연고를 잊지 않고 꼬박꼬박 바르는 모양이었다.

"왜냐하면 내가 말 안 해줄 거니까."

"물어볼 생각도 없어."

슬리퍼를 신은 발을 히터 쪽으로 옮겼다. 차갑게 얼어 있던 발이 히터 열기에 뜨거워졌다. 내일부터는 귀찮아도 운동화를 신고 와야겠다고 다짐했다.

"인제 그만 가봐야겠다."

시간을 확인하더니 은재가 계산한 과자를 내 품으로 던졌다. 반사적으로 공중에 뜬 과자 봉지를 낚아챘다.

"너 먹어."

은재는 그 말을 남기고 출입구로 빠르게 멀어졌다. 뒤늦게 발바닥에 힘을 줘 일어났다.

은재를 부르기도 전에 유리문이 열리고 닫혔다. 유리문 밖에 선 은재가 손바닥을 보이며 좌우로 흔들었다. 은재는 유리문에 입김을 불어 김이 서리게 만들고는 그 위에 '안녕'이라고 적었다.

검은 머리카락이 시야에서 사라졌다. 과자 봉지를 든 채서 있다가 카운터를 나왔다. 유리문으로 다가가자 제법 밝아진 거리 풍경이 보였다.

어둠이 걷히는 자리에 은재는 없었다. 망설임 없이 몸을 돌려 카운터로 돌아왔다. 간이의자에 앉아 과자 봉지 끄트머리를 뜯었다.

나는 꾸역꾸역 초콜릿으로 코팅된 과자를 씹어 삼켰다.

달았다. 초콜릿 맛이 혀를 마비시킬 정도로 달게 느껴졌다. 너무 달다고 속으로 불평하면서도 끊임없이 과자를 입에 넣었다.

달지만 맛있었다.

나쁘지 않았다.

"내가 잘라줄게."

"됐다니까."

"줘봐. 쥐 파먹은 것도 아니고 이게 뭐냐?"

퇴근 후 406호에 돌아왔을 때, 석진은 화장실 거울 앞에 서서 문구용 가위로 머리를 자르던 중이었다. 종이 오리듯 가위질을 하던 석진이 귀찮은 듯 손을 휘휘 내저었다.

나는 석진이 들고 있던 가위를 빼앗은 다음 그의 몸을 내쪽으로 돌렸다. 잔뜩 귀찮은 표정을 짓고 있으면서도 마음대로 하라는 듯 어깨를 축 늘어트렸다.

"이런 가위로 자르기 힘들어. 기다려. 다른 가위 가져올 테니까."

가재도구를 모아둔 상자에서 부엌 가위를 찾아 화장실로 돌아왔다. 미심쩍은 듯 나를 위아래로 훑어보던 석진이 순순히 눈을 감았다.

먼저 자른 왼쪽 부분이 손댈 수 없을 정도로 엉망이었다. 아무 기술도 없는 주제에 무모하게 한 움큼이나 자른 용기가 가상했다.

제일 먼저 눈을 가린 앞머리를 일자로 잘랐다. 싹둑, 소리에 석진의 눈썹이 움찔하는 게 보였다.

빠르게 손을 움직였다. 이미 잘린 부분을 제외하고 최대한 자연스럽게 보이도록 가위질했다. 석진은 중간중간 잘 자르고 있는 거냐고 물었고 나는 걱정하지 말라고 대답했다. 눈을 뜰락 말락 감고 있는 석진의 얼굴이 어린애처럼 순했다.

좁은 화장실에 가위질 소리가 가득했다.

발등으로 떨어지는 머리카락을 대강 한쪽으로 밀어냈다. 얼추 마무리된 모습을 보다가 석진의 어깨를 툭 쳤다. 다 됐다는 신호였다.

눈을 뜬 그가 대번에 거울을 확인했다. 마음에 드는지 군말 없이 얼굴에 붙은 머리카락을 툭툭툭 털어냈다.

세면대 물을 틀어 가위를 씻었다. 석진에게는 바닥까지 꼭 깨끗하게 치우란 말을 남긴 뒤 화장실을 나왔다.

물티슈로 가위 날을 한 번 더 닦고 상자에 도로 집어넣었다. 얼마 안 있어 머리를 감고 수건을 어깨에 두른 채 석진이 화장실에서 나왔다. 나는 침대에 엎드린 자세로 드라이기로 머리를 말리는 그의 등을 물끄러미 쳐다봤다.

"왜?"

"뭐가?"

"자꾸 쳐다보잖아."

"그냥 본 거야."

"심심하면 TV를 봐. 그게 싫으면 잠을 자."

"오늘은 언제 끝나냐?"

"똑같지. 10시는 넘어야 올걸."

"배달 일은 할 만하고?"

머리카락을 털던 석진의 어깨가 저도 모르게 굳어버렸다. '네가 그걸 어떻게 알아?' 하고 물어보며 그가 내게로 고개를 돌렸다.

"너한테서 바람 냄새가 나거든."

너른 등이었다. 석진의 뒷모습은 처음 봤을 때보다 더 듬직해진 것 같았다. 시간이 흘렀다는 증거는 이렇듯 예상치 못한 곳에서 등장하고는 했다.

"나한테서 새벽 냄새가 나듯이."

이어진 내 뒷말에 석진이 비웃으며 '냄새는 무슨' 하고 마저 머리카락을 말렸다. 물기가 사방으로 튀었다.

나는 몸을 돌려 천장을 보고 누웠다. 천장 곳곳에 시간의 흔적이 덕지덕지 쌓여 몹시 지저분했다.

이 침대에 누워 저 천장을 나처럼 느긋하게 바라본 사람의 수가 얼마나 될까. 들락거린 사람들에 비해 천장을 살피듯이 보는 경우는 많지 않을 것 같았다. 가만히 무언갈 지켜보는 건 무해하고 불필요한 것이었다. 여유 없이 잠을 청하고 눈 뜨자마자 움직여야 하는 이들에게는 잠깐의 응시조차도 사치였다.

지저분한 천장을 본 누군가는 이곳이 어떻게 '낙원'이냐고 비웃을지 몰라도 그래도 내게는 훌륭한 낙원이었다.

이 땅, 아무 데도 갈 데 없는 내게 마련된 작은 낙원. 그게 406호였다.

"간다."

멀끔해진 석진이 검은색 외투를 챙겨 방을 나갔다.

문이 닫히는 소리가 들렸다. 느릿하게 몸을 일으켜 현관으로 가서 문을 잠갔다. 멀어지는 걸음 소리를 듣다가 침대로 돌아왔다.

싸구려 커튼 사이로 빛이 들어왔다. 머뭇거리던 빛줄기가 바닥을 지나서 침대 위로 올라와 누웠다.

나긋하고 따스한 기운이 발등을 적셨다. 빛이 닿은 부분이 반짝거렸다. 나는 섬유유연제 냄새가 풍기는 이불에 얼굴을 박고 눈을 감았다.

　안식이었다.

　이틀 정도 못 볼 거라던 은재는 일주일이 넘도록 오지 않았다. 귀찮은데 잘됐다고 생각하면서도 내심 걱정 같은 게 아른거렸다. 실없이 히이, 웃던 얼굴과 그러면 도드라졌던 입술의 생채기가 콕콕 목덜미를 찔러댔다. 골목길에서 몸을 웅크리고 있던 은재의 모습도 불쑥 끼어들었다.

　이번엔 아무도 도와주는 이 없는 골목에서 그러고 있으면 어쩌나, 괜스레 불안하기도 했다. 여럿에게 둘러싸여 욕을 먹고 얻어맞으면서도 큰 소리 내지 못하는 은재를 상상하면 체한 듯이 가슴이 답답해졌다.

　"나 기다렸어?"

　꼬박 2주가 흘러서야, 그것도 퇴근을 앞둔 아침에 편의점을 찾아온 은재는 목도리로 얼굴의 반을 둘러 감은 채로 내게 인사했다.

　서둘러 오전 근무자와 교대했다. 유니폼을 벗고 외투를 챙겨 편의점을 나왔다. 뒤따라 나온 은재가 내 이름을 불렀다.

　"시우야, 나 기다렸냐니까?"

　나는 차도가 있는 거리 쪽과 반대편 공원을 보다가 방향을 틀었다.

은재는 공원으로 가는 내 뒤를 졸졸 뒤쫓았다. 공원에 도착해 불쑥 걸음을 멈추고 뒤돌아섰다. 손을 다 뻗지 않아도 될 만큼 가까이 선 은재의 눈이 빤히 나를 들여다보았다. 속을 알 수 없을 만큼 새까만 눈동자였다.

은재에게로 손을 들었다. 내 손이 그녀의 얼굴과 가까워지자 은재가 질끈 눈을 감고 어깨를 움츠렸다.

은재의 얼굴을 가린 목도리를 잡아 아래로 내렸다.

입술 끝이 터져 있었고 목에는 멍이 잔흔처럼 새겨져 있었다. 발음이 어눌하다 싶더니 입술이 터져서 그런 듯했다.

"약은?"

꼭 감은 눈을 천천히 뜬 은재가 대답 없이 나를 봤다.

"내가 준 연고 남았어?"

나는 닦달하지 않고 다음 질문을 이었다. 은재는 가만히 고개를 끄덕거렸다. 살랑거린 머리카락이 바람에 나부꼈다.

목도리를 잘 여며주고 공원 벤치로 가 앉았다. 쭈뼛거리던 은재가 내 옆으로 와 앉더니 바닥을 신발 뒤꿈치로 장난치듯 팠다.

"어떻게 알았어?"

은재는 목도리에 얼굴을 묻고 슬그머니 물었다.

3월 초밖에 되지 않았는데도 날이 춥지 않았다. 한 달만 더 있으면 완연한 봄이 오겠구나 싶었다. 이렇게 흘러가듯 지나다 보면 금세 어른이 될 것 같았다.

"몰랐어. 혹시 몰라서 본 것뿐이야."

"너 감이 되게 좋구나."

"넌 항상 재수가 없고."

은재 쪽으로 고개를 돌렸다. 시선이 닿았다. 은재의 눈이 나를 머금고 있었다.

"이번에도 네가 먼저 쳤어?"

"그 말 되게 웃기다. 누가 들으면 매번 내가 싸움 거는 사람인 줄 알겠어."

히이, 웃은 은재가 '이번엔 모르겠어' 하고 느리게 입술을 움직였다.

"내 존재 자체가 그 사람한테 선빵이기는 해. 근데 나는 아니거든. 내가 먼저 친 적, 내가 먼저 상처 낸 적 한 번도 없어."

이렇게 있으니 언젠가 석진과 운동장 벤치에 앉아 떠들던 기억이 떠올랐다. 은재의 모습 위로 죽기 싫어서, 죽이기 싫어서 집을 나왔다고 고백하던 석진이 겹쳤다.

"보기 싫대서 안 들어간 건데, 하필이면 재수 없게 마주친 거야. 보기 싫으면 모른 척하면 될 걸 자꾸 건드리잖아. 덜떨어진 새끼라고 부르면서."

나는 석진에게 그랬듯 아무 말도 꺼내지 않았다. 은재는 목도리에 묻었던 고개를 들고 놀이터에 있는 그네를 응시했다.

"나는 그 말이 너무 싫거든. 그걸 알면서도 나한테 항상 덜떨어진 새끼라고 불러."

"누가?"

나는 은재에게서 시선을 거두고 허공에 대고 물었다.

"우리 엄마."

슬며시 손을 들어 목도리를 내리며 은재가 깊이 숨을 들이마셨다. 하얗게 질린 얼굴에 생기라곤 거의 느껴지지 않았다.

"어때? 너도 내가 덜떨어진 새끼 같아 보여?"

은재의 물음에 조금 생각하다가 '약간은' 하고 대답했다. 내 대답에 은재는 킥킥거리며 눈을 접어 웃었다.

"아주 틀린 말은 아닌가 보다."

졸린 사람처럼 은재의 눈꺼풀이 아슴아슴했다. 벤치에 등을 기대고 무릎을 모아 동그랗게 안은 은재가 작은 소리로 덧붙였다.

"있지, 사실 나한테 제일 잘 어울리는 말이기도 해. 덜떨어진 새끼라는 말."

공원 밖 거리에는 출근하는 직장인들과 학교에 가는 학생들이 바쁘게 오갔다. 모두가 바쁜 아침인데도 나와 은재가 머무는 공원은 시간을 잊은 듯 적적했다.

"나를 임신했을 때 어떻게든 지우려고 별짓을 다 했대. 일부러 계단에서 굴러도 보고 주먹으로 배를 때려도 보고, 하다 하다 약도 먹었대. 그렇게 노력했는데도 내가 태어난 거야. 너무 멀쩡하게 응애응애, 하고 울면서."

새들이 나뭇가지를 옮겨 다니며 울었다.

"지우려고 했는데도 악착같이 붙어서 안 떨어진 거야. 그러니까 나는 표현 그대로 '덜떨어진 새끼'인 거지."

하늘이 청명했다. 어떤 비극도 들은 적 없을 푸르름이었다.

"틀린 말이 아닌데도 나는 그 말이 너무 싫어. 정말로 너무너무 싫어. 할 수만 있다면 지우개로 그것만 지워버리고 싶어. 세상 누구도 그런 말 못 쓰게, 아무도 그런 말 안 듣게, 내가 다 지워버리고 싶어."

"지워버려."

옆얼굴로 은재의 시선이 닿았다. 나는 끝없이 푸른 하늘에 시선을 고정한 채로 말을 꺼냈다.

"네가 다 지워버리면 되잖아. 쓱, 하고. 완전히 지워버려."

은재가 웃었다. 툭, 떨어진 웃음소리가 바닥을 굴러다녔다.

"쓱! 이렇게?"

은재는 장난치는 아이처럼 내 앞으로 손을 뻗었다. 그러곤 허공에 지우개질하듯 손을 움직였다.

어이없는 행동에 별안간 어깨가 들썩거렸다. 입술을 비집고 나온 내 미소에 은재가 큰 소리로 웃음을 터뜨렸다.

나와 은재는 끝없이 웃고, 웃고 또 웃었다.

누가 시작했는지도 몰랐다. 우리는 웃지 않으면 안 될 사람들처럼 계속 웃어댔다. 운동을 위해 공원을 찾은 사람들이 흘끔거려도 신경 쓰지 않았다. 웃지 않으면 큰일 날 듯 앞다퉈 웃어댔다.

"뭐 하면서 지내?"

웃음이 소강상태에 접어들었다. 은재는 눈꼬리에 맺힌 눈물을 닦다가 '응?' 하고 되물었다.

"평소에 뭘 하면서 지내냐고."

"음⋯⋯."

뜸을 들이던 은재가 가볍게 대답했다.

"그냥 돌아다녀. 비슷한 애들 만나서 놀고. 가끔 피시방에서 게임도 하면서."

"돈은?"

"집에 다녀왔다고 했잖아."

하얗게 웃는 얼굴이 꼭 이 세상 사람 같지 않았다.

은재는 고약한 유령처럼 활짝 웃고는 품에서 지갑을 꺼내 열었다. 지갑 안에 초록색 지폐가 가득 들어 있었다. 정확하게 얼마인지는 모르나 척 보기에도 액수가 적지 않은 듯했다. 지출을 줄인다면 최소한 보름은 지낼 수 있을 것 같았다.

"돈이 떨어질 때마다 집에 가서 가져와. 이 정도 얻어터졌으니까 그 대가로 가져오는 거랄까?"

"자랑이다. 맞고 돈 가져오는 게 좋냐?"

"왜? 이런 짓도 안 하면 진짜 내가 불쌍하잖아. 적어도 뭐 하나쯤은 얻는 게 있어야지. 안 그래?"

"지내는 곳은 어딘데?"

은재는 대답 대신 손가락으로 내 어깨를 콕, 찔렀다.

은재에게로 고개를 돌렸다. 히이, 웃는 표정이 이제는 친근했다.

"내가 전부터 생각한 건데, 시우 너는 다친 사람한테는 되게 친절하고 상냥한 것 같아."

"무슨 뜻이야?"

"네가 처음 날 도와줬을 때도 그랬고, 지금도 그렇잖아. 너, 다치거나 아픈 동물이나 사람 보면 절대로 그냥 못 지나치지?"

대답이 쉽게 나오지 않았다. 내가 그랬던가? 되돌아봐도 딱히 내뱉을 말이 없었다. 나는 나에 대해 제일 모르는 사람 중 한 명이었다.

"몰라. 내가 날 어떻게 알아."

"그런가? 내가 보기에 너는 그런 사람이야. 정의하자면 좋은 사람."

좋은 사람. 은재의 표현에 심장이 묵직하게 진동했다.

내가 좋은 사람일까? 그런 의문이 들었으나 굳이 말로 꺼내지 않았다. 한 명쯤은 나를 좋은 사람으로 알고 있어도 괜찮겠다는 생각이 들어서였다.

"간다."

벤치에서 일어나 겉옷 주머니에 손을 넣었다. 물끄러미 나를 본 은재가 손바닥을 보이며 어색하게 흔들었다.

나는 은재를 두고 공원을 나왔다.

406호가 있는 '낙원'으로 가까워지는 내내 '좋은 사람'에 대해 곱씹었다.

"어쩐 일이야?"

4월이 되자 히터를 틀지 않아도 춥지 않았다. 늘 그랬듯 은재는 내가 일하는 시간에 맞춰 편의점을 찾아왔다. 나는 전처럼 은재를 무시하지 않았고, 가끔은 꽤 오래 대화를 나누기도 했다.

예상치 못한 건 석진이 편의점을 찾아온 일이었다.

헬멧을 쓰고 편의점에 들어선 그가 은재와 떠들던 나를 보고는 우뚝 멈춰 섰다. 나는 단번에 석진을 알아보지 못하고 빤히 헬멧만 쳐다봤다. 뒤늦게 헬멧을 벗은 그가 땀에 젖은 앞머리를 손으로 툭툭 털었다.

"오늘부터 새벽 출근이라서. 미리 말한다는 걸 깜빡했어."

"계속 이 시간에 나가는 거야?"

"당분간만."

석진의 시선이 내게서 은재에게로 옮겨갔다. 카운터 안쪽에 쭈그려 앉아 있던 은재가 '안녕?' 하고 심심하게 인사했다.

석진은 어떤 말도 하지 않고 무표정하게 은재를 주시했다.

나는 불편한 적막감을 지우고자 먼저 말을 꺼냈다.

"얘는 허은재야. 기억할지 모르겠는데 그때 골목에서 우리가 도와준 애."

내 설명을 알아들었을 텐데도 석진의 입술은 열리지 않았다. 대신해서 입을 연 건 은재였다. 카운터에서 나온 은재가 석진에게 다가가 손을 내밀었다.

"너한테도 고맙다고 인사해야겠다. 그땐 고마웠어."

은재의 손을 빤히 보던 석진이 '나한테? 왜?' 하고 날 선 투로 되물었다.

"내가 싫구나?"

"빨리 아네."

"눈치가 빨라. 누가 날 싫어하는지, 누가 날 좋아하는지. 나름의 생존본능이랄까. 다행히 이런 건 타고났거든."

은재를 무시하곤 그가 볼일의 당사자인 내게 다가섰다. 내 앞에 선 석진이 '퇴근 시간은 그대로야' 하고 담담히 말한 다음 주머니에서 406호 열쇠를 꺼냈다.

"열쇠 주려고 들렀어."

나는 석진에게 건네받은 열쇠를 후드티 주머니에 넣었다. 열쇠의 행방을 확인한 석진은 무심히 돌아서더니 은재를 지나쳐 문을 열고 밖으로 나갔다.

시동이 걸린 오토바이 소리가 금세 멀어졌다. 유리문을 내다보던 은재가 카운터로 다가와 기대어 섰다.

"쟨 진짜 내가 싫은가 보다."

"원래 저래. 세상에 나쁜 인간만 있다고 믿는 애라서 누굴 만나더라도 마음에 안 들어 할걸."

"시우, 넌?"

은재 옆을 지나 카운터 안쪽으로 들어왔다. 내게로 몸을 돌린 은재가 어서 대답해보라며 재촉했다.

"넌 어떻게 생각하는데?"

"뭘 어떻게 생각해?"

"너도 세상에 나쁜 사람만 있다고 믿어?"

고민은 길지 않았다. 나는 그렇지는 않다는 부정의 의미를 담아 고개를 저었다.

"좋은 사람도 있겠지. 세상이 얼마나 큰데."

담배 재고를 확인하며 줄줄 말을 이어 붙였다.

"나는 좋은 사람들만 가득한 세상에서 살 거야. 다들 친절하고 상냥한 이웃이 있는 그런 세상."

문득 낯간지러운 기분에 숙였던 고개를 들었다. 미소 띤 은재가 손을 뻗어 내 머리를 쓰다듬었다.

"꼭 그렇게 될 거야."

은재의 손길은 따뜻했고 다정했다. 오래전 할머니가 만져주던, 완전히 지워진 줄 알았던 그 감촉이었다.

"네가 원하는 완벽한 세상에서 살 수 있을 거야."

이상했다. 불현듯 갑작스럽게 눈가가 시큰거리고 목구멍

이 따가웠다.

왜? 갑자기 왜 이러는데? 스스로 질문해봐도 전혀 알 수 없었다. 나는 충혈된 눈을 들키지 않으려 고개를 숙였다. 손가락은 열심히 담배 재고를 세었으나 눈은 감은 채였다.

"나는 예쁜 주택에서 살고 싶어. 새하얀 주택 있잖아. 보기만 해도 깨끗해지는 기분이 드는 그런 집. 문을 열고 들어가면 따뜻하게 나를 반겨주는 가족이 있고, 학교에 가면 먼저 인사해주는 친구들도 있고. 날씨는 매일 맑아서 항상 기분이 좋겠지."

나는 꿈을 꾸듯 아득한 은재의 말을 들으며 어금니를 물었다. 오래도록 담배 재고를 확인했고, 은재는 오래도록 내 앞을 떠나지 않았다.

……너도 그렇게 될 수 있을 거야.

혓바닥 위로 올라온 그 말이 차마 나오지 못하고 입속을 방황했다.

***

미안한데, 앞으로는 지금처럼 자주 못 올 것 같아. 쉬는 날에도 일할 수 있는 곳을 찾았거든.

대단한 일은 아닌데 꽤 쏠쏠해. 추가로 일하는 날까지 합치면 이제 병원비 밀리는 일은 없을 거야. 되도록 자주 올 수 있게 노력할 테니까 너무 섭섭해하지는 마.

뭐, 정 섭섭하면 번쩍 눈 뜨고 나한테 욕이나 하든가. 예전처럼 무슨 놈, 무슨 놈 하면서 손가락질하고 등도 때리고. 그렇게 화내도 좋으니까 언제든 일어나기만 해. 아무 걱정도 말고 아무 생각도 말고 그냥…….

이번에 병원비 수납하러 가니까 거기 있던 직원이 나한테 그러더라.

안 힘드냐고.

힘들어 보인대, 내가. 어쩐지 나를 보는 눈에 동정심이 그득하더라고. 난 또 날 좋아해서 저렇게 쳐다보나 싶었지.

솔직히 말할까?

나는…… 정말로…… 하나도 안 힘들어.

거짓말 같지? 진짜야. 하나도 힘들지 않아. 몸이 피곤하지 않다고 하면 거짓말이겠지만, 적어도 정신은 힘들지 않아. 몸을 갈아서 번 돈을 몽땅 쏟아부어도 아깝지 않아. 오히려 기분이 좋을 때도 있어. 가끔 액수가 모자라서 결제 날을 넘길 때만 빼면 대체로 그래.

네가 그랬잖아. 너나 나처럼 가진 게 없으면 어떻게든 인생을 살아야 할 이유를 하나쯤은 만들어야 한다고. 그게 돈이든, 집이든, 연인이든, 뭐라도 하나 만들어야만 포기하지 않고 살아갈 수 있다고.

내 삶의 이유는 너야.

나는 네가 일어나기를 바라면서 살아가고 있어.

처음엔 어서 눈을 뜨기를 바랐는데, 이제는 아니야. 천천히 일어나도 돼. 쉬고 싶은 만큼, 자고 싶은 만큼, 네가 원하는 만큼 그렇게 지내다가 일어나도 괜찮아.

왜, 어린 왕자라는 책에 이런 내용이 나오잖아.

'가령 네가 4시에 온다면 나는 3시부터 행복해지기 시작할 거야'라고.

나도 비슷해. 정확히 언제인지는 몰라도 네가 일어날 걸 알고 있으니까, 매일 열심히 지내고 있어. 네가 날 보고 한심하다고 생각하지 않도록 최선을 다해서 살아가고 있어.

장마가 지나갔어.

당분간 계속 덥겠지만, 그래도 가을은 올 거야.

시우야……, 듣고 있어?

……은재는…….

…….

오늘은 소등 전에 가봐야겠다.

잘자. 또 올게.

* * *

처음엔 아무것도 없었어.

아무것도 없는 곳에 덩그러니 나 혼자였어.

외로웠어.

아무도 없어서, 아무것도 없어서,

나도 없는 것 같았어.

시간이 얼마나 흘렀는지,

흐르고 있기나 한 건지도 몰랐어.

그래서 추억을 조금씩 뜯어먹으면서 버텼어.

드물게 웃었고 자주 울었어.

신기한 건 열 번 울어도

한 번 웃으면 버틸 수 있더라고.

·

·

내 추억은 보잘것없지만, 내가 만든 세상은 아니야.

여긴 완벽해.

우리가 그린 상상처럼 모든 게 완벽한 세상이야.

그러니까 나는…… 진심으로 행복해.

석진이 새벽부터 밤까지 일을 시작한 뒤로 은재는 객식구처럼 406호에 발을 들였다. 석진은 그런 은재를 마뜩잖아하는 눈치였으나 그렇다고 내게 눈치를 주지도, 노골적으로 내보내라는 표현을 하지도 않았다. 나는 그런 석진에게 일부러 고맙다고 말했고, 그는 대답 대신 어설프게 눈썹을 긁었다. 늘 그랬듯 나와 석진의 대화는 굳이 매듭을 짓지 않아도 마무리가 되었다.

5월과 6월의 봄은 나와는 어울리지 않는 평화로 채워지며 지나갔다. 큰 소란 없이 우리는 각자의 역할을 다했다. 달세를 위해 돈을 모았고 각자의 생활비를 쓰며 지냈다. 드물지만 차려 먹기 귀찮다는 핑계로 외식도 했다. 기껏해야 분식이나 치킨 같은 메뉴였지만, 나와 석진에게 이런 소소한 일상은 무엇보다 귀한 것이었다.

그렇게 지내다 보니 훌쩍 7월의 초입에 들어섰다.

406호를 제집처럼 드나들던 은재는 어느 순간부터 나와 석진 사이에 껴서 함께 밥을 먹고 TV를 보고 외출도 했다. 은재를 지켜보던 '낙원' 주인은 한 사람이 더 사는 거면 추가금을 내야 한다고 미리 계산을 하려 들었다. 석진이 그런 거 아니라고 말하기도 전에 은재는 지갑에서 돈을 꺼내 내밀었다. 나는 은재에게 얼마인지 묻지도 않고 덥석 주면 어떡하냐고 잔소리를 해댔다. 내 말에 히이, 웃은 은재가 바보 같은 표정을 지었다.

어영부영 406호에 셋이 살게 되었다.

다른 방보다 넓다고는 해도 원룸보다 좁은 곳에서 세 명이 사는 건 쉽지 않은 일이었다. 은재는 눈치껏 나만 있을 시간에 찾아와 406호에서 머물렀다. 그러다 보니 은재가 하루 동안에 406호에서 지내는 건 기껏해야 몇 시간이 전부였다.

이렇게 지낼 거면 돈 낸 게 아깝다는 나의 푸념에도 은재는 완강하게 고집을 부렸다. 자기 돈이니 자기 마음대로 하겠다는 거였다. 아무리 설득해도 요지부동이었다. 나는 마음대로 하라고 한 소리 하곤 천장을 보며 누웠다.

불투명한 원형 전등 속에 죽은 하루살이 사체가 가득했다. 검은 점처럼 모여든 것들이 손바닥보다 작은 크기의 그림자로 뭉쳐 있었다.

"벌써 더운 것 같아."

은재가 좁은 침대 위로 올라와 누웠다.

"그럼 내려가. 더운데 왜 붙어?"

귀찮다는 투로 타박을 해도 은재는 끌어안듯 내 배에 손을 올리고 킥킥거렸다.

은재의 숨결 섞인 웃음이 귓불에 닿았다. 간지러운 감각에 몸까지 들썩거려 엄지와 검지로 귓불을 꾹 눌렀다.

"시우야, 너는 뭐가 되고 싶었어?"

"뭐가 되고 싶었냐고?"

"어릴 때 학교에서 장래 희망 같은 거 적잖아. 거기에 뭐라고 썼어?"

귓불을 잡았던 손을 스르르 내렸다. 한 번도 직접적으로 받아본 적 없던 질문이라 공연히 생각이 길어졌다. 뭐가 되고 싶었더라……

기억을 거슬러 오르는 동안 은재는 차분히 내 입이 열리길 기다렸다. 은재답지 않다고 여기면서도 한편으로는 이 모습이 은재의 진짜 모습은 아닐까 생각했다.

"기억 안 나. 그냥 뭐 대충 적었겠지. 선생님이나 그런 거."

"그렇구나."

속살거리듯 반응하던 은재가 '나는……' 하고 느릿하게 말을 꺼냈다.

"집을 짓는 사람이 되고 싶었어."

의외였다. 다소 놀란 표정을 하고 고개를 돌렸다.

가늘어진 은재의 눈이 무심히 허공을 응시했다. 얇은 입꼬리 또한 은은하게 올라갔다.

"여덟 살 땐가, 딱 한 번 엄마랑 같이 시장에 간 적이 있었거든. 근데 거기서 인형의 집을 팔았어. 되게 촌스러운 분홍색 집인 데다가 덤으로 묶어 파는 인형도 참 못생겨서 아무도 거들떠보지도 않더라. 근데…… 나는 가져본 적이 없어서 그거라도 너무 가지고 싶었어."

나는 은재가 말하는 촌스러운 분홍색 인형의 집이 어떻게 생겼을지 상상했다. 플라스틱으로 만들어진, 드문드문 칠이 벗겨져 있고, 돈 주고 사기 아까울 만큼 싸구려인 인형의 집이었다.

"학교에 가면 애들이 막 자랑했거든. 엄마가 뭘 사줬다, 아빠가 뭘 사줬다, 주말엔 뭘 했다, 생일엔 뭘 할 거다. 나는 매번 한 발짝 뒤에서 듣고만 있었어. 나는 아무것도 자랑할 게 없는데 혹시 나한테도 물어볼까 봐. 거짓말로 대답했다가 들키면 어떡하지. 어린 마음에 그게 너무 무서워서 항상 한 걸음 뒤에 서 있었어."

은재는 내 어깨에 이마를 대고 말을 이었다.

"시장에서 그 인형의 집을 보는 순간, 저걸 가지면 나도 자랑할 게 생기겠다 싶었어. 엄마가 사준 인형의 집. 애들한테는 멋지게 설명만 해주면 되잖아. 학교에 가져오라고 하면 비싼 거라서 안 된다고 하면 되니까."

킥킥, 습관처럼 은재가 웃었다. 나는 잠자코 은재의 말을 들었다.

"엄마한테 사달라고 졸랐어. 하나만 사달라고. 말 잘 들을 테니까, 다른 건 바라지 않을 테니까, 한 번만 사달라고."

숨소리가 흩어졌다. 냉장고 돌아가는 소리가 크게 울렸다.

"안 사줬어. 나는 가질 자격이 없다고 하더라. 눈물이 나오려는데 그 말을 들으니까 안 나오더라. 그때 처음 깨달았던 것 같아. 뭔가를 가지려면 자격이 필요하다는 걸. 가지고 싶다고 해서 다 가질 수는 없다는 걸."

전등의 환한 빛 때문에 눈이 아팠다. 나는 질끈 눈을 감았다.

"그 기억 때문인지, 막연히 집을 짓는 사람이 되고 싶었어. 싸구려 인형의 집 말고, 정말 멋진 집 있잖아. 그런 집을 진짜로 만드는 사람."

힘껏 내 허리를 끌어안은 은재가 '시우야' 하고 나를 불렀다.

"나중에 내가 집을 지어줄게. 정말 예쁘고 멋지고 깨끗한 그런 집."

조곤조곤 덧붙인 말에 나는 가만히 고개를 끄덕거렸다. 내가 고개를 끄덕이는 게 무슨 뜻인지도 모르면서 은재는 '상상만 해도 좋지?' 하고 물었다.

눈을 감고 있으니 스르륵 잠이 밀려왔다. 무거운 눈꺼풀을 억지로 뜨려고 애쓰는 대신 밀려드는 수마에 저항 없이 몸을 맡겼다. 내 허리께를 만지작거리던 은재의 손이 내 볼을 쿡 찔렀다.

"자?"

나는 대답하지 않았고 은재는 더 묻지 않았다.

이불을 덮지 않았는데도 몸이 따뜻했다.

사람은 따뜻한 존재구나. 그런 싱거운 생각을 끝으로 깊은 잠에 빠졌다.

자정이 한참 지난 새벽이었다. 모처럼 나와 석진의 휴일이 겹쳤다. 그걸 알게 된 은재가 눈을 반짝거리며 나가자고 졸라댔다.

막 퇴근한 석진은 귀찮다며 고개를 저었고, 나는 채 가시지 않은 잠을 깨우느라 늘어지게 하품을 했다.

은재와 나란히 누워 떠들던 게 조금 전 일 같았는데, 시간이 정말 훌쩍 지나버렸다. 퉁퉁 부은 내 얼굴이 웃긴지 석진이 '눈 좀 떠' 하고 골려댔다.

"너희 정말 재미없게 산다. 하루라고 해도 벌써 자정이 지났으니까 얼마 안 남은 건데! 쉬는 날을 이렇게 보내겠다고?"

"쉬는 날이니까 쉬지. 이 시간에 밖에는 뭐 하러 나가는데?"

"시우 너무해! 네가 그렇게 말할 줄 몰랐어!"

침대에 엎드린 은재가 부러 엉엉 소리 내 우는 척했다. 나는 은재의 여린 등짝을 보다가 석진에게 눈을 돌렸다. 가벼운 티셔츠 차림을 한 그가 내 눈을 피했다. 내가 무슨 말을 꺼낼지 짐작하는 모양이었다.

"날도 선선한데 산책하러 갈까?"

"둘이 다녀와. 난 잘 거니까."

"같이 가. 와서 푹 자면 되지."

"지금도 푹 잘 수 있거든."

이불을 펴고 누우려는 석진에게 베개를 집어 던졌다. 석진은 한껏 인상을 찌푸리고는 베개를 품에 안았다.

"너희 정말 귀찮게 한다."

"얼른 다녀오자. 여기서 말싸움해봤자 우리만 손해야."

침대에서 내려와 막 나갈 듯이 발을 구르며 말했다. 한숨을 푹 쉬었다가 석진이 뭉그적거리며 몸을 일으켰다.

신이 난 건 은재 혼자였다. 언제 훌쩍거렸냐는 듯 활짝 웃는 얼굴로 은재가 어깨까지 들썩거리며 운동화를 신었다.

7월 중순의 새벽은 모든 게 적당했다.

너무 덥거나 습하지 않았고, 걷다가 더워질 때면 맞춤하게 선선한 바람이 불어왔다. 마지못해 나와서는 한동안 눈썹만

씰룩거리던 석진도 막상 걸으니 좋은지 어느새 표정이 풀어져 있었다.

나오자고 강아지처럼 졸라댄 은재는 제일 앞서 걸으며 콧노래를 흥얼거렸다. 나는 춤을 추듯 걷는 은재를 느긋하게 뒤따라 걸었다.

오가는 사람도 없었고 차도를 지나는 차도 보이지 않았다. 드문드문 켜진 가로등과 신호가 끊긴 신호등만이 도심의 흔적처럼 남아 있었다.

"쟤 뭐 하냐?"

내 옆에서 나란히 걷던 석진이 부루퉁하게 입을 열었다.

석진의 시선을 따라 나도 그쪽을 보았다. 은재가 차도 위를 뛰어다니고 있었다. 나는 서둘러 은재를 불렀다. 내 부르는 소리를 들었는지 은재는 도로 중앙에서 우뚝 멈춰 섰다.

"차라도 오면 어쩌려고 그래? 빨리 나와."

은재는 나무라며 손짓하는 내게로 뛰어와 손목을 낚아챘다. 순식간에 은재의 손에 잡혀 도로 위로 튀어 나갔다. 놀란 석진의 목소리가 뒤따라왔다.

"아무도 없어. 우리뿐이잖아."

노란색 중앙선을 외줄처럼 밟은 은재가 '가자!' 외치곤 앞으로 씩씩하게 걷기 시작했다. 나는 은재에게 인질처럼 붙잡혀 까만 아스팔트 도로 위를 어지럽게 뛰어다녔다.

인도에 선 채 팔짱을 끼고 구경만 하는 석진이 얄미웠다.

나는 은재의 손을 뿌리쳤다. 그다음 은재가 그랬듯 석진에게 가 그의 손목을 세게 움켜잡았다.

석진의 손을 붙잡고 도로로 끌어내 은재가 있는 중앙선 쪽으로 뛰었다. 내 손에 끌려온 석진이 바보처럼 '어, 어' 하더니 말을 잇지 못했다.

은재 앞으로 석진을 끌어다 놓자 별안간 은재가 웃음을 터뜨렸다. 쪼그려 앉은 은재가 석진을 향해 손을 뻗었다.

뒤늦게 석진을 돌아봤다. 그는 눈을 크게 뜨고 입술을 약간 벌린, 평소엔 볼 수 없던 멍청한 얼굴로 나와 은재를 보고 있었다.

그는 은재가 웃는 이유도, 내가 참지 못하고 웃기 시작한 이유도 모른다는 듯 머쓱하게 눈썹을 긁적였다.

거리엔 여전히 우리 셋뿐이었다.

누가 먼저랄 것도 없이 터져버린 나와 은재의 웃음이 까만 밤하늘을 떠다녔다.

석진은 마법에라도 걸린 것처럼 웃음을 그치지 못하는 우리를 보더니 슬쩍 미소를 머금었다. 나는 은재 옆에 주저앉아 눈물을 닦았다. 얼마나 웃었는지 배가 당겨 아팠다.

"좋다!"

선선한 바람이 불었다. 은재의 목소리는 바람결에 묻혀 날아갔다. 석진은 은재의 말을 듣지 못한 듯했다. 나는 뭐가 좋은지 은재에게 묻지 않았다. 대신 바닥을 짚은 은재의 손등 위로 내 손바닥을 올렸다.

　석진이 그만 일어나라며 내 발을 슬며시 툭 찼다. 은재가 장난스레 운동화 뒤꿈치로 바닥을 두드렸다.

　붉은색 신호등이 점멸했다.

　좋았다.

　그것이 무엇이든지 간에.

　평화가 지나간 자리로 불운이 들이닥쳤다.

　며칠간 폭우가 이어진 8월이었다.

　빗길을 달리던 오토바이가 미끄러지면서 차와 충돌했다. 천만다행으로 석진은 무사했다. 문제는 오토바이가 완전히 부서졌다는 것이다.

　오른쪽 얼굴과 팔, 다리에 거즈로 도배를 하듯 뒤덮어놓았지만 석진은 아무것도 설명하지 않았다. 그는 '당분간 쉴 거야'라고 한마디만 하곤 죽은 듯 잘 뿐이었다.

　나 역시 더 묻지 않았다. 대신 석진이 편히 쉴 수 있도록 침대를 양보했다. 처음엔 됐다며 귀찮아하던 그도 내 집요한 고집을 버티지 못하고 침대 위로 올라가 누웠다.

　석진이 침대 생활을 시작한 지 3일째가 막 지났을 때, 불운은 석진에게서 내게로 옮겨왔다.

　정확히 말하자면 어느 정도 각오하던 일이었다.

해고 통보였다. 편의점 사장은 익명으로 누군가 미성년자 고용으로 신고하겠단 협박 편지를 보냈다고 이유를 알려줬다. 그는 보호자 동의서가 있으면 일하는 데 문제없다고 했으나 나는 죄송하다는 말과 함께 오늘까지만 일하고 그만두겠다고 대답했다.

마지막 날까지 일한 비용을 받고 편의점을 나왔다. 당장 어디서 일을 구하나, 하는 걱정과 당분간 석진을 도와줄 수 있어 다행이라는 양가감정이 들쑥날쑥 기분을 건드렸다.

은재의 불운은 폭우가 끝난 8월 초입에 들이닥쳤다.

나는 나대로 일을 알아보는 중이었고, 석진은 석진대로 치료와 휴식에만 집중하던 때였다.

집에 다녀온다는 말을 마지막으로 은재는 꼬박 일주일 만에 '낙원'에 돌아왔다. 언젠가 엉망인 꼴로 나타났을 때처럼, 이번에도 그 모습이 심상치 않았다. 얼굴이나 목, 몸에 난 상처보다 충격적인 건 싹둑 잘린 머리카락이었다. 가슴 밑으로 내려오던 검고 긴 머리카락이 딱 반 정도 잘려 있었다. 그것도 전체적으로 그런 게 아니라 한 부분만 뭉텅이로. 놀란 건 석진도 별다르지 않았는지 차마 입도 못 다물고 '너 꼴이 그게⋯⋯' 하며 뒷말을 흐렸다.

우리의 반응이 무색하게 은재는 의연했다. 당황한 채 선 우리를 지나쳐 객실 안으로 들어가더니 대뜸 '가위 있어?' 하고 물었다.

"가위는 뭐 하려고?"

"잘라야지. 이러고 다닐 순 없잖아."

당연한 걸 물어보냐는 투로 말하곤 은재가 머리카락을 쓸어 넘겼다.

나는 은재에게 화장실에 가 있으라 하고 객실 구석에 둔 상자를 뒤졌다. 석진의 머리를 잘랐던 가위를 찾아 들었다.

"너 미용사 해도 되겠다. 내 머리에, 쟤 머리에, 가위질 자주 하네."

침대에 걸터앉은 석진이 어이없다는 듯 혀를 찼다.

화장실 문을 열고 들어서자 속옷만 걸친 은재가 거울 앞에 서 있었다. 깡마른 몸에 상처와 상흔이 가득했다.

절로 탄식이 터져 나왔다.

"이번에도 돈 가져오는 대신 맞았냐?"

은재는 말없이 고개를 가로저었다.

"이번엔 엄마 아니야."

"그럼?"

"그냥……."

꺼림칙한 기분이 들었다. 거울에 드러난 은재의 얼굴을 쏘아보다가 입을 열었다.

"전에 걔네야?"

불현듯 골목길에서 위험해 보였던 그때 상황이 떠올랐다. 어두컴컴한 골목의 아이들. 은재의 몸에 가리지 않고 손과 발을 뻗치던 애들의 사나운 모습. 아무런 반항도 못 하고 맥없이 맞고만 있던 무력한 은재. 떠올릴수록 숨이 막혀 갑갑했다.

"오는 길에 만난 거야. 재수 없게."

그저 아는 친구를 만났다는 식으로 말하는 은재를 보다가 입술을 깨물었다. 그렇게 애쓰지 않으면 온갖 말들이 쏟아져 나올 것 같았다.

"내가 눈치가 빠르잖아. 바로 도망치려는데 머리카락이 잡힌 거야. 아무리 몸을 비틀어도 나올 수가 없더라고. 근데 마침 바닥에 날붙이 같은 게 떨어져 있어서 그걸로 잡힌 부분만 잘라냈어."

은재는 무슨 무용담을 얘기하듯 떠들었다. 나는 묵묵히 은재의 뒤에 서서 들쑥날쑥 잘린 머리카락을 보았다.

짧게 잘린 부분에 맞춰 머리카락을 잘라내기 시작했다. 검은 머리카락이 화장실 바닥으로 하릴없이 낙하했다. 내 기색이 심상치 않은 걸 눈치챈 은재도 더는 아무 말도 하지 않았다. 좁은 화장실에는 싹둑, 머리카락 잘리는 소리만 기묘하게 울려 퍼졌다.

"다음엔 소리라도 질러."

씹어 삼킨 말을 뒤로하고 입술을 뗐다. 거울 속의 나를 보던 은재가 '응, 그렇게' 하고 단번에 대답했다.

은재의 대답은 시원했으나 나는 은재가 그러지 않을 거

라는 걸 확신할 수 있었다. 다음에 또 비슷한 상황에 처해도 은재는 어떻게든 나오려 애를 쓰면서도 절대로 소리 지르거나 남에게 도움을 요청하지는 않을 것이다. 지난 몇 개월 내가 지켜보고 겪은 은재는 그런 애였다.

가장 짧은 머리에 맞추다 보니 길었던 머리카락이 어느새 어깨에도 닿지 않는 숏컷이 되어 있었다.

은재는 변한 머리 모양이 어색한지 한참이나 거울을 들여다봤다. 그러고는 예의 그 히이, 하는 미소를 지었다.

화장실을 나와 상자에 가위를 넣었다. 침대에 누워 있던 석진이 흘끔 뒤따라 나온 은재를 확인했다.

다른 날과 달리 은재는 자정까지도 406호를 나서지 않았다. 석진도 구태여 나가라고 말하거나 눈치 주지 않았다.

우리는 처음으로 함께 모여 잠을 청했다. 석진은 침대 위에서, 나와 은재는 바닥에 석진의 이불을 깔고서.

어렴풋이 잠들었다가 문득 눈을 떴을 땐 어스름한 푸른색 새벽빛이 허공을 떠다니는 중이었다.

옅은 숨소리가 오른쪽 귀 가까이에서 들렸다. 소리 죽여 고개만 돌리자, 흐느끼는 은재의 잠든 얼굴이 있었다.

울고 있었다. 은재는 두 눈을 감은 채로 뒤늦게 서러움을 깨달은 아이처럼 울고 있었다. 뭐가 그리 겁나는지, 울면서도 소리 내지 않으려 앞니로 아랫입술을 꼭 물었다. 나는 은재의 흰 뺨에 아슬아슬하게 손을 올렸다. 차갑게 식어 있던 뺨이 곧 따뜻해졌다. 온기가 번지는 얼굴은 전보다 한결 편해 보였다.

은재가 더는 울지 않는 걸 확인하고 손을 떼려던 순간이었다.

잠든 줄 알았던 은재의 눈꺼풀이 올라갔다. 은재는 잠이 가득 묻은 눈으로 나를 쳐다봤다.

침대 위에서 고롱거리는 석진의 코골이가 들렸다. 빛이 머무는 천장에 우리 세 사람의 그림자가 수채화처럼 번졌다.

나는 은재를, 은재는 나를 오래도록 응시했다.

시선은 서로를 피하지 않았고 나는 여전히 은재의 뺨에 손을 올려둔 상태였다.

스륵, 은재는 눈을 감았다. 그러고는 내 손등 위에 자기 손을 올렸다. 떼지 말고 계속 이러고 있어 달라는 무언의 부탁 같았다.

왜인지 잠이 오지 않아서, 새벽이라 딱히 할 게 없기에, 움직이는 게 귀찮다는 이유로 나는 손을 거두지 않았다.

왜인지 잠들지 못한 새벽이었다.

일자리를 잃은 바람에 생겨버린 시간은 꼭 방학 같았다.

우리는 무료한 시간을 흘려보내려 종종 마트에 갔다. 마트에서 시간을 보내자고 제안한 사람은 은재였다. 은재는 시식 코너가 있으니 간단히 끼니를 챙길 수 있고 날씨에 맞춰 쾌적한 온도를 즐길 수 있으며 무엇보다 돈을 쓰지 않아도 얼마든지 있어도 된다고 나와 석진을 설득했다.

딱히 할 일도 없었기에 우리는 은재를 따라다녔다.

카트를 빼 온 은재가 식품관으로 가더니 라면 한 봉지를 카트에 실었다.

"이 정도는 넣어야 마음껏 시식할 수 있어."

은재는 자랑하듯 당당하게 외쳤다. 그러더니 식품관 곳곳을 누비며 시식 코너의 음식을 집어 먹었다.

나와 석진은 어색해하며 은재의 뒤에 붙어 따라다녔다. 우리는 눈치껏 시식용 음식을 먹고 자리를 떴다.

오전인데도 마트엔 사람이 많았다. 석진은 주말이라서 그런 것 같다고 했고 나는 대강 고개를 끄덕거렸다.

시간이 지날수록 우리는 가짜 손님 행세에 익숙해졌다.

사지 않을 물건을 몇 개 카트에 넣어 사람들 사이를 지나다니다 보면 훌쩍 시간이 흘러 있었다.

"남맨가? 닮은 것도 같은데."

시식용 음식을 덜어주던 직원이 우리의 얼굴을 훑고는 말했다. 은재는 웃었고 석진은 한 걸음 뒤로 물러섰고 나는 지나다니는 사람들에게로 눈을 돌렸다.

많은 사람이 북적거리는 공간이지만 여길 오는 사람들은 모두 평범해 보였다. 뭐 하나 눈에 띄는 것 없이 다들 평범한 가족, 부부, 연인, 혼자였다.

별안간 '보호색'이란 단어가 떠올랐다. 언제 어디에서 읽었는지 기억은 나지 않는데 의미는 기억했다.

평범하지 않은 우리도, 평범한 사람들 속에 숨어 있으면 평범할 수 있구나.

나는 지금의 우리가 보호색을 띤 짐승 같다고 생각했다. 다르고 모자란 부분이 보이지 않도록 숨기고 웅크린 작은 짐승. 어디 숨어 있을지 모르는 포식자의 눈에 띄지 않으려는 애처로운 피식자 같은 존재. 한 걸음 멀어지는 순간 들통날 테지만 적어도 지금만큼은 보호색으로 철저히 위장한 거짓말쟁이들.

"잘 먹었습니다."

예의 바르게 인사하며 석진이 먼저 걸음을 뗐다. 뒤이어 은재가 멀어졌다. 나는 꾸벅 인사하고 카트를 미는 은재를 뒤따랐다.

한산한 저녁 시간까지 버티다가 마트를 나왔다.

계산한 라면 한 봉지를 품에 안고 '낙원'을 향해 걷기 시작했다.

길가에 있던 사진 부스를 발견한 건 나였다. 편의점에서 일할 때 교복을 입은 학생들이 떠드는 걸 종종 들은 적이 있었다. 그들은 네 등분으로 나뉘어 찍힌 사진을 보며 즐거워했다. 그때 나는 표정이 이상해, 다음엔 다른 곳에서 찍는 게 낫겠어, 하며 깔깔거리는 걸 훔쳐보며 상상했다. 교복을 입은 나와 석진, 은재가 사진을 찍는 모습이었다. 다른 애들처럼 평범하게 웃고 떠들고 서로에게 장난치는 일련의 과정이 연기처럼 쉽게 퍼졌다가 흩어졌다.

"왜?"

석진은 사진 부스 앞에서 머뭇거리는 날 보고는 의아한 듯 말을 걸었다. 부스 앞에는 '현금 4천 원'이라고 적힌 종이가 붙어 있었다. 일자리를 구해야 하는 지금 4천 원은 결코 적은 돈이 아니었으나 지금이라면 기분에 취해 기꺼이 쓸 수 있었다.

"사진 찍자."

석진의 눈이 동그랗게 커졌다. 은재는 좋다고 꺅꺅거리며 석진의 등을 밀었다. 얼결에 부스 안으로 들어간 그가 주춤거리며 구석에 섰다.

나는 주머니에서 현금을 꺼내 기계 안으로 넣었다. 나를 중심으로 양옆에 석진과 은재가 섰다. 그나마 은재는 자연스럽게 자세를 취했다. 손가락으로 브이를 만들기도 하고 꽃받침을 하며 활짝 웃기도 했다. 반면 나와 석진은 어찌할 바를 모르고 이리저리 어색하게 눈만 굴렸다.

"야! 너희 진짜 웃겨! 표정 좀 봐!"

은재는 찍힌 사진을 고르며 깔깔거렸다. 석진은 눈썹을 긁었고 나는 최대한 잘 나온 사진을 찾아 바쁘게 손을 움직였다.

네 컷에 담겨 나온 사진을 한 장씩 나눠 가졌다. 은재의 말처럼 웃긴 사진이었다. 은재를 제외하면 나와 석진은 배경처럼 우두커니 서 있는 게 전부인 사진이었다.

충동적으로 찍어서 그런 거라고 항변하듯 은재에게 말했다. 사진을 팔랑거리며 흔들던 은재가 다음엔 더 자연스럽게 찍자며 내 어깨에 팔을 둘렀다.

다음.

별거 아닌 그 표현이 마음에 들었다. 그래, 다음에 또 찍자. 다음엔 눈이 내리는 겨울에 찍자. 크리스마스도 좋고, 크리스마스가 아니어도 좋으니까, 꼭 다시 찍자. 나는 아주 작은 소리로 그 말을 읊조렸다.

406호로 돌아와 석진과 은재 모르게 사탕통을 꺼냈다. 아직도 단내가 미미하게 남은 통 안에 할머니의 오래된 증명사진과 틈틈이 모아둔 현금이 들어 있었다.

나는 길쭉한 네 컷 사진을 반으로 접어 할머니 사진 옆에 가지런히 두었다. 할머니, 나는 제법 괜찮은 것도 같아. 속으로 그렇게 곱씹으며 뚜껑을 닫았다. 단내를 맡아서인지 입꼬리가 기분 좋게 위로 올라갔다.

이제 은재는 익숙하게 내 옆에 누워 잠을 청했다.

은재의 규칙적인 숨소리를 들으며 물끄러미 빛이 일렁거리는 천장을 보던 때였다.

"안 자냐?"

무뚝뚝하고 갑작스러운 석진의 목소리에 '응' 하고 짧게 대답했다. 한동안 묵묵하던 그가 무심하게 입을 열었다.

"이제 다 나아서 내일부터는 다시 일하러 갈 거야. 너무 조급하게 일 구하려고 하지는 말고 천천히 괜찮은 데 찾아봐. 그때까지는 내가 달세 책임질 테니까."

덧붙인 말이 괜스레 부끄러운지 석진이 헛기침했다. 나는 여전히 천장에 시선을 두고 입을 열었다.

"넌 꿈이 뭐였어?"

"꿈?"

"전에 은재가 물어봤거든. 어렸을 때 꿈이 뭐였냐고. 난 별로 생각나는 게 없더라. 지금도 뭐가 되고 싶은지 모르겠고. 넌 뭐였어?"

석진도 쉽게 말을 꺼내지 못했다.

시계 초침 소리와 은재의 숨결 소리만 끝없이 이어졌다. 한참 만에야 석진이 단조로운 소리들을 흔들며 대답했다.

"비웃지 마."

"뭔데?"

"기자."

의외이기는 했어도 비웃을 생각은 없었다. 나는 왜 기자가 되고 싶었냐고 되물었고 석진은 직전보다는 빨리 대답을 내놓았다.

"멋있잖아. 사회 부조리 같은 걸 폭로하는 사람. 무엇보다…… 사람들은 기자가 하는 말은 쉽게 믿어주잖아."

그렇구나. 나는 심심하게 맞장구쳤다.

뒤척거린 석진이 이만 자야겠다며 몸을 돌렸다. 이불이 바스락거리는 소리를 듣다가 기자가 된 석진을 상상해봤다.

원체 말도 없고 반응도 없는 녀석이지만 어쩐지 기자가 된 모습은 잘 어울렸다. 깔끔하게 갖춰 입고 진지한 표정으로 소식을 전하는 모습이 멋있었다.

평범하게 태어나 평범하게 살았다면, 은재도 석진도 꿈을 이룰 수 있었을까? 멋진 집을 만드는 건축가가 되고 진실을 전하는 기자가 되어 살았을까?

텅 빈 천장에 두 사람이 꿈꾸던 미래를 그려보았다. 덧칠할수록 색이 진해지듯 상상이 이어질수록 어른이 된 둘의 모습이 더욱 생생해졌다.

어쩌면…….

가물거리던 눈을 꾹 감았다.

졸음이 순식간에 몰려와 그 뒤를 잇지 못했다.

9월이 되자 석진은 다시 일을 나가기 시작했다. 여름이 제

계절의 끝자락을 놓지 않아 아직은 다소 더운 날씨였다.

나와 은재는 석진을 배웅하고 이불을 정리했다. 정해진 규칙은 없었으나 우리는 눈치껏 구역을 나눠 청소했다.

일상은 찬찬히 흘렀다. 나는 일자리를 알아보느라 분주했고 은재는 나와 함께 있거나 가끔 밖에 나가 시간을 보내다 돌아오고는 했다.

날씨는 하루가 다르게 차가워졌다.

더는 낮에도 덥지 않았고 이른 아침이나 해가 진 저녁은 살짝 춥다고 느껴질 정도였다.

내가 희연과 대면한 건 그즈음이었다.

석진의 부탁으로 은재와 함께 시내 마트에 들러 장을 보고 돌아가는 길이었다. 이런저런 말을 떠들며 가는데 누가 은재의 이름을 불렀다. 저를 부른 상대를 확인한 은재가 먼저 가라고 나를 슬쩍 밀었다. 나는 앞으로 걷는 척 뒤를 돌았다.

어깨에 닿는 단발머리 여자애가 히죽거리며 은재에게 다가섰다.

처음엔 몰랐으나 가까워지면서 알 수 있었다. 희연. 은재를 몰아세우고 때렸던, 은재에게 애인을 빼앗겨 분풀이했다던 그 애였다.

"네가 여길 돌아다녀? 내가 눈에 띄지 말랬지!"

희연은 은재의 어깨를 때리듯 밀쳤다.

"머리 잘랐네? 이번엔 아예 빡빡 밀어버리게 해줄게."

희연의 손이 우악스럽게 은재의 뒤통수를 잡았다. 머리털이 뽑히는 것처럼 아플 텐데도 은재는 신음조차 흘리지 않았다.

은재의 머리카락을 가방끈처럼 쥐고 희연이 상가 건물 사이 좁은 골목으로 끌고 들어갔다. 지나가던 사람들이 흘끔거렸다. 그중에 나서서 은재를 도와주는 사람은 아무도 없었다.

나는 들고 있던 봉투에서 캔 음료를 꺼내 희연에게 집어던졌다.

캔 음료가 희연의 어깨를 때리고 떨어졌다. 악, 비명을 내지르며 휘청하던 희연이 휙 나를 돌아봤다.

나는 희연을 똑바로 보며 걸어갔다. 은재의 머리카락을 쥔 희연의 손목을 붙들었다. 마스카라를 덧칠한 희연의 눈이 잔뜩 찌푸려져 있었다.

"놔."

하, 희연은 헛웃음을 터트리고는 옆으로 고개를 기울였다.

"넌 뭐냐?"

"놓으라고."

"싫다면 어쩔 건데?"

차이가 크지는 않으나 내가 희연보다는 체격이 더 컸다. 나는 봉투를 짧게 쥐고 위협하듯 휘둘렀다. 반사적으로 은재의 머리카락을 놓더니 희연이 뒷걸음질 쳤다.

은재의 팔을 붙잡아 내 뒤로 물러서게 했다. 희연은 나와 은재를 차례로 노려본 뒤 '야!' 하고 소리쳤다.

떨어진 캔 음료를 주워 힘껏 희연의 얼굴 쪽으로 던졌다. 아슬아슬하게 얼굴 옆을 비켜 간 캔이 상가 벽에 맞아 팍! 하고 터졌다.

캔이 터지면서 음료가 희연에게 튀었다. 희연은 욕을 내뱉으며 얼굴에 튄 음료를 손으로 닦아냈다.

"앞으로 한 번만 더 얘 건드리면, 그땐 이걸로 안 끝나."

경고를 한 건데도 희연은 코웃음을 치더니 '너 허은재랑 친구야?' 하고 되물었다.

대답 대신 은재를 데리고 골목에서 나왔다.

"야! 내가 걱정돼서 하는 말인데, 너도 조심하는 게 좋을 거야. 허은재 별명이 뭔 줄 알아? 귀신이야, 귀신! 걔랑 가까이 지내면 다 저주받아서 뒈진다고, 재수 없어진다고 해서 별명이 귀신이라고!"

나는 멈추지 않고 계속해서 걸었다. 사람들은 전보다 더 빤히 우리를 쳐다봤다.

뒤에서 희연의 히스테릭한 말소리가 난잡하게 튀었다. 몸에 구정물이 묻은 것처럼 기분이 더러웠다.

건널목을 지나 406호에 도착할 때까지도 우리는 침묵했다.

먼저 입을 연 사람은 은재였다. 사 온 걸 정리하는 내 뒤에서 은재가 '미안해, 시우야' 하고 중얼거렸다.

"네가 뭐가 미안한데? 오늘은 잠깐 재수가 없었던 거야."

"희연이 말이 맞아."

미니 냉장고 문을 닫고 돌아섰다. 은재는 고개를 푹 숙이고 떠듬떠듬 말을 이었다.

"나랑 가까이 지내던 애들은 전부 불행해졌어. 나 때문이야."

은재의 손과 어깨가 가늘게 떨렸다. 드러난 목덜미가 처연할 정도로 희었다.

"그래서? 당장 여기서 나갈 거야?"

단호하게 들리도록 애쓴 내 말에 은재가 고개를 쳐들었다.

"사람은 누구나 불행해. 그 정도가 다르고, 받아들이는 게 다를 뿐이지."

은재의 표정이 무방비 상태처럼 멍했다. 생각이 없어서 멍한 게 아니라, 뭘 깨달았을 때 짓는 표정 같았다.

"너 때문 아니야. 절대로 그렇게 생각하지 마."

나는 냉장고에 넣지 않은 음료 하나를 은재의 품에 던지듯 안겨주었다. 얼결에 음료를 든 은재가 뒤늦게 히이, 하고 입꼬리를 올렸다.

"시우 넌 정말 강하다."

"별소리 다 하네."

"마음에도 모양이 있다는 말 들어본 적 있어?"

질문의 의도를 몰라 얌전히 기다렸다. 은재는 나와 눈이 마주치자 느리게 말을 덧붙였다.

"마음에도 모양이 있대. 내 마음은 시우 너를 닮았으면 좋겠어. 너처럼 강하고 단단하면 좋을 것 같아."

"그럼 바꾸자. 너는 나를 닮은 마음을 가져. 나는 너를 닮은 마음을 가질 테니까."

장난기 섞인 내 말에 분위기가 풀어졌다. 나는 은재를 두고 화장실로 걸음을 옮겼다.

그럴게. 희미한 목소리가 걸음마다 따라붙었다.

희연과 그렇게 만나고 난 뒤로 은재는 밖으로 나가기를 꺼렸다. 웬만하면 406호 안에만 머물려고 했고, 가끔 나갈 일이 생겨도 최대한 눈에 띄지 않으려 노력했다. 종종 밖에서 시간을 보내고 오던 때와는 확연히 다른 변화였다.

석진은 그런 은재의 변화를 캐묻지 않았다. 석진에게 따로 말한 건 아니었으나 워낙 눈치 빠른 녀석이었기에 짐작 가는 구석이 있는 모양이었다.

한 달 후면 어느덧 열여덟 살이었다.

새삼 어른이 되기까지 이젠 정말 오래 남지 않았단 생각이 들었다.

잠들기 전 나는 석진과 은재에게 스무 살이 되면 제일 먼저 뭘 하고 싶으냐고 화두처럼 질문을 던졌다. 석진은 통장을 만들고 싶다고 했고, 은재는 집을 사고 싶다고 제멋대로 대답했다.

"집은 당장 못 사지. 돈이 없는데 어떻게 사냐?"

"알아. 그냥 그럴 수 있으면 그러고 싶다는 거지."

석진이 훈계하듯 꺼낸 말에 은재가 툴툴댔다.

"텔레비전에서 봤는데 여기 근처에 주택단지가 생긴대. 2층 주택으로만 만들어진 동네래. 깨끗하고 멋질 거야. 그렇지?"

은재는 광고에서 본 적 있던 집을 꿈꾸듯 묘사했다. 중간중간 석진이 끼어들었고 은재가 그때마다 반박했다. 나는 둘의 대화를 자장가 삼아 눈을 감았다.

어른이 되면, 스무 살이 되면…… 나는 할머니를 찾아가 어른이 된 내 모습을 보여주고 싶었다. 할머니가 완전한 안식을 찾기를 바라는 마음에서였다.

"시우야, 자?"

아른거리는 의식 사이로 은재의 온기가 전해졌다.

응. 나는 대답했으나 사실은 대답하지 않은 것도 같았다.

몽롱한 기억이 아스러졌다.

해가 바뀌었다.

비로소 열여덟 살이 되었다.

우리는 나름대로 바쁘게 열여덟 살을 시작했다. 석진은 뒤늦게 오토바이 면허를 땄고, 나는 3월부터 일하라는 주유소 점장의 연락을 받았다.

몇 개월을 쉰 끝에 겨우 얻어낸 일자리였기에 몹시 기뻤다. 내 새로운 취업을 석진과 은재는 기꺼이 축하해주었다.

두 사람에게 말하지 않았으나 서점에 가 문제집을 사기도 했다. 중학교와 고등학교 검정고시를 준비하기 위한 문제집이었다. 내 것은 물론이고 석진과 은재 것까지 사느라 지출이 컸지만 후회는 없었다. 어른이 되기 전에 필요한 건 얼추 갖춘 성인이 되고 싶은 마음에서였다.

"맞다. 오늘 친구가 이 동네로 오는데 잠깐 들러도 괜찮아? 안까지는 아니고 여기 앞에까지만."

나는 문제집을 숨겨둔 곳을 살피다가 뒤늦게 '어?' 하고 되물었다.

입술을 삐죽 내민 은재가 '무슨 생각을 그렇게 해?' 하고 물으며 눈을 가늘게 떴다.

"마음대로 해. 너도 돈 내고 지내는 건데."

나를 대신해서 대답해준 석진이 외투를 끝까지 올리고는 운동화를 구겨 신었다. 나는 현관을 나가는 석진을 지켜보다가 언제쯤 문제집을 줄까 고민했다.

내가 설레는 고민에 빠진 사이, 은재는 만나기로 했다는 친구에게 연락해 주소를 불러주었다. 간만에 신이 나서 떠드는 은재에게로 고개가 저절로 움직였다.

"왜?"

내 시선을 알아차린 은재가 입 모양으로 물었다. 나는 고개를 좌우로 젓고 창가로 가 창문을 열었다.

찬 바람에 정신이 번쩍 들었다.

앞으로 2년이었다. 2년이면 무사히 어른이 될 수 있었다. 어른이 되면 406호 객실이 아닌 작은 원룸을 구할 수도 있었고, 정정당당하게 일자리를 구할 수도 있을 것이었다. 그때는 사탕통에 돈을 모으는 게 아니라 내 이름으로 된 통장에 차곡차곡 돈을 모을 수도 있었다.

겨우 선을 하나 넘는 것 같은 차이인데, 지금의 나랑 어른이 된 나는 뭐가 그렇게 달라지는 거지?

문득 떠오른 질문을 잘근잘근 씹었다. 나는 그대로인데도 스무 살이라는 이유만으로 세상은 나를 어른의 영역으로 떠밀게 될 것이었다. 지금껏 안 된다고 했던 것들도 한순간 된다고 할 것이고, 당연하지 않던 것도 당연한 게 될 거였다.

"애들 정류장에 내렸대! 애들하고 밥 좀 먹고 올게! 너무 늦지는 않을 거니까 걱정하지 말고!"

은재는 내가 조심하라 당부하려고 붙잡기도 전에 406호를 나갔다.

시선은 은재가 나간 문에서 침대 아래로 선을 긋듯 쭉 이어졌다. 문제집이 있는 곳을 보다 보면 괜히 간지러운 기분이 들었다.

***

가끔 생각해.

만약, 내가 일하러 가지 않았더라면.

만약, 은재에게 친구를 데려오지 말라고 했더라면.

만약, 내가 일을 더 받지 않고 평소와 같은 시간에 돌아왔더라면.

만약, 만약, 만약, 만약, 만약, 만약……

수많은 만약을 헤집어 맨 처음으로 한 후회를 꺼내보곤 해.

만약…… 내가 너를 만나지 않았고, 너는 은재를 만나지 않았으며, 우리가 모르는 사이였더라면.

그랬다면 네가 멀쩡히 두 눈을 뜨고 어디로든 움직이며 지냈을까?

만약 그랬더라면 나는…… 나를 용서할 수 있었을까?

***

정말 오랜만에 혼자 보내는 시간이었다.

좁다고 여겨왔던 406호는 막상 혼자 있으니 널찍하게 느껴졌고, 조용하기만 하다고 여겨왔던 '낙원'에는 생각보다 많은 소음들이 자잘하게 숨어 있었다. 함께일 땐 몰랐는데 혼자가 되니 낱낱이 피부에 와닿았다.

느지막이 낮잠도 자고 대충 밥도 먹고 나니 어느새 자정 무렵이었다.

연락 없는 은재를 기다리며 TV 채널을 돌렸다. 본 적 없는 드라마, 예능, 뉴스를 지나치다가 지역 광고 채널에서 손을 멈췄다.

은재가 말한 주택단지 광고였다. 은재 말처럼 하얗고 예쁜 2층 주택이었다. 광고 음성은 최고급 자재를 썼다고 설명하며 예시 영상을 보여주었다. 정원을 향해 난 전면 창을 통해 거실로 햇살이 쏟아졌다. 주택 입구엔 거주민만 드나들 수 있도록 차단기가 있었고, 단지 내에 가볍게 산책할 수 있는 산책로도 있다고 했다.

설명만으로도 가슴속이 벅차오르는 기분이었다. 저 집에 산다면, 가정해보는 것만으로 뿌듯한 미소가 만면에 걸렸다.

한창 광고에 빠져 있는데 현관에서 달그락거리는 소음이 들려왔다.

TV 전원을 껐다. 은재를 맞이하려 현관으로 갔다. 잠가둔 걸쇠를 풀고 현관문을 열었다.

열린 문틈 새로 은재가 보였다. 은재의 뒤에 은재보다 머리가 하나는 더 큰 남자도 함께였다.

떨떠름한 감정을 숨기고 비켜섰다. 은재가 쭈뼛거리며 나를 지나쳐 안으로 들어갔다.

"지갑을 두고 갔지 뭐야. 돈만 주고 돌려보낼게."

나는 열린 현관 앞에 서서 은재가 나오기를 기다렸다.

내 뒤편에서 은재를 기다리던 남자가 '저기요' 하고 나를 불렀다.

"혹시 본 적 있지 않아요?"

"글쎄요."

남자는 연신 어디서 봤는데, 하고 중얼거렸다. 남자에게는 잘 모르겠단 식으로 대답했으나 사실 나도 남자가 낯설지 않았다.

어디지? 어디서 봤더라. 분명 이 사람을 어딘가에서 본 적이 있는 것 같았다.

"지갑 찾는 데 뭐 이렇게 오래 걸려? 들어오지 말고 기다려요. 불러올 테니까."

부러 투덜거리며 남자를 외면했다.

찝찝한 마음을 지우며 안으로 들어서려던 때였다.

"야."

남자의 낮은 목소리가 나를 멈춰 세웠다.

"이제 기억나네."

오싹한 기운이 목덜미를 지나 등을 쓰다듬었다.

묻혀 있던 기억이 파도에 밀려와 언뜻 모습을 드러냈다.

세상은 좁고 악연은 길었다. 나는 남자를 본 적 있었다.

"내 핸드폰이랑 옷이랑…… 가져가서 잘 썼냐?"

남자의 큰 손이 내 어깨를 콱 물어버리듯이 잡았다.

그게 남은 기억의 끝이었다.

⑬

"여긴 내 꿈속이야."

나와 닮은 그 모습은 도로에 서서 그렇게 말하고는 고개를 푹 숙였다.

나는 아무 반응도 할 수 없었다. 이곳이 꿈이라고, 내가 사는 세상이 꿈이라고 말하는 이에게 어떤 말을 해야 할지 몰라서였다.

"내가 네 말을 어떻게 믿어?"

어렵사리 꺼낸 내 물음에도 앞에 선 모습은 고개를 들지 않았다.

이제 답답한 건 내 쪽이었다. 전혀 모를 말만 잔뜩 해놓고는 자세한 설명도 없이 침묵을 지키자 분노가 치밀었다.

"말 좀 해봐! 여기가 꿈속이면 나는 뭐고, 너는 뭔데?"

몸에서 일어나는 전율만큼이나 목소리 역시 사정없이 떨

렸다. 진정하고 싶어도 도저히 그리되지 않았다. 나는 내지르는 게 전부인 사람처럼 화내고 닦달했다.

"지키고 싶었던 것뿐이야."

한 박자 늦게 쳐든 얼굴이 온통 젖어 있었다. 저 정도로 서럽게 울어본 적이 없어서, 잔뜩 젖은 내 모습을 보는 게 이상했다.

분명 나인데도 내가 아닌 사람 같았다.

"그게 전부였어."

깜빡.

켜져 있던 빛이 동시에 깜빡거렸다. 빛의 깜빡임에 따라 사방이 어두워졌다가 밝아지기를 반복했다.

본능적인 불안에 물든 눈이 사방을 훑느라 바빴다.

빛이 밝아질 때마다 네모반듯한 창문에 선 이웃들이 보였다.

무표정한 얼굴들이 내게 모여 있었다. 그사이에 석진도 있었다. 석진은 내가 단 한 번도 본 적 없는 표정으로 나를 지켜보고 있었다.

소름이 돋았다. 분명 춥지 않은데 냉랭한 감각이었다. 손끝과 발끝이 동상이라도 입은 듯이 아렸다.

"미안해."

언제 왔는지 바로 눈앞에 내가 서 있었다.

앞에 선 나는 내가 물러서기도 전에 강하게 나를 끌어안았다.

"그래도 괜찮을 거야."

낯설면서도 익숙한 목소리가 내 귓가에 속삭였다.

"처음으로 돌아가면…… 다시 괜찮아질 거야."

처음으로 돌아간다고?

목구멍을 타고 올라온 말이 채 나오기도 전에 번쩍, 빛이 터졌다.

강한 빛이 쏟아져 눈을 뜰 수 없었다. 팔까지 들어 눈을 가려도 강렬한 빛은 눈꺼풀을 뚫고 들어와 안구를 괴롭혔다. 물리적인 고통이 눈가에 번졌다.

"시우야!"

누군가 내 이름을 불렀다. 멀리서 부르는 것처럼 아득한 목소리였다.

안 된다고 되뇌면서도 그 소리에 이끌려 눈을 떴다.

뚝.

발광하던 빛이 한순간에 사라졌다.

마중

———

4부

세상이 무너질 듯 요란한 천둥이 울려 퍼졌다. 턱과 목이 붙어 있다는 착각이 들 정도로 깊숙이 고개를 숙이고 있던 경비가 서서히 얼굴을 들었다. 정면을 볼 수 있게 된 경비의 얼굴이 더듬거리며 창문을 찾아 움직였다.

번쩍.

하늘에서 번개가 내리쳤다. 창문을 타고 넘어온 빛이 경비의 얼굴을 가렸던 어둠을 걷어냈다.

검은 핏줄이 징그럽게 돋아난 눈꺼풀이 파르르 떨렸다. 바람 빠지는 소리가 눈꺼풀 안쪽에서 새어 나왔다. 눈꺼풀이 열렸다.

눈자위가 온통 까맸다. 흰 부분을 찾을 수 없는 새까만 안구였다. *끼릭, 끼릭.* 안구가 움직이면서 이상한 소리를 냈다.

경비의 눈이 창문 밖 어딘가를 응시했으나 시선이 향하는 방향이 어디인지는 알 수 없었다. 초점이 사라진 눈은 그저 멍하니 앞만 향해 있었다.

번쩍.

다시 한번 번개가 사방을 밝혔다.

경비가 입은 남색 셔츠 군데군데 구정물 자국 같은 게 묻어 있었다. 오른쪽 어깨와 가슴팍, 옆구리와 등까지. 곰팡이가 핀 것처럼 검고 둥근 자국이었다.

삐, 하는 알림음이 울렸다. 경비의 손목에 채워진 시계에서 난 소리였다.

의자에서 일어선 경비가 관리센터 출입구로 걸음을 옮겼다. 의자에 남은 회색 자국이 경비의 흔적이었다.

왼쪽 다리를 끌며 걷는 그의 몸에서 회색 잿가루가 떨어져 내렸다. 잿가루가 만든 궤적이 의자에서 시작돼 바닥에 길게 이어져 있었다.

그는 관리센터 입구 앞에서 걸음을 멈추고 옷걸이로 손을 뻗었다. 아치형으로 부푼 손등이 보라색이었다. 그가 남색 모자를 깊게 눌러쓰고 몸을 틀었다. 팔에 힘을 줘 문을 열고서 밖으로 걸음을 내디뎠다.

바람이 불었다. 단지 앞 인도에 선 나무들이 흔들리며 스산한 소리를 냈다.

경비는 관리센터 앞을 지나쳐 단지 안으로 들어섰다. 데칼코마니처럼 똑 닮은 흰색 2층 주택들이 양옆으로 죽 늘어져서 있었다. 어느 주택도 불 켜진 곳이 없었다. 주택을 따라 일렬로 늘어선 가로등만이 이곳의 유일한 조명이었다.

가로등 아래 선 경비가 습관처럼 손을 둥글게 쥐었다. 그의 손이 허공으로 올라왔다. 손전등을 든 모양새였다. 경비는 아무것도 쥔 게 없음에도 전원을 켜듯이 엄지에 힘을 줘 아래로 눌렀다. 그러곤 머리 숙여 묵례했다.

인사를 하는 대상은 주택단지를 걷는 사람들이었다. 운동복 차림에 머리를 하나로 묶은 여자, 온몸이 새하얗게 변한 채 기계가 움직이듯 어색하게 걷는 남자, 그림자인 듯 꾸물거리는 검은 형체지만 자세히 보면 검게 타버린 키가 큰 남자와 여자, 둘 사이에서 걷는 아이까지. 그들은 저마다의 집을 향해 걷고 있었다.

운동복 차림의 여자가 2호 집으로 들어갔다. 지나치던 여자와 경비의 시선이 일순 부딪쳤다.

여자의 얼굴에 긁힌 상처가 많았다. 왼쪽 손목과 다리는 묘하게 어긋나 비틀려 있었고 몸 역시 왼쪽으로 기울어진 채였다. 절뚝거리는 여자의 왼쪽 발목이 완전히 반대로 돌아간 채였다. 그런데도 여자는 신음 한번 흘리지 않고 가던 방향으로 걸었다.

경비는 각자의 집을 찾아 들어가는 사람들을 지나 부지런히 걸었다. 그는 그것이 자신의 역할이라는 걸 안다는 듯 조금도 지체하지 않았다.

다른 이들도 마찬가지였다. 집을 찾아 걷는 이웃들 모두 그게 자기 몫이라도 되는 듯 최선을 다해 걷고 있었다.

번쩍.

가로등 빛이 번개처럼 점멸했다.

단지 끝에 다다른 경비가 더는 갈 곳이 없자 몸을 돌렸다. 멀리 단지 입구가 조그맣게 보였다. 가로등이 점멸할 때마다 세상이 어두워졌다가 밝아지기를 반복했다. 가로등이 꺼질 때는 어둠 속에서 관리센터만이 유일하게 빛났다. 경비는 불이 켜진 관리센터를 오래도록 응시했다. 그의 새까만 눈자위 위로 꺼졌다 켜지길 반복하는 가로등 불빛이 지나갔다. 검은 안광이 빛을 만나 반짝거렸다.

하하, 하하하, 하하!

입을 활짝 벌린 경비가 큰 소리로 웃기 시작했다. 그걸 시작으로 사방에서 웃음이 터져 나왔다.

돌림노래처럼 이어지던 웃음이 이내 가로등이 완전히 꺼지자 끊겼다. 경비는 어둠 속에 홀로 남아 턱을 위로 들었다.

불이 꺼진 주택 창문마다 사람들이 서 있었다. 한껏 입꼬리를 끌어올린 그들이 반갑다는 듯 손을 흔들었다.

경비의 엄지가 버튼을 누르듯 두어 번 아래로 움직였다.

지나온 길을 되돌아가는 그의 뒷모습으로 시선들이 쏟아졌다.

번쩍.

한 줄기 빛이 밤을 갈랐다. 비는 내리지 않았다.

14

평범하고 익숙한 풍경의 교실이었다. 종종 소란스럽고 대체로 조용한, 다른 날과 같은 교실. 분명 다르지 않은 풍경이었지만……

'이상해.'

뭐가 이상한지는 알 수 없었으나 뭔가 이상하다는 기분은 지울 수 없었다. 모든 건 그대로였다. 책상과 의자, 칠판과 사물함. 교실은 물론이고 복도와 운동장도 어제와 다른 데 없이 똑같았다.

'그렇지만……'

이상했다. 뭔가 이상했다. 신경을 건드리는 무언가 있었다. 보이지 않아도 본능이 아는 것. 어떤 이질감. 그런 게 자꾸만 목을 찔러댔다.

저마다 모여 떠드는 반 애들을 훑다가 뒷문으로 시선을

옮겼다. 뒷문 근처에 앉은 은재와 시선이 마주쳤다. 은재는 '여전히' 왼쪽 눈에 의료용 안대를 낀 상태였다.

……

'여전히……라고?'

내가 언제부터 그걸 알고 있었지? 은재의 왼쪽 눈에 의료용 안대가 덮여 있다는 걸 언제부터 알았지?

'같은 반이니까 알고 있던 거야. 그러니까 알았겠지.'

은재랑 내가…… 같은 반이었던가?

나도 모르게 고개가 오른쪽으로 기울어졌다. 내리깔았던 시선을 올리자 언제 마주쳤냐는 듯 은재가 정면을 보고 있었다.

'이상해.'

나는 수십 번은 되뇐 말을 곱씹었다. 반복하다 보면 불현듯 이질감의 정체를 알아낼 수 있을 것 같아서였다. 이상해, 이상해, 이상해. 혼란스러움과 불안함이 뒤섞여 요동쳤다. 주문처럼 외우던 말을 멈췄다. 앞문을 열고 들어온 석진 때문이었다.

"뭐 해? 집에 갈 준비도 안 하고?"

오른쪽 어깨에 가방을 걸쳐 멘 석진이 교탁에 팔꿈치를 대고 말했다. 나는 석진을 올려다보며 '집?' 하고 되물었다.

"집 안 가?"

"벌써 집 갈 시간이야?"

"어디 아프냐? 왜 이래?"

석진은 내 얼굴 앞에 손바닥을 대고 위아래로 움직였다. 나는 서둘러 재킷 소매를 걷어 손목시계를 확인했다.

오후 4시 40분. 7교시가 끝나고 종례를 마쳤을 시간이었다. 그 말은 오전 수업이 끝나고 점심시간이 지났으며 오후 수업까지 마무리됐단 뜻이었다.

재빨리 창가로 몸을 틀었다. 창문엔 꼼꼼하게 커튼이 처져 있어 창밖이 어떤지 볼 수 없었다.

"이상해."

나도 모르게 튀어나온 말이었다. 내 말을 들었는지 석진이 '이상하다니, 뭐가?' 하고 물었다.

"시간이 너무 빨리 흘렀어."

속삭이듯 꺼낸 말이었는데, 석진은 들었는지 '오히려 좋은데?' 말하더니 못 참겠다는 듯 낄낄거리며 웃어댔다. 나는 시계에서 눈을 떼고 석진을 보았다.

"우리가 언제 학교에 도착했지? 아니, 그 전에……. 내가 너랑 같이 왔어?"

"뭔 소리 하는 거야? 너랑 내가 같이 오지, 그럼 누구랑 같이 와?"

나는 갈색빛이 도는 석진의 눈동자를 빤히 들여다봤다.

구슬 같은 눈동자에 내 모습이 비쳤다. 길고 검은 머리카락, 재킷과 넥타이까지 단정하게 차려입은 교복. 학교 어디에서건 볼 수 있는 평범한 학생의 모습 그대로였다. 특별히 눈에 띄는 점도, 눈여겨볼 부분도 없는.

"내가 언제 왔지? 오늘 아침 몇 시에 일어나서?"

오늘을 떠올리기 위해 노력했으나 아무것도 생각나는 게 없었다. 쭉 이어지던 끝말잇기의 중간이 텅 비어 공란이 된 듯한 기분이었다.

문제는 중간이 비어 있음에도 끝말잇기가 이어지고 있다는 것.

그게 내가 느낀 이질감이었다.

"나랑 몇 시에 만났어? 네가 우리 집에 왔어? 아니면 단지 앞 버스 정류장에서 만났어? 내가 널 만나고 제일 먼저 했던 말이 뭐야?"

질문들이 줄줄 늘어지며 나오자 석진의 눈썹이 찌푸려졌다. 나는 불편해하는 석진의 표정에도 아랑곳하지 않고 말을 이었다.

"오늘 온종일 뭐 했는데? 무슨 수업을 들었어? 급식은? 급식으로 나온 반찬이 뭐였지? 넌 생각나?"

"야, 무섭게 왜 그래. 김시우, 너 진짜 아프냐?"

나는 내가 기억하는 기억의 마지막을 찾으려 눈을 감았다. 왜 갑자기 눈을 감느냐고 석진이 나무라듯이 말했으나 대답할 정신이 없었다.

이상했다. 내가 교실에서 보낸 시간은 체감상 겨우 몇 분.

그게 전부였는데도 시간은 오후를 훌쩍 지난 뒤였다.

맹세코 내게는 아무 기억이 없었다. 아침에 일어나 교복을 입고, 집을 나와 학교에 도착해 수업을 들었을 그 시간에 관한 기억 전부가 존재하지 않았다. 나는 여기에 있었다. 교실에 앉아 있었다. 내가 아는 건 그게 전부였다.

……그보다 전에는?

"어제, 우리 어제는 뭐 했어?"

눈을 뜨고 석진의 손목을 지그시 붙잡았다. 내 행동이 갑작스러웠는지 석진이 '깜짝이야!' 하고 툴툴거렸다.

"어제? 어제 하긴 뭘 해?"

"어젠 뭘 했냐고! 집에서, 학교에서. 뭘 했어? 대답해봐. 어려운 질문도 아니잖아."

눈을 깜빡거리는 석진의 표정이 멍했다. 얼이 빠진 사람처럼 맥이 풀린 표정은 입이 찢어져라 웃는 모습보다 더 소름이 끼쳤다.

기분 탓인가. 내 손에 붙들린 석진의 손목이 어쩐지 차가운 것도 같았다.

"어제…… 뭘 했더라?"

"석진아?"

"어제 내가 뭘 했지?"

그렇게 말한 석진이 '아…… 피곤해' 하고 중얼거리더니 허리를 펴고 섰다. 훌쩍 높아진 시선이 초점 없이 허공을 담왔다.

서로 다른 박자로 양쪽 눈을 뜨고 감던 그가 아무 말도 남기지 않고 등을 돌렸다.

"김석진!"

석진은 내가 부르는 것도 무시한 채 앞문으로 나가버렸다. 나는 석진이 나간 앞문을 보다가 숨을 몰아쉬었다.

해소되지 않은 갈증 같은 게 끈질기게 달라붙어 있었다. 이질감은 여전히 기분 나쁘게 내 안을 툭툭 건드려댔다.

뭐지? 뭐가 남았지? 또 뭐가 있는 거야?

손가락 끝에 힘이 들어갔다. 책상을 짚은 손등 위에 핏줄이 돋아났다.

덜컹.

거센 바람에 창문이 소리를 내며 흔들렸다. 창문과 내 자리는 거리가 있음에도 소리가 바로 옆에서 들리듯 컸다. 뒤늦게 교실의 분위기를 감지했다.

언제부터인지 교실이 조용했다. 삼삼오오 모여 떠들던 아이들의 대화 소리가 더는 들리지 않았다.

꼭, 애들이 나와 석진의 대화를 엿듣기 위해 입을 다물고 있는 것처럼.

오싹해져 더는 가만있기 어려웠다. 책상 걸쇠에 걸려 있던 가방을 빼 들었다. 끼익, 의자가 뒤로 밀려나는 소음이 교실의 정적을 지웠다.

몸을 돌렸다. 각자의 자리에서 행동을 멈춘 애들이 눈알만 굴려 나를 주시하고 있었다. 저마다 입꼬리만 올린 얼굴들이 징그럽도록 똑같았다.

수십 개의 눈알이 도록도록 나를 따라왔다. 책상 사이를 지나 뒷문으로 가는 길 내내 시선이 내게서 떨어질 생각을 안 했다.

숨이 막혔다. 본능이 붉은색 조명을 켜고 내게 위험하다고 알렸다.

뒷문을 열고 교실을 나왔다. 복도가 조용했다. 복도 끝에서 끝까지 채워진 교실에 학생들이 들어차 있을 텐데도 숨 쉬는 소리조차 들리지 않았다.

자꾸만 머릿속에 교실 문마다 안쪽의 모습이 어떨지 상상이 되었다. 문에 귀를 대고 있을, 은은한 미소를 띤 얼굴들이. 눈알만 도록도록 굴리며 엿듣는 그 하얗고 둥근 형상들이 발목을 잡았다.

힘껏 걸음을 뗐다.

떨어지지 않던 발이 한 발짝 앞으로 나아갔다.

그때였다.

"김시우."

들려온 소리를 따라 돌아본 곳에 은재가 서 있었다. 교실 뒷문을 열어젖힌 은재가 손을 뻗으며 나를 불렀다.

"시우야!"

은재의 모습 위로 환영처럼 불투명한 장면이 겹쳤다. 간절한 표정으로 내게 손을 뻗는 은재의 모습이었다.

검고 짧은 은재의 머리카락이 휘날렸다.

희게 질린 은재가 연거푸 나를 불렀다.

시우야, 시우야, 시우야. 그 말밖에 모르는 것처럼, 아는 단어라고는 내 이름이 전부인 것처럼 은재는 내 이름을 반복해 외쳤다.

"내 손 잡아!"

희다.

불투명하게 겹친 장면 속 은재의 얼굴이 희었다.

너무 희어서 안쓰러울 정도로 희었다.

"괜찮아……."

내 의지와 상관없이 입술이 움직였다. 괜찮다니, 뭐가? 스스로 질문해봐도 답은 나오지 않았다. 정수리에 추가 달린 듯 고개가 자연스레 아래로 떨어졌다.

양 손바닥이 덜덜 떨리고 있었다

……아니야. 그게 아니다. 손이 아니라 시야가 흔들리는 거다.

아니, 그것도 아니야.

……지금 이건 내 몸 전체가 휩쓸려 사라져가고 있는 거야.

손바닥 위로 물방울이 뚝뚝, 떨어졌다. 목이 아팠다. 어깨와 등, 뒤통수에 차례로 고통이 급습했다. 지금껏 경험해보지 못한 강렬한 고통이었다. 허리와 허벅지도 마찬가지였다. 도저히 참을 수 없는 통증이 온몸을 주물렀다.

"아…… 아아……."

무릎이 꺾였다. 휘청거리던 몸이 옆으로 쓰러졌다. 차가운 한기가 몸의 온기를 순식간에 빼앗았다.

추웠다. 춥고 아팠다. 춥고 아프고 힘들었다. 그냥 모조리 포기하고 싶었다. 더는 아등바등 살고 싶지 않았다.

"시우야!"

차갑고 딱딱한 손이 내 어깨를 잡았다. 매몰돼 있던 감정이 깨졌다.

정신이 들었다.

내 앞에 무릎을 굽히고 앉아 시선을 맞춘 은재가 보였다. 이번엔 어떤 환영도 없이 온전한 은재였다. 내가 아는 은재. 왼쪽 눈에 의료용 안대를 끼고, 말이 없고, 귀신이라는 소문을 달고 다니던…….

"3반. 너는 3반이잖아. 3반 허은재."

나는 3반이 아니었다. 은재와는 같은 반인 적이 없었다. 마주친 몇 번을 제외하면 소문으로만 들은 게 전부였다.

그런데 왜 나는 너를 알고 있지?

눈이 시렸다. 눈을 깜빡이지 않았다는 걸 잊고 있었고 이제야 알았다.

"맞아, 난 3반이야. 3반 허은재."

이번엔 반대로 고개를 돌렸다. 길게 뻗은 복도 어디에도 3반이 보이지 않았다. 7반, 2반, 1반, 5반, 8반. 숫자가 마구잡이로 섞여 있었다.

"하지만 3반이……."

"없어졌어."

은재의 목소리는 담담했다. 이미 알고 있기에 괜찮은 것 같기도 했고, 어쩌면 체념한 듯한 음성 같기도 했다.

"사라졌어. 교실도, 애들도 전부 다. 나만 빼고."

은재는 끈질기게 내 눈을 바라봤다. 나 역시 피하지 않고 은재의 눈을 쳐다봤다. 속이 울렁거렸다.

뭔가 잘못됐어.

말로 꺼내지 않았으나 우리는 직감했다.

"시우야!"

순간 은재의 얼굴이 지워진 것처럼 뭉개졌다. 눈코입이 사라지고 남은 둥근 얼굴만이 내 앞에 있었다.

그 뒤로, 은재의 뒤편 교실 창문에 다닥다닥 붙은 둥근 얼굴들이 보였다. 눈코입이 사라진 채 윤곽만 남은 얼굴들이 창문마다 가득했다.

하하, 하하하, 하하!

사방에서 웃음이 비명처럼 쏟아졌다.
입 없는 얼굴들이 가쁜 웃음을 토해냈다.

* * *

"오늘도 건강히 계시네요."

중후한 남자의 음성이 말한다. 석진은 들릴 듯 말 듯 작은 소리로 '그러게요' 하고 수긍한다.

"보호자분은 힘들지 않으세요? 일반 병원도 아니고, 요양 병원에서 이렇게까지 정성인 보호자는 드물거든요."

석진은 머뭇거리는 기색도 없이 단번에 대답한다.

"하나도 안 힘듭니다."

이번엔 크고 단호한 음성이다.

이제 머뭇거리는 건 오히려 남자다. 남자는 석진의 대답이 의외였는지 '보호자분께서 씩씩하셔서 환자분은 좋으시겠어요' 하고 흐뭇한 웃음을 곁들여 말을 꺼낸다.

"기다리는 건 얼마든지 할 수 있어요. 여기에 제가 있다는

것만 시우가 알면 돼요."

"마음가짐이 좋네요. 그래도 보호자분도 건강 챙기셔야 해요. 간호하다 몸 상하시는 분도 많거든요."

걸음 소리가 들리고 곧이어 문이 열리고 닫히는 소리가 이어진다.

시간이 차츰 지난 후에 석진의 기척이 가까워진다.

"시우야."

나를 부르는 목소리에는 어떤 원망과 불만도 없다. 남자에게 한 석진의 대답이 진심임을 깨닫는다.

"난 여기에 있어."

도장을 꾹 찍듯이 강한 어조로 석진이 반복한다. 난 여기에 있어. 지금 여기. 언제든 네가 눈을 뜨면 볼 수 있는 곳. 네 앞에 있어.

그 말을 끝으로 석진의 침묵이 길어진다.

"그리고……."

아까와 달리 이번엔 석진의 음성 끝에 머뭇거림이 묻어난다.

석진은 차마 말을 꺼내지 못하고 입을 다문다.

* * *

세상이 무너질 듯 요란한 천둥이 울려 퍼진다. 소리에 놀라 번쩍 눈을 뜬 나는 반사적으로 허리를 일으킨다.

내 방이다.

어딜 봐도 익숙한 물건투성이인 내 방. 나는 침대를 짚고 앉아 괜스레 방을 훑어본다. 새하얀 벽지도, 중앙에 전등이 달린 천장도, 문 옆 책장과 창문 앞 책상도. 무엇 하나 낯설 것이 없는 내 공간이다.

움찔. 다리가 움직인다. 그 반동에 이불이 침대 밑으로 떨어진다.

바닥에 널브러진 이불로 시선을 던진다.

하얀 이불 끝에 검은 자국이 묻어 있다. 인상을 쓴다. 팔을 뻗어 이불을 잡아 올린다. 펄럭거리며 딸려 온 이불에서 꿉꿉한 냄새가 풍긴다.

내 방과 어울리지 않는 냄새.

내 방에서 나선 안 되는 그런 냄새다.

나는 손에 잡힌 부분에 글자가 적혀 있음을 알아챘다. 직사각형 이불 끝에는 촌스러운 글씨체로 '낙원'이라 적혀 있다. 훔쳐 가지 말라고 경고라도 하듯 누군가 직접 휘갈겨 쓴 글씨다.

시야를 가린 이불을 내린다.

아니다.

곰팡이가 피어 있고, 군데군데 담배 자국이 있는, 때가 덕지덕지 묻은 벽지로 도배된 이곳은 내 방이 아니다.

가재도구가 든 상자가 한쪽에 있고 작고 오래된 TV가 있는 이곳은…… 새하얀 벽과 천장이 있고, 좋은 냄새가 나고, 여유로움과 안락함이 충만한 내 방과 다르다.

하지만 나는 이 방을 안다.

내 방이 아닌 이 방을 알고 있다.

'낙원'이라 적힌 이불도, 벽과 맞닿은 부분이 뜬 노란색 장판과 지저분한 현관도, 나는 알고 있다.

"죽여버리기 전에 내놔!"

허공에서 꿈틀거리던 회색 연기가 훌쩍 남자의 형상으로 변한다. 형상은 키가 큰 남자가 되어 내게 소리친다. 위협하듯 손과 발을 휘두르던 남자는 창문 쪽으로 성큼성큼 걸음을 옮긴다.

나는 침대에 앉아 우두커니 남자를 본다. 남자는 앞에 누가 있는 것처럼 창문을 보고 서서 욕을 지껄인다. 그런 남자의 등으로 리모컨이 날아온다. 씨발, 욕을 내뱉은 남자가 뒤를 돌아본다. 씩씩거리며 선 은재가 '꺼져, 개새끼야!' 하고 목에 핏대를 세운다.

남자는 은재를 보며 히죽 웃는다. 그러곤 창문 쪽으로, 정확하게는 남자의 가슴팍과 비슷한 높이로 손을 뻗는다. 남자의 손등에 굵은 핏줄이 튀어나온다. 무언가 남자의 팔을 쥐어뜯는다.

아, 나는 이제야 또 하나 알아챈다. 남자의 손에 붙들린 게 누구인지. 갈대처럼 남자에게 휘둘려 이리저리 휘청거리는 게 누군지를.

내 자각에 불투명한 형체가 조금씩 그려진다.

남자에게 목이 졸려 버둥거리는, 빼앗기지 않으려 사탕통을 품에 안은 미련한 사람. 숨이 막혀 죽겠으면서도 끝끝내 살려달라거나 용서해달라고 빌지 않는 사람.

"시우 뇌주라고, 개새끼야!"

나다.

내가 저곳에 있다. 남자의 손에 잡혀 이러지도 저러지도 못한 채. 나는 무릎을 모아 안고 관객처럼 숨을 죽여 상황을 지켜본다.

은재가 남자의 등에 발길질한다. 그래봐야 헛수고임을 알고 있을 것이다. 180센티미터가 넘는 남자와 164센티미터 정도에 불과한 은재 사이에는 넘을 수 없는 힘의 차이가 있다. 그건 누구보다도 은재가 잘 안다. 그런데도 은재는 포기하지 않는다. 주변을 두리번거리더니 바닥에 떨어져 있는 너저분한 물건을 주워 남자에게 마구 집어 던진다.

비웃던 남자가 귀찮다는 듯 내 몸을 벽으로 뿌리친다. 힘없이 벽에 부딪혀 쓰러진 내가 거칠게 숨을 몰아쉰다. 나는 무릎을 꿇고 손으론 바닥을 짚은 채 구역질한다. 길게 이어진 침이 입에서 주룩 흘러나온다.

남자는 은재에게로 몸을 돌린다. 손을 까딱거리며 가까이 오라고 말하고서 바닥에 침을 뱉는다.

나는 은재의 표정에 떠오른 감정을 읽는다. 공포, 수치심, 분노, 미안함, 후회와 절망까지. 다양한 감정이 은재를 감아휩쓴다.

은재에게 다가선 남자가 은재의 옷을 억지로 벗기려든다. 사탕통을 품에 안은 채 쓰러져 있던 나는 발바닥에 힘을 줘 벽을 딛고 선다.

남자의 등 뒤로 조용히 가까워진 내가 번쩍 손을 든다. 사탕통이 그대로 남자의 정수리 부근을 내리찍는다. 남자가 단말마의 비명을 내지른다. 나는 계속해서 팔을 휘두른다. 비틀거리는 남자의 이마와 광대로 피가 흘러내린다.

이마로 흘러내리는 피를 확인한 남자가 이성을 잃고 내게 덤벼든다.

휘청인 내 몸이 곧장 뒤로 밀려난다.

열린 창문에서 불어온 바람이 싸구려 커튼을 흔든다.

휘날리는 커튼 사이로 내가 사라진다.

"시우야!"

은재가 소리친다.

당황한 남자가 서둘러 방을 빠져나간다.

은재는 창문 밖으로 몸을 반쯤 내밀고 연신 내 이름을 부른다.

그 광경을 지켜보던 나는 천천히 일어나 은재의 옆으로 다가선다. 휘날리는 커튼 사이, 길고 네모난 창문 밖 하늘이 까맣다.

밤하늘에 박힌 별이 반짝거린다. 구름과 하늘의 경계가 분간되지 않는다. 너무 어두워서인가? 아니면 경계를 가늠할 수 없을 만큼 내가 지친 걸까.

순식간에 시야가 뒤바뀐다.

나는 아스팔트 위에 누운 채 은재를 보고 있다.

희다.

은재의 얼굴이 희다.

그 어떤 때보다 희다. 너무 희어서 가슴이 아프다.

괜찮은데. 그렇게 희게 질릴 때까지 울지 않아도 되는데. 해주지 못한 말이 혓바닥 위를 마음대로 돌아다니지만 소리로 내뱉어지지 못한다.

시야가 가물거린다. 고통 때문에 입술이 벌어지지 않는다. 새어 나오는 신음만이 내가 살아있다는 증거다.

어디서부터 잘못된 거야?

누군가 그렇게 묻는다.

은재인지, 석진인지 혹은 나인지. 나로선 알 수 없다.

졸려. 너무 졸려, 당장 잠을 자지 않으면 안 되겠어. 한숨 자고 있을 테니까, 충분히 시간이 지난 후에 깨워줄래?

내 마지막 말이 은재나 석진에게 전해지기를 바라며 눈을 감는다.

더는 춥지 않다. 아프지도 않다. 오히려 따뜻하다.

이 온기가 죽음이라면 기꺼이 받아들일 정도로.

***

하하, 하하하, 하하!

천둥보다도 큰 웃음소리였다. 눈을 뜨자 천장을 물들인 어둠 사이로 번쩍, 빛이 끼쳐 들어왔다.

나는 이불을 걷고 허리를 일으켜 앉았다. 손바닥을 짚은 바닥이 푹신했다. 딱딱하던 낙원의 싸구려 침대와는 달랐다.

숨을 크게 들이마셔도 꿉꿉한 냄새는 없었다.

둘러보니 새하얀 벽지와 천장이 보였다. 엄마와 아빠가…… 그리고 네가 꾸며준 내 방.

사랑이 담긴 사진과 장식품이 곳곳에 있는 내 공간. 누구도 침입할 수 없는 세상에서 가장 안전한 곳.

흐느낌이 울컥 솟아올랐다. 어깨와 등이 들썩거렸다. 나는 손으로 입을 막고 울음을 토해냈다.

이 세상을 만들었다고 고백하던 너의 모든 게 내 속에 있었다. 너의 기억, 생각, 감정과 고통까지도 전부 다.

나는 네가 안타까웠다.

네가 겪은 시간이 안타까웠고, 네가 마주해야 했을 상황이 안타까웠다.

어떻게 버틸 수 있었을까? 석진과 함께여서? 은재가 곁에 있었기에? 어떤 이유라도 나는 불가능했을 일을 너는 해왔다.

그것만으로도 너는 대단한 사람이었다. 누구에게도 손가락질받거나 무시당할 사람이 아니었다.

하하, 하하하, 하하!

요란한 웃음이 더 크게 터져 나왔다. 나는 얼굴을 적신 물기를 이불에 닦아내고 침대 밖으로 발을 내렸다.

문을 열고 방을 나오면 아래로 내려가는 계단이 있었다. 바닥을 디딘 맨발이 차갑지 않았다. 양말을 신지 않으면 버틸 수 없던 낙원의 406호와 달리 이 집은 맨발로 다녀도 따뜻했다. 사용하지 않는 창고 방까지도 구석구석이 따뜻했다.

네가 만들고 싶었던 완벽한 세상.

어쩌면 그건 따뜻한 세상이었던 게 아닐까.

계단 난간을 잡고 조심해서 아래로 내려갔다. 중간쯤 내려오자 현관문이 열려 있는 게 보였다. 현관문엔 검은 게 잔뜩 묻은 지저분한 신발 한 켤레와 타버린 구두, 아이의 샌들, 여성용 운동화와 물기 묻은 슬리퍼, 잿가루 같은 게 한가득이었다.

그 옆 현관 구석에는 가지런히 벗어둔 운동화가 놓여 있었다. 수줍은 방문객처럼 예의를 차린 게 한눈에 보이는 가지런함이었다.

1층에 완전히 내려와 섰다. 열린 문밖으로 시선을 던지자 주택 사이, 차도에 미윤이 서 있었다.

미윤은 가만히 내게 손짓했다. 자신에게로 오라는 것도 같았고, 반대로 안으로 들어가보라는 것도 같았다. 무엇이 되었던 나는 직감했다.

보지 않아도, 듣지 않아도 알았다.

이곳에 네가 와 있음을.

하하, 하하하, 하하!

등 뒤에서 기다렸다는 듯 웃음소리가 들려왔다. 돌아서서 거실로 향했다.

탄 냄새와 물 냄새, 형용할 수 없는 온갖 냄새가 뒤섞여 거실을 배회했다. 아치형 통로를 지나 거실에 발을 들였다.

"어째서…… 왜……."

등을 보이고 선 너는 사정없이 떨고 있었다. 너는 떨리는 등만큼이나 목소리도 떨렸고 같은 말을 반복했다. 어째서, 왜, 어째서, 왜, 어째서, 왜……. 네가 미친 사람처럼 묻는 게 무엇인지 알 것 같았다.

아마도 너는 어째서 세상이 처음으로 돌아가지 않았는지, 왜 다시 시작되지 않았는지를 자문하는 듯했다.

너의 어깨 너머를 슬쩍 보았다.

부모님과 이웃들이 거실에 모여 앉아 있었다. 세면대에 머리를 박고 익사했던 경비원과 교통사고로 죽었다는 미윤의 언니, 자기 집 마당에서 동사했던 남자와 불에 타 죽은 일가족 세 명까지.

그들은 죽을 당시의 모습 그대로 거실에 존재했다. 단란하게 모여 앉은 이웃들이 행복해 죽겠다는 듯 웃었다.

하하, 하하하, 하하!

부모님과 이웃들은 소파와 바닥에 앉아 서로를 마주 보며 웃어댔다. 일정한 웃음소리와 표정이 기이했다. 행복한 듯 길게 찢어진 입술이 너덜거렸다.

"어째서? 왜?"

나를 돌아본 네가 믿을 수 없다는 듯 물었다. 나는 대답 대신 정원을 향해 난 통창으로 눈길을 돌렸다. 너는 내 시선을 따라 퀭한 얼굴로 반쯤 몸을 틀었다. 불안함이 잔뜩 배인 너의 몸이 금방이라도 쓰러질 것처럼 위태로웠다.

창밖엔 교복을 입은 학생들이 거실에 앉은 사람들처럼 활짝 미소 지은 채 빼곡하게 서 있었다.

교복 재킷마다 이름표가 정갈하게 붙어 있었다. 얼굴은 몰라도 이름은 알았다. 교실과 함께 통째로 사라져버린 3반 아이들이었다.

"은재네 반 애들이야. 사라진 3반 애들."

나는 네가 이해할 수 있도록 설명을 덧붙였다. 내 말을 들은 네가 머리카락을 쥐어뜯으며 주저앉았다.

"처음으로 돌아갈 수 있어. 그러면 전부 다시 시작할 수 있는데……. 어째서? 왜? 전에는 됐어. 됐단 말이야. 몇 번이고 다시 만들면 되는 거였어!"

"그렇게 이어오던 거였어?"

꾸물거리던 너의 시선이 내 얼굴께로 올라왔다. 나는 너에게 시선을 고정한 채로 말을 이었다.

"그게 네가 생각한 완벽한 세상이었어?"

타박하려는 게 아니었다. 나는 그저 궁금했다. 네가 언급한 완벽한 세상. 내가 행복하기를 바라며 만들었다던 완벽한 세상이 무엇이었는지. 내 방을 만들며 느끼던 행복감은 이미 알고 있었다. 그렇지만 너의 기억, 생각, 감정을 통해서가 아니라, 나는 너의 입으로 직접 듣고 싶었다.

"몇 번이나 사람들을 없애고, 만들고. 그걸 반복한 거였어? 완벽한 세상이 될 때까지?"

"꿈이니까…… 완벽해질 때까지 다시 만드는 건 내 마음이잖아. 어차피 내 세상이야! 그래서 내 마음대로 하겠다는데, 왜 안 되는 건데?"

울분에 찬 너는 어린애처럼 버럭 소리를 질렀다.

"세상은 인형의 집이 아니잖아."

내 대답에 네가 입을 다물었다. 너의 눈동자에 불안함이 깃들었다. 너는 어떻게 알았냐고 내게 묻고 싶은 듯했으나 쉽게 입을 열지 못했다.

"세상은 인형의 집이 아니야, 시우야."

너의 이름을 힘줘 다시 발음했다.

시야가 기울었다.

세상이 사정없이 흔들렸다.

나는 너의 기억을 통해 네가 이 완벽한 세상을 어떻게 만드는지를 보았다.

아무것도 없는 공간에서 기억을 뜯어먹으며 버티던 너는, 언젠가 은재가 말한 인형의 집을 떠올렸다.

인형의 집을 만드는 건 어렵지 않았다. 은재의 말을 복기하며 인형의 집을 떠올리는 것만으로 분홍색 인형의 집이 공간 구석에 나타났다. 처음엔 겉모양만 그럴듯한 성처럼 보였지만, 구체적으로 크기와 색, 그 안의 배치까지 상상하자 더욱 그럴듯한 인형의 집이 되어 있었다.

그때부터 너는 점차 인형의 집 규모를 키웠다.

하루는 너의 무릎에 올 정도였고, 다음 날은 네 어깨에 인형의 집 지붕이 닿았다. 마침내 너는 네가 들어갈 수 있을 크기의 인형의 집을 만들어냈다. 누울 수 없는 플라스틱 침대와 식탁, 유리 없이 뻥 뚫린 창문이었으나 너는 몹시 만족했다.

시간이 사라진 너에게 비로소 시간이 생긴 셈이었다.

이제 너는 기억을 뜯어먹지 않고도 지낼 수 있었다. 하도 뜯어먹어 너덜거리는 기억은 놓아주고, 새로운 기억을 채우기 시작했다. 이곳, 너의 말대로, 너의 꿈속인 이 완벽한 세상 속에서.

너는 더 많은 걸 만들고자 했다. 집을 만들었으니 다른 것도 만들 수 있으리란 확신이 들어서였다.

시도는 번번이 실패였다.

석진과 은재를 만들어도 그들은 움직이지 않았다. 잘 만든 도자기 인형처럼 쉽게 깨졌고, 너와 대화하지도 못했다. 그것들은 어디까지나 인형의 집에 사는 인형. 그뿐이었다.

인형의 집은 너에게 시간을 만들어주었으나 '세상'을 만들어주지는 않았다.

너는 고민했다. 인형의 집에 틀어박혀 생각하고 또 생각했다. 어떻게 해야 싸구려 인형의 집이 아닌 진짜 집을 만들 수 있을까. 집들이 모인 마을을 만들고 사람들을 만들고, 석진과 은재를 만들 수 있을까. 어떻게 해야만 세상을 만들 수 있는 걸까.

때때로 석진의 목소리가 들리면 맞장구치듯 조용히 속살거리다가 입을 다물었다. 너에게 중요한 건 바깥이 아닌 여기 안이었다. 너를 괴롭히는 존재로 가득한 밖이 아니라 네 마음대로 만들 수 있는 세상. 그렇게만 된다면 이곳에서야말로 행복할 수 있으니까.

고민은 불현듯 풀렸다. 다른 날처럼 인형의 집에 숨어 있던 때였다.

너는 퀴퀴하게 묵혀두었던 기억 하나를 떠올렸다. 은재는 바닥에 엎드려 그림을 그렸고 석진은 핸드폰 삼매경이던 어느 한가로운 오후의 기억이었다.

은재의 그림 실력은 형편없었다. 너는 침대에 누워 그런 은재를 놀렸다. 너와 은재의 가벼운 실랑이에 석진이 고개를 들었다. 석진은 은재가 그린 그림을 보고 혀를 찼다.

"무슨 그림을 그렇게 그리냐? 똑바로 그려야 그래도 그림이라고 부를 만한 게 나오지."

석진이 핀잔을 주자 은재가 억울하다는 듯 소리쳤다.

"너희가 몰라서 그러는 거야. 원래 그림은 아래에서 위로 그리는 거라고. 생각해봐. 집을 지을 때 누가 지붕부터 만드냐? 땅부터 고르고, 거기에 시멘트 붓고 하는 거지. 그림도 마찬가지야. 뭐든 기본부터 그려야 하는 거거든."

아래에서 위로.

지붕이 아닌 바닥부터.

그 말을 곱씹던 네가 인형의 집 곳곳을 훑어내렸다.

맞아. 씨앗이 없으면 다른 조건이 완벽해도 싹을 틔울 수 없는 거야. 너는 네가 만든 인형의 집을 전부 치워버리고 꼼꼼하고 구체적인 형태를 만들었다.

제일 먼저 집을 세울 만한 바닥을 상상했다. 푸른 잔디가 있고 한쪽엔 커다란 나무가 있는 마당. 마당과 접한 집은 TV 광고에서 멋지게 나오던 흰색 2층 주택이었다.

주택 내부는 광고 속 이미지를 가져다 쓰는 것으로 대신했다. 좋은 집이 어떻게 생겼는지 몰랐기에 불가피한 선택이었다.

그렇게 집을 만들고 하나의 단지를 이루기까지, 너는 부단히 너의 기억을 떼어내 사용했다. 석진이 상상한, 은재가 말한 모든 걸 가져다 너의 세상에 덧대었다.

단지가 완성된 다음엔 학교를 세웠다.

학교가 세워진 다음엔 주변을 오가는 차들을 만들었다. 차근차근 만들다 보니 어느새 그럴듯한 세상이 되어갔다.

'그럴듯한' 세상.

너에겐 아직 부족했다.

중요한 게 빠져 있었다.

너는 숨결이 느껴지지 않는 세상의 중심에서 사람들의 면면을 떠올렸다. 흐릿한 기억 속에서 아빠의 얼굴을 그려냈고, 드라마에서 본 중년 여성 배우의 얼굴을 이용해 엄마를 만들어냈다.

잠시 할머니가 생각났으나 이내 고개를 저었다. 아무리 완벽한 세상이어도 가짜였다. 가짜인 곳에 굳이 할머니를 만들고 싶진 않았다.

네가 오고 가며 본 모든 이들의 얼굴이 인형 위에 그려졌다. 한순간 각자의 집에서 눈을 뜬 사람들이 익숙하게 서로를 불렀다. 그들은 서로를 가족이라 생각하고, 이웃이라 여겼다.

의심 따윈 없었다. 고통이 없는 따뜻하고 완벽한 세상.

기어이 네가 만든 세상이 움직이기 시작했다.

네가 예상하지 못한 것은 '나'였다.

너의 방에서 눈을 뜬 나는 너를 대신해 완벽한 세상을 살았다. 너는 한순간 분노했으나 곧 마음을 접었다. 어차피 가짜인 세상. 너의 세상 속 나는 또 다른 너였다. 너는 그것만으로도 충분했다. 내가 행복하게 살아가는 모습에서 대리만족을 느꼈다. 드물게 질투심이 차오르기도 했으나 가짜인 세상 속 가짜 행복이라고 되뇌면 감정이 가라앉았다.

너는 내 행복을 위해, 또 너의 행복을 위해 완벽한 세상을 지키려 애썼다. 누구도 고통을 모르도록 최선을 다했다. 너는 교복을 입은 석진과 나를 보며 최선의 가치를 알았다. 최선을 다한다는 것. 그건 말로 표현할 수 없는 만족감이었다.

이곳에서의 시간이 1년 단위로 반복된다는 걸 깨달은 건

한 해가 저물던 마지막 밤이었다.

원래라면 열아홉 살이 돼야 했던 내가 다시 열여덟 살이 되어 깨어났다. 나뿐만 아니라 모두가 마찬가지였다. 이 세상에 발을 디딘 가족과 이웃, 석진까지도 전부 처음으로 돌아가 있었다.

뒤늦게 너는 네가 상상하지 못하는 부분은 이 세상도 만들어내지 못한다는 걸 깨달았다. 네가 열아홉 살이 되어본 적 없었기에, 이 완벽한 세상은 나를 열여덟 살의 나이에 붙잡아두었다.

어쩔 수 없는 가짜. 너는 그렇게 생각했다. 완벽한 세상이지만, 결코 완벽할 수 없는 세상. 그게 이곳이었다.

꽃과 나무는 계절이 바뀌어도 시들지 않았다. 비 오는 날을 싫어했기에 비도 내리지 않았다. 누구도 의심하지 않았다. 그저 웃었다. 웃고 떠들었다. 그게 네가 그들에게 부여한 역할이었다.

네가 은재를 확인한 건 두 번째 열여덟 살의 봄이었다.

이곳의 은재는 네가 알던 은재와 달랐다. 가벼운 태도, 마음 내키는 대로 구는 성향, 쉴 새 없이 떠들던 입. 그 어느 것도 닮지 않았다. 너를 더 놀라게 한 건 은재를 보았음에도 은재의 존재가 쉽게 잊힌다는 것이었다. 이상할 정도로 은재가 떠오르지 않았다. 내가 석진과 함께인 모습을 보면서도 은재의 존재가 생각나지 않았다. 분명 너에겐 은재가 중요한데도 그랬다.

　불량품 같은 게 아닐까. 너는 이곳의 은재를 지켜보며 읊조렸다. 가족과 이웃, 석진과 나. 모든 게 너의 바람대로 만들어졌는데, 은재는 아니었기에 든 생각이었다.

　어쨌든 세상은 완벽했다.

　네가 바라던 완벽한 세상이었다.

　2호 집 여자.

　단지를 떠돌던 소문의 시작점이었던 그 여자가 이곳의 비밀을 알아채기 전까지는.

　어느 순간부터 세상은 너의 손길 없이도 돌아갔다. 더는 끼어들지 않아도 사람들은 움직이고 생각했다. 생각. 너에겐 그게 문제였다.

　2호 집 여자의 의심은 기록을 남기는 습관으로부터 피어났다. 미윤과 내가 찾은 그 단서가 시작점이었다. 세상이 어떻게 하루도 빠짐없이 맑기만 할 수 있지? 의심이 없던 세상에 의심이 생겨났다. 그때부터 2호 집 여자의 시선이 바뀌었다. 한 번 열린 문은 닫히지 않았다. 고장 난 우산처럼 불쑥 펴진 의심은 몸집을 키워갔다.

　결정적으로 그녀가 세상이 가짜임을 확신한 건 미윤 때문이었다.

2호 집 여자는 자기에게 동생이 있다고 '생각'했다. 여자의 기억 속에는 미윤이라는 이름의 동생이 존재했다. 어떻게 생겼는지, 목소리가 어떻고 무엇을 좋아하고 싫어하는지 모를 동생 미윤이. 궁금하지도, 딱히 생각한 적도 없는 미윤에 관한 궁금증이 쉴 새 없이 쏟아졌다.

거실을 서성거리던 여자가 불현듯 멈춰 섰다.

여자는 짧은 단발머리에 셔츠를 입은 미윤을 상상했다. 들어본 적 없던 미윤의 목소리도 떠올렸다.

낮고 허스키한 목소리.

언니, 하고 부르는 목소리에는 나른한 귀찮음 비슷한 게 담겨 있을 것이다.

생각을 정리하기 무섭게 전화벨이 울렸다. 전화를 받은 여자가 조심스레 '여보세요' 하고 운을 뗐다.

건너편에서 '언니' 하고 부르는 음성이 들렸다.

허스키하고 나른한, 여자가 떠올린 목소리 그대로였다.

완벽한 세상에 금이 갔다. 유심히 보지 않으면 찾기 힘들 정도로 가느다란 선이었으나 너만큼은 그걸 알아챘다.

맑기만 해야 할 세상에 번개가 내리쳤다. 틈 사이를 비집고 들어온 변화였다.

너는 금이 가 있다는 걸 깨닫고 미세하게 벌어진 그 틈을 어떻게든 메우려 했다. 더는 연극을 관람하는 관객처럼 멀찍이 구경만 할 수는 없었다. 너 없이 움직이는 세상이라고 해도 어디까지나 네가 만든 세상이었다. 너의 완벽한 세상이 무너지는 걸 두고 볼 수는 없는 노릇이었다.

너는 더 이상의 변화가 생기지 않기를 바랐다. 그랬기에 세상이 잠든 시간에만 이곳을 돌아다녔다. 변화의 원인을 찾으려는 시도였다.

조깅하던 여자는 너를 발견했다. 너 역시 여자가 변화의 원인임을 바로 알아차렸다. 네가 여자의 주변을 맴돌자 여자 역시 네가 평범한 존재가 아님을 직감했다.

밤이면 번개가 내리쳤다. 금이 간 틈이 언제 얼마나 벌어질지, 그 사이로 더한 무엇이 들어와버릴지 몰랐다.

결정은 빨랐다. 너는 네가 만든 여자를 죽음으로 인도했다. 꼭두각시처럼 너의 의지에 매달린 여자가 차에 치였다.

여자는 죽었으나 금은 메워지지 않았다. 오히려 계속해서 금이 갔다. 양옆으로, 위아래로, 사방으로 뻗어나간 금이 금방이라도 세상을 무너트릴 것 같았다.

차례로 벌어진 이웃들의 죽음은 네가 의도한 결과가 아니었다. 그들의 죽음은 사방으로 뻗어간 금, 그 틈새에서 조용히 들어온 영향이었다.

이제 세상은 완벽하지 않았다.

그 사실이 너를 붙잡고 뒤흔들었다.

다시 처음으로 돌아가자.

인형의 집을 없애고 만들고, 다시 없애고 만들던 때처럼. 세상을 다시 만들자. 더 완벽하게. 누구도 의심하지 못하도록.

가까스로 불안감을 씹어 삼키고 네가 내 앞에 나타났다. 너는 내게 말했다. 처음으로 돌아가면 괜찮을 거라고. 진심이란 걸 알았다. 너는 다시 눈을 뜨면 처음처럼 완벽한 세상이 되어 있을 거라고 믿어 의심치 않았다.

그러니까…… 지금 너와 내가 목격한 이 비극은 결코 네가 바란 적 없는 일이었다.

네가 바란 건 완벽한 행복.

오직 그것뿐이었는데.

* * *

"마음에도 모양이 있대. 내 마음은 시우 너를 닮았으면 좋겠어. 너처럼 강하고 단단하면 좋을 것 같아."

그때, 은재 네 말에 내가 뭐라고 대답했더라?

너는 나를 닮은 마음을 가지라고, 나는 너를 닮은 마음을 가지겠다고 했던가.

……오래전, 아주 오래전에. 도서관에 처음 가서 뽑아 든 책에 그런 말이 적혀 있었어.

어떤 마음은 너무도 수줍고 연약해서 누구의 눈에도 띄지 않는 곳에 숨어 있다고. 바로 옆에 있어도 알아채지 못할 만큼 존재감이 적으나 그 어떤 감정보다도 강력한 힘을 지녔다고. 우리는 그걸 '양심'이라고 부른다고.

내게도 너를 닮은 마음이 있어.

나조차도 존재를 잊을 정도로 희미하지만, 절대로 사라지지 않는 마음.

있지. 너는 그런 내 마음을 닮았어.

은재야 너는 나의……

16

"네가 뭘 알아?"

나는 악을 써대며 소리를 쳤다. 세상은 인형의 집이 아니라고? 가짜에 불과한 주제에, 내가 만든 세상에서 편하게 살기만 한 주제에 뭘 안다고 지껄여! 분노가 치밀었다. 갈증 같은 분노가 울컥울컥 가슴을 넘실거렸다.

벌떡 일어나 네 앞에 섰다. 너는 피하지 않고 나를 마주 봤다.

"내가 만들었어. 전부 내가 만들었다고! 내가 만든 세상을 없애는 게 나라고 쉬웠을 것 같아?"

맹세컨대 나는 그 무엇보다도 이 세상을 사랑했다. 사람들의 천진한 웃음이 좋았고, 그들의 모든 걸 아꼈다.

"너 때문이야. 처음부터 여기에 네가 있었으면 안 됐어. 애초에 널 만든 적도 없었다고. 네가 눈을 떴을 때, 그때 없었어야 하는데."

나는 나를 닮은 너에게 저주를 퍼부었다. 존재하지 말았어야 했다고, 없어졌어야 했다고, 세상이 이렇게 된 건 전부 너때문이라고.

내 저주에도 너는 화내거나 슬퍼하지 않았다. 얼마든지 지껄여보라는 듯 침착하게 쳐다볼 뿐이었다.

멈추지 않고 저주를 이어갔다. 지금이라도 사라지라고, 죽어버리라고, 너야말로 저 사람들처럼 괴물이 되어야 한다고. 이어진 내 말에도 너는 미동조차 없었다.

더는 내뱉을 말이 없을 만큼 내뱉은 뒤 지쳐 입을 다물었다. 분노는 늘 그렇듯 폭죽처럼 터졌다가 금세 사그라들었다.

거친 숨에 가슴팍이 오르내렸다. 날카로운 기계음이 삐, 삐, 삐, 하고 관자놀이를 관통했다. 얼굴이 저절로 일그러졌다.

이런 나와 달리 맞은편에 선 너는 어느 때보다 차분하게 나를 주시했다. 그 모습이 꼭 어제의 나 같았다. 당황스러워하던 어제의 너와 의연하던 어제의 나. 하루 만에 뒤바뀐 양상이 우스웠다.

"네가 지키려고 했던 거 알아."

너는 그렇게 말하고 시선을 떨궜다. 나는 그를 따라서 아래로 고개를 숙였다.

꼭 닮은 맨발이었으나 내 발등에는 자잘한 상흔이 있었다. 부끄러웠다. 그저 상흔일 뿐인데, 그게 나라는 인간을 적

나라하게 보여주는 것 같아 어떻게든 감추고 싶었다.

"네가 얼마나 노력했는지도 알아."

네가 뭘 아는데?

비아냥이 튀어나오려는 걸 겨우 참아냈다. 사실은 참은 게 아니었다. 목이 막혀 말할 수 없던 거였다.

번쩍.

번개가 내리쳤다. 그릇이 바닥에 떨어져 깨지는 소음이 연이어 퍼졌다.

등을 돌렸다. 모여 앉아 있던 사람들이 바닥에 더미처럼 쓰러져 있었다. 내가 만든 엄마와 아빠도, 죽은 모습 그대로 되돌아온 이웃들도, 금이 가 깨진 채 바닥에 널브러진 상태였다.

입술이 벌어졌다. 도저히 사람이라고 생각할 수 없는 그 모습들을 보며 나는 악다구니를 썼다.

내가 원한 건 이런 게 아니었다.

처음으로 돌아가는 것. 그래서 다시금 행복해지는 것. 오직 그걸 바랐다. 다른 욕심은 조금도 없었다. 그랬는데…….

호흡이 불규칙해질수록 딛고 선 바닥이 진동했다. 발목과 종아리, 허벅지를 타고 올라온 진동이 몸과 시야를 어지럽게 했다.

발밑의 진동이 거세지자 바닥에 널브러진 사람들이 저들끼리 부딪치며 깨지기 시작했다.

도자기 재질 같은 파편들이 이리저리로 휩쓸려 사라졌다. 얼굴의 반, 상체, 팔, 몸 전체가 파손된 이들의 모습은 눈에도 혼란스러웠지만, 그런 혼란이 영향을 미친 듯 이명도 심해졌다.

삐, 삐, 삐, 삐.

맹렬하게 울린 기계음이 심장을 깊숙하게 찔렀다. 숨이 제대로 쉬어지지 않았다. 숨구멍이 꽉 막힌 것처럼 어지럽고 의식이 흐릿했다.

두려움에 너를 내버려둔 채 거실을 뛰쳐나갔다. 가지런히 벗어둔 운동화도 신지 않고 밖으로 나왔다.

흰색 주택들 외벽에 칠이 벗겨졌고, 분홍색 속살이 내비쳤다.

2층 주택의 진짜 모습은 싸구려 인형의 집이었다.

쉬익, 쿵!

바람을 가르는 소리와 함께 커다란 파열음이 단번에 이명을 지웠다. 소음을 찾아 돌아보니 맞은편 집 마당에 산산이 조각난 형체가 보였다.

더듬거리며 걸음을 옮겼다.

형체에 가까워질수록 눈앞이 뿌옇게 변했다.

"석진아……."

군데군데 조각이 빠져 텅 빈 안이 휜히 보이는 채로 석진이 마당에 누워 있었다. 석진의 생기 없는 눈이 하늘을 쳐다봤다. 눈가에 묻어 있는 물기가 그가 흘린 눈물인지 어딘가에서 튄 액체인지는 알 수 없었다.

차마 석진의 잔해를 만질 용기가 나지 않았다. 내게는 조각난 석진의 파편을 주울 자격조차 없었다.

덩그러니 선 나를 조롱하듯 멀리서부터 쉬익, 쿵! 하는 소리가 연달아 퍼졌다. 가까워지는 파열음에 제멋대로 눈이 감겼다.

고통에 찬 신음 같은 건 어디서도 들려오지 않았다.

사람들은 살려달라는 간절한 비명도 내뱉지 못했다.

도망가자. 어디로든, 아무 소리도 들리지 않는 곳에 숨자.

비겁한 생각을 읊조리며 기듯이 발을 끌었다. 겨우 석진의 집 마당에서 나왔을 때, 나는 내게로 가까워지는 은재를 발견했다.

목구멍에 달라붙은 이름이 떨어지지 않았다. 나는 어디로도 도망가지 못한 채 그 자리에 서서 은재가 도착하기를 기다렸다.

은재는 오직 나에게만 관심이 있다는 듯 나를 똑바로 응시하고 있었다. 은재의 두 눈은 내가 오래도록 그리워하던 눈이었다.

몇 걸음만 더 걸으면 안을 수 있는 거리를 두고 은재가 멈춰 섰다.

우리는 서로를 바라보았다.

은재의 뒷배경이 처음 만났던 어두운 골목길에서 편의점으로, 신호가 끊긴 한적한 도로에서 406호로 쉴 새 없이 바뀌었다.

무릎이 꺾였다.

앞으로 기울어져 넘어졌다.

두 손으로 얼굴을 가리고 울었다.

내가 이렇게 만들었어. 나 때문에 다 망가졌어. 엉망인 발음으로 나는 내 죄를 고백했다.

나 때문이라고, 누구의 탓이 아닌, 나, 전부 나로 인해 벌어진 일이라고.

정수리에 차갑고 딱딱한 무언가가 닿았다. 얼굴을 가린 손을 떼고 턱을 들었다.

코 아래가 부서진 은재가 고개를 저었다. 정수리에서 내려온 은재의 손이 서툴게 내 어깨를 쓰다듬었다.

입이 사라진 은재는 아무런 말도 하지 못했다. 다만 은재는 어떻게든 내게 위로를 건넸다. 은재가 하려는 말이 무엇인지 알 것 같았다.

네 잘못이 아니야.

눈물이 차올라서 은재의 얼굴이 선명히 보이지 않았다. 닦아내도 소용없었다.

"나는……."

벌어진 입술 사이에서 나온 말이 온전히 맺히기도 전에 은재의 다리가 부서졌다. 지지대를 잃고 뒤로 넘어간 은재가 손을 들었다.

나는 엉금엉금 기어 은재에게 다가갔다. 차가운 바닥에 볼품없이 누운 은재를 품에 안았다.

그제야 은재의 몸에 남은 상흔이 눈에 들어왔다. 안대에 가려진 왼쪽 눈의 구멍까지도.

이곳에서 보낸 시간이 빠르게 내 앞을 지나갔다.

내가 누군가에 손을 대거나 해를 끼치면 은재에게는 상처가 생겼다. 아무 존재감 없는 은재에게만 벌어진 일이었다. 누가 괴롭히고 때린 것도, 하물며 자해한 것도 아니었다. 잘못의 대가는 내가 아닌 은재의 몫이었다.

"아, 아아……."

한참이나 늦은 탄식이 눈물과 함께 흘렀다.

"지키고 싶었어."

은재의 귀에 대고 속삭였다. 은재의 눈가가 떨렸다.

있지, 내가 끝까지 지키고 싶은 건 너였어. 은재는 아무 말이 없었다. 그저 희었다. 그저 희게 하늘을 보고 있었다.

은재야, 너는 내 양심이었어. 그 말이 끝나기 무섭게 은재의 몸이 파삭, 소리를 내며 완전히 부서졌다.

나는 은재의 조각들을 품에 안고 소리 내 울었다. 짐승의 것처럼 끈질기고 포악한 울음이었다.

"고마워."

따뜻한 온기가 등을 덮었다. 예상치 못했던 완벽한 세상의 변수. 나를 닮은 피조물에 불과한 네가 뒤에서 나를 안은 채 그렇게 말했다.

"덕분에 행복했어."

나는 너의 팔을 잡고 위아래로 고개를 끄덕거렸다.

번쩍.

번개가 내리쳤다. 하늘에 그어진 빗금 사이로 빛이 들어왔다.

습한 냄새가 풍겼다. 비가 오기 전에 나는 냄새였다.

"걱정하지 마."

생각해본 적 있었다. 이곳을 만들기 전, 아무것도 없는 공간에서 무작정 시간을 보내던 그때, 돌아갈 곳 없는 내가 어디로 가야 할지를. 그것을 몰라서 나는 그저 서성거릴 수밖에 없었다. 누구도, 어느 곳에서도 나를 반가이 맞아준 적이 없었기에 목적지를 정하기 힘들었다.

토독, 토독.

빗방울이 지상으로 떨어져 내렸다. 손톱보다도 훨씬 작던 물방울이 순식간에 주먹만큼 커졌다.

부서진 사람들의 조각 위로, 흰색 칠이 벗겨진 주택 위로, 모든 걸 씻어내겠다는 듯 세찬 비가 내리쳤다.

비가 세차게 퍼붓는데도 춥지 않았다. 내 등을 부드럽게 덮은 따뜻한 온기 덕분이었다.

"더는 묶여 있지 않아도 돼."

너는 조곤조곤한 목소리로 내게 말했다. 온기만큼이나 따뜻한 음성이었다.

완벽한 세상을 만들고 싶었다.

누구도 상처받지 않고 행복한 세상을 만들고 싶었다.

모두가 평등하고 평화로운 세상. 나는 내가 이곳의 주인이라고 여겼다. 내가 만들었고, 나를 위해 만든 세상이었으니까.

"내가 괜찮다는 걸…… 충분히 행복했다는 걸 은재도 알까?"

입 밖으로 나오는 목소리가 사정없이 떨렸다. 나는 이곳에서 오랜 시간을 보냈다. 내가 만들고 싶었던 완벽한 세상

속에서 오래도록 살고 싶었다. 가능하다면 영원히 이곳에서 지내고자 했다.

그러면서도 나는 이 세상을 '진짜'라고 여기지 않았다. 여긴 어디까지나 내가 만든 꿈속의 세상. 가짜라고 단정 지었다. 그랬기에 내게는 책임이 있었다. 오차 없는 완벽한 날씨, 완벽한 가족과 친구, 이웃들. 살아온 세상에서는 드물던 배려와 친절, 미소가 이곳엔 가득해야 했다.

"알 거야. 그 애도 너처럼 빛을 봤으니까."

너의 대답에 머뭇거림은 없었다.

깨달았다. 정말로 완벽한 세상은 그런 게 아님을. 화창하기만 하다면 싹이 자랄 수 없음을.

"앞으로 뭘 할 거야?"

나는 여전히 따뜻한 너의 팔을 붙들고 물었다. 너는 더 깊숙이 네 품으로 나를 끌어당겼다.

"열아홉 살이 될 거야."

내 질문에 고민하던 네가 말을 이었다.

"그러니까 너도, 너의 세상으로 가."

은재의 조각들이 빗물에 씻겼다. 도자기 인형처럼 생기 없던 피부에 광이 돌았다. 구멍이 난 손가락이 움찔거렸다.

번쩍.

금이 간 하늘에서 눈을 뜨기 힘들 정도의 빛이 쏟아졌다. 금이 가지 않았더라면 들어오지 못했을 빛이었다.

삐, 삐, 삐, 삐.

시끄러운 기계음이 자장가처럼 포근했다. 낯설지 않은 목소리가 내 이름을 불렀다.

기계음과 부르는 소리가 뒤섞였다.

박동이 느려지고 있다는 게 느껴졌다.

살가운 낮잠에서 깨어나기 직전처럼 기분이 좋았다.

"시우야."

"응."

뱉지 못할 답과 동시에 마지막 숨이 터져 나왔다.

스물넷.

여자는 이력서에 적힌 숫자를 새삼스럽게 바라본다. 어리다면 어린 나이겠지만, 아주 어린 나이는 아니라고 여자는 생각한다. 적당히 세상을 알고, 조금은 모르는 나이. 그게 스물넷이라고.

이력서를 가방 속에 넣은 여자가 다시 거리를 걷는다. 바람이 상쾌하다. 길가에 핀 꽃들을 가만히 보면서 봄이 왔음을 실감한다.

노란색 꽃들이 바람에 살랑거린다. 걸음을 멈춰 서서 꽃을 보던 여자가 손을 든다. 꽃잎을 만지작거리던 여자는 줄기를 꺾는 대신 핸드폰을 꺼내 사진을 찍는다.

여자는 사진이 잘 찍혔는지 확인하기 위해 핸드폰 앨범에 들어간다. 빼곡하게 찍힌 사진들 사이 어디에도 여자의 얼굴이 담긴 사진은 없다. 앨범에는 꽃과 동물, 하늘과 풍경 따위로만 가득하다.

액정 상단에 뜬 시간을 확인한 여자가 걸음을 재촉한다. 면접에 늦으면 기회도 없이 탈락이라는 생각에 여자는 초조하게 입술을 문다.

재활병원 정문 옆 화단에는 색색의 꽃이 흐드러지게 피어 있다. 멀거니 꽃에 시선을 빼앗긴 여자는 정신을 차리고 건물로 들어간다.

면접장 앞에 마련된 의자에 앉은 여자는 옷매무새를 정리한다. 긴장했는지 여자의 흰 얼굴이 더욱 희다.

면접장 문이 열리고 정장 차림의 남자가 여자를 호명한다. 가볍게 대꾸한 여자가 일어서서 안으로 들어선다.

면접관들은 이력서에 기재된 여자의 경력에 관해 간단한 질문을 건넨다. 여자는 어렵지 않게 대답하고 웃는다.

"마지막으로 하나만 물어봅시다. 왜 간호사가 됐습니까? 가벼운 질문이니까 부담 갖지 말고 대답해주세요."

백발의 의사가 여자의 대답을 기다린다.

"제가 받은 걸 다른 사람들에게도 나누어주고 싶어서요."

어떤 질문에도 쉽게 답하던 여자가 머뭇거린다. 마침내 여자의 입술이 떨어진다.

"뭘 받았는지 물어봐도 됩니까?"

면접장을 떠다니는 공기가 따뜻하다. 여자는 잠시 눈을 감고 숨을 고른다.

감은 눈꺼풀 위로 빛이 내린다. 따갑지 않다. 상냥한 햇살이다.

"허은재 씨?"

눈을 뜬 여자, 은재가 미소를 짓는다.

"빛이요."

흰 미소를 품은 그녀가 이어 말한다.

"영원히 잊을 수 없을 빛을 받았어요."

시간이 다 됐단 다른 의사의 말에 은재는 의자에서 일어나 정중히 인사한다.

면접장을 나온 은재가 1층으로 내려가는 층계참 앞에 잠시 선다. 벽에 걸린 대형 거울을 마주한다.

은재는 거울 속 자신을 보며 웃는다. 언젠가 '넌 참 희게 웃는다'라고 말하던 누군가의 음성을 복기하며 최선을 다해 희게 웃으려 노력한다.

정문을 나온 은재의 걸음이 화단 앞을 지나치지 못하고 멈춘다. 습관처럼 핸드폰을 꺼내 사진을 찍은 그녀는 다시 앨범에 들어간다.

아래로, 아래로…….

지난 시간을 지나서 처음에 도착하면 앳된 얼굴의 세 사람이 나란히 있는 길고 네모난 사진이 있다.

희다.

사진 속 얼굴을 본 은재가 읊조린다. 희다. 한참이나 지난 지금에서야 은재는 그 말을 이해한다. 희다. 그게 어떤 마음을 담은 표현인지에 관해.

은재의 발이 걸어온 길을 되돌아간다.

어느새 사위가 어두워진다. 길게 늘어진 그림자 위로 둥근 빛이 떠오른다. 고개를 들자 가로등에 빛이 들어와 있다.

차마 앞으로 내딛지 못한 걸음이 머뭇거린다. 뒤돌아선 은재가 멀리 거리를 두고 서 있는 가로등으로 시선을 던진다.

둥근 빛이 보인다.

예전엔 저 빛이 사라질까 두려워서 조금도 나아가지 못했다. 그렇게 며칠을, 몇 달을, 몇 년을 보낸 뒤에야 깨달았다.

바다를 비추는 등대의 빛은 아무리 멀어져도 파도에 남아 있다는 사실을.

등대가 뒤에 있음을, 빛이 자신에게 있음을 잊지 않는다면, 아무리 멀어진대도 어둠에 잡아먹히지 않는다는 것을.

"은재야."

살갑게 부르는 소리에 은재는 숨을 참는다. 언젠가 협소한 골목길, 어둠 속에서 구해준 그 목소리가 자꾸만 은재를 부른다.

"가자, 은재야."

서성이던 은재의 걸음이 다시금 앞을 향해 내딛는다.

희다.

은재는 멀리 선 그녀를 바라보며 되뇐다.

스물넷.

은재는 이제 그녀와 함께 더운 여름이 오기를 기다리며 봄을 지나간다.

에필로그

"오늘도 고생 많았어, 현진 씨. 조심해서 들어가고 내일 봐!"

도심의 전경이 한눈에 내려다보이는 자리였다. 매일 보는 풍경인데도 볼 때마다 감탄이 나온다고 생각하던 현진이 짐을 챙기는 동료 직원에게 손을 흔들었다.

오렌지색 석양이 통창을 통과해 사무실 곳곳으로 번져갔다. 넘실거리는 빛 물결을 물끄러미 바라보던 그가 의자 등받이에 몸을 기대고 기지개를 켰다.

"오늘도 수고 많았어. 현진 씨 덕분에 한시름 놨다."

붉은색 넥타이를 맨 부장이 현진에게 다가와 말을 걸었다. 부장의 뒤로 친숙한 얼굴들이 가까워졌다.

"현진 씨 없으면 우린 어떻게 일하나 몰라."

"현진 씨 일 잘하는 게 하루 이틀 일인가?"

지겹게 들은 칭찬을 또 듣는 건데도 현진의 뺨이 붉게 상기됐다.

사무실 창밖의 전경이 언제 보아도 멋진 풍경인 것처럼,

매번 듣는 말이라도 이런 식의 칭찬은 늘 기분이 좋았다.

"다들 푹 쉬고 내일 보자고."

부장이 현진과 모여든 직원들을 향해 말했다. 의자에서 일어난 현진이 상냥하게 웃고 있는 직원들을 둘러보았다.

"우리는 내일도 현진 씨만 믿고 일한다?"

머쓱하게 뒷머리를 만진 그가 가방을 챙겨 들고 창으로 다가섰다. 퇴근 시간이 가까워진 사무실에 여유와 미소가 떠다녔다.

짙은 남색이 무겁게 하늘 위에서부터 내려오고 있었다. 그 아래 별을 품은 높은 빌딩들이 반짝거리며 빛났다.

"현진 씨 또 구경하네? 매일 보는데도 그렇게 좋아?"

현진이 어깨를 으쓱이며 씩 웃었다.

"아름답잖아요. 이렇게 좋은 풍경을 볼 수 있는 곳에서 일할 수 있다는 게 얼마나 기쁜 일인데요."

"에이! 그래봐야 회사지!"

멋쩍게 웃는 현진을 향해 직원들이 장난 섞인 야유를 보냈다.

"한번 보세요. 진짜 아름……."

쉬익.

순간.

바람을 가르는 날카로운 소음이 현진의 귀를 찔렀다.

오싹한 기분에 창으로 고개를 돌린 그가 눈을 깜빡이기도 전에.

쉬이익.

또다시 바람을 가르는 소리가 들려왔다. 동시에 추락하던 여자와 현진의 눈이 마주쳤다. 여자의 눈동자가 또렷하게 현진을 응시했다.

찰나가 아주 오랜 시간처럼 흘렀다. 여자의 눈동자 속에 담긴 현진과 동료들, 사무실 내부의 모습이 보일 정도였다.

쿵!

······쿵!

폭발음 같은 굉음이 시차를 두고 연달아서 들려왔다. 그럴 리 없다는 걸 아는데도 사무실이 진동하는 착각이 들었다.

뒤로 넘어진 현진이 입을 다물지 못하고 기듯이 몸을 돌렸다. 바닥을 짚은 손등 위로 굵은 핏줄이 돋아났다. 심장은 금방이라도 터질 것처럼 크게 박동했다.

"바, 방금 밖에······ 사람이······."

겨우 고개를 쳐든 현진의 시야에 직원들의 무표정한 얼굴이 담겼다.

그들은 엎드린 현진을 내려다보고 있었다. 지금껏 단 한 번도 마주한 적 없는, 감정이 담기지 않은 표정이었다.

"날이 좋기는 하다. 가는 길에 산책이나 좀 하고 가야겠어."

"내일 봐, 현진 씨!"

정적은 순식간에 깨졌다. 싱긋 웃은 직원들이 평소와 같은 인사를 건네곤 사무실을 나갔다.

현진은 엎드린 상태 그대로 멀어지는 직원들의 말소리를 들었다.

평소와 같았다.

평소와 너무도 같았다.

그래선 안 되는데, 평소와 같았다.

그 사실이 현진의 숨을 틀어쥐듯 조였다.

밝은 사무실에 홀로 남겨진 그가 고르게 숨을 내쉬었다. 착각일 수도 있었다. 다른 직원들이 아무렇지 않은 걸 보면 자기가 잘못 본 걸지도 몰랐다. 그렇게 되뇌고선 그가 무릎에 겨우 힘을 줘 일어서려는 때였다.

똑, 똑.

단정한 소음이 창문을 두드렸다.

누군가, 무언가 현진을 부르고 있었다.

원담시 괴사건 보고 ③

원담힐타운하우스

이것은 원담시 이면에 존재하는 그들에 대한 기록이다.

#0 ————————————————

서로 다른 기현상들이 한 점으로 모였다.

제멋대로 움직이는 그림자.

불이 피어오르기도 전에 흩날리는 재.

현실보다 한발 앞서 펼쳐지는 예언과도 같은 꿈.

그것들은 씨앗이었다.

서서히 움튼 그것들이 끔찍한 재앙으로 피어나고 있었다.

그림자의 뒤를 밟으세요. 대신, 천천히 돌아가셔야 해요. 오래
전 흔적부터 되짚어서요.

H가 남겨둔 원고가 지도였다면 성모학원 수녀의 조언은 나침
반이었다. 나는 수녀의 조언에 따라 H의 원고를 천천히 뜯어보았
다. 조급함을 덜어내자 몇 가지 눈에 들어오는 것이 있었다.

H의 원고에는 여러 원담시민의 인터뷰가 수록되어 있었다. 원
담시 출신 시의원, 원담시를 기반으로 성공한 사업가, 거리거리를
지켜온 소상공인들, 이 지역에서 나고 자라 100여 년을 산 노인 등
사연 깊은 이들의 이야기였다. 대체로 원담시에 뿌리내린 사람들
이었고 원담시에 사는 것을 자랑스럽게 생각하는 듯했다. 하지만
그뿐이었다. 괴사건에 대한 힌트랄 것이 전혀 없는 그저 화목하고
따뜻한 사연들에 불과했다. 그들과 조금 태도가 다른 한 청년과의
인터뷰를 제외하고는.

'기어코 눈부시게 피어난 원담시 청년들의 삶'. 이것이 이 인터
뷰의 말머리에 달린 가제였다. 역경을 이겨내고 원담시의 일원으
로서 눈부시게 살아가고 있는 청년들을 소개하는 테마인 듯했다.

인터뷰는 청년이 처음 원담시에 발을 들인 열일곱 무렵의 이야
기로 시작됐다. 수년 전 그는 집에서 나와 떠돌던 아이였다. 그는
우연히 원담시에 오게 되었고, 친구들과 함께 생활하며 착실하게

살아보려 애쓰다 비극적인 사고를 당했다. 애초에 뿌리조차 없던 그들의 삶은 그 사고로 인해 송두리째 무너졌다. 한 친구는 의식불명에 빠져 일어나지 못했고 청년은 그 친구를 간호하며 오랜 시간을 보냈다. 그럼에도 그들은 기어코 반전을 맞이했다. 그의 친구가 긴 코마를 이겨내고 기적처럼 깨어난 것이다. 이후 그들은 하나둘 나이를 먹으며 미래를 만들어나갔다.

　여기까지가 끝이라면 그들의 이야기는 그야말로 눈부신 역전극일 것이다. 하지만 그가 하려던 진짜 이야기는 그 뒤에 오프 더 레코드로 기록되어 있었다.

[O.T.R.]

A. 아까 말씀드렸죠? 제 꿈이 기자라는 거. 쑥스럽지만 벌써 공부한 지도 오래됐는데 아무래도 늦게 시작해서 쉽진 않더라고요. 그래서 기뻤어요. 저희를 취재하신다니 괜히 설레더라니까요. 그런데요, 사실 제가 인터뷰에 응한 이유는 따로 있어요. 이건 어디에도 공개하시면 안 되는데…….

H는 그에게 공개하지 않겠다고 약속했다. 그리고 약속대로 어딘가에 공개하지 않았지만 나에게 전해졌으니 약속을 지키지 않은 것이나 다름없었다. 하지만 그럴 만한 이유가 있었을 것이다. 나는 점점 의미심장해지는 인터뷰 내용을 계속 읽어 내려갔다.

[O.T.R.]

A. 저희는요, 여전히 그 시간에 시달리고 있어요. 시우는 이제 건강해졌어요. 그런데 아직도 그때 꿈을 꿔요. 의식불명 상태 때에 보던 장면들이 자꾸만 꿈에서 반복된대요. 언제나 같은 곳에서 살고 있고, 그림자가 제멋대로 움직이고, 불이 난 적도 없는데 재가 흩날리는 장면들이……. 그런 꿈을 꾼 날이면 종일 불안해해요. 평소에는 정말 멀쩡한데도요.

Q. ……그림자가 어떻게 움직인다고요?

A. 촛불처럼 일렁인다던가? 아, 사람은 없고 그림자만 보일 때도 있대요.

Q. 김시우 씨는 그림자에 대해서 아무것도 모르시고요?

A. 그림자에 대해서요? 그게 뭔지 알 리가 있나요. 그냥 꿈인데. 병원 다니면서 안정되길 기다릴 뿐이죠. 아, 은재

가 그런 얘길 한 적이 있어요. 시우 병원에서 그림자가
없는 여자를 봤다고요.

Q. 잠시만요. 그 얘기, 조금만 더 자세히 해줄 수 있을까요?

A. 시우가 겨우 일반병실로 옮긴 날이었는데, 웬 여자가
시우를 찾아왔대요. 우리가 아는데, 시우를 아는 사람
중에 그런 여자는 없었어요. 시우가 집에서 나오기 전
에 다니던 학교 선생님인가 싶었는데 그것도 아닌 것
같았어요. 목에 작은 달 모양 문신이 있는 여자였대요.
선생님이 문신할 리는 없잖아요. 더 이상한 건 그 여자
가 어색할 만큼 크게 웃고 있었다는 거예요. 하하, 하
하, 하면서요. 은재가 병실에 들어오니까 태연하게 정
색하고 곧장 나갔다는데…… 없었대요. 그림자가.

이번에도…… Y가 현장에 나타났다.

또다시 호흡이 가빠졌다. 더 이상 Y가 괴사건들과 연관되어 있
다는 것을 부정할 수 없었다.

#2 ——————————————————————

Y에게 그림자가 없었다고?

기이했다. 성모학원을 찾아가던 길에 나는 내 그림자가 제멋대로 움직이는 것을 보았다. 수녀의 말에 따르면 그건 '그들'이 나를 지켜보고 있다는 뜻이었다. 그렇다면 그림자가 사라지는 건 무엇이지?

엄마가 평생토록 원하던 것을 Y가 대신 이루기라도 한 걸까. 어떻게 그랬는지는 몰라도 그들의 시선에서 벗어나게 된 걸까. 어쩌면 수녀가 말한 대로 위험해진 건지도 몰랐다. 그런데 설마, 그것도 아니라면…….

흥분을 가라앉히려 숨을 가다듬었다.

지금은 섣불리 판단할 때가 아니었다.

인터뷰는 더 중요한 내용으로 이어졌다.

[O.T.R.]

A. 아무튼 제가 인터뷰에 응한 이유는요, 의심스러운 게 있어서예요. 시우가 꿈에서 보던 곳이 실재하고 있었어요. 원담힐타운하우스, 아시죠? 거기였대요. 꿈을 꿀 때마다 다녀온 곳이. 당연히 믿지 않는데 시우는 그곳의 구조 하나하나를 정말로 알고 있었어요. 마치 자기

가 만들기라도 한 것처럼요. 그런데 말이 안 되잖아요. 원담힐타운하우스가 지어진 건 시우가 사고를 당한 뒤예요.

Q. 김시우 씨를 제가 만나볼 수 있을까요?

A. 그건 안 돼요. 시우를 그 시간으로 돌려보낼 수는 없어요. 지금도 충분히 괴로워하고 있으니까요. 그래서 시우한테는 말 안 하고 제가 나온 거예요. 편집자님이라면 뭐라도 아실까 싶기도 했고요. 혹시 원담힐타운하우스에 대해 아시나요? 워낙 보안이 철저해서 저는 들어가보지도 못했어요. 시우가 그곳에서 무슨 일을 겪기라도 한 걸까요? 뭐라도 아시는 게 있다면 말씀해주세요.

Q. 그곳에서 곧 일어나서는 안 되는 일이 일어날 거예요. 부탁드립니다. 김시우 씨를 만나게 해주세요.

인터뷰 원고는 여기서 끊겨 있었다.

H의 마지막 말은 무슨 의미일까. H가 설마 그 일에 대해서 알고 있었던 걸까.

그럴 리 없었다.

원담시에서 가장 고급스러운 주택단지, 원담힐타운하우스. 그곳은 수개월 전 걷잡을 수 없는 화마에 휩싸여 폐허가 됐다. 열 채 중 일곱 채가 불에 타 무너졌고 거주민 열일곱 명과 관리센터 직원 두 명이 그 자리에서 사망했다. 각각의 건물은 마당과 담으로 구분되어 있고 소방설비가 완비된 곳이었기에 이 정도로 옮겨붙은 것이 설명되지 않는 불가사의한 사건이었다. 포악무도한 불이 남긴 재들은 바람을 타고 흩날려 드넓은 단지 전체를 뒤덮었다.

다만 이는 H가 사라진 뒤에 일어난 일이었다.

H가 김시우 씨의 꿈에 관한 이야기를 듣고 일어나지 않은 일을 예견한 것이다.

#3 ———————————————————

씨앗은 결국 재앙을 피워냈다.

공마산 메아리산장, 석모산 성모학원, 원담힐타운하우스 모두 재앙의 씨앗이 뿌리내린 자리였다. 공통적으로 나타난 건 외따로 움직이는 그림자. H의 행보로 미루어 보자면 그것을 통해 앞으로 벌어질 재앙을 예측할 수 있었다.

H의 원고에 기록된 또 다른 테마에는 한 고등학교가 소개되어 있었다. 이 지역에서 가장 오래된, 100년의 역사를 자랑하는 청람고등학교. 그곳에 대한 이야기는 그 학교의 학생들이 만든 교지로, 작자 미상의 한 대본으로 이어졌다. 청람고등학교 또한 재앙이 자라나는 토양이었으니, 나는 그곳으로 찾아가지 않을 수 없었다.

그곳에서 한 가지 사실을 명징하게 알 수 있었다.

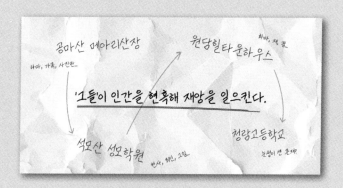

'그들'이 인간을 현혹해 재앙을 일으킨다.

원담시 곳곳에는 인간이 아닌 무언가가 분명히 존재하고 있었고, 그들은 인간 사이에 숨어서 인간을 죽이고 있었다.

이 모든 일은 인간의 범주를 아득히 벗어난 일이었다.

완벽한 세상

1쇄 발행 2024년 9월 2일

지은이 김나영(완벽한 세상)
　　　　　호러블가든 개발팀(원담시 괴사건 보고)
펴낸이 배선아
펴낸곳 고즈넉이엔티

출판등록 2017년 3월 13일 제2022-000078호
주　　소 서울특별시 마포구 성지1길 35, 4층
대표전화 02-6269-8166 **팩스** 02-6166-9199
이 메 일 gozknockent@gozknock.com
홈페이지 www.gozknock.com
블 로 그 blog.naver.com/gozknock
페이스북 www.facebook.com/gozknock
인스타그램 www.instagram.com/gozknock
X(트위터) https://x.com/Horrible_Garden

ⓒ 김나영, 2024
ISBN 979-11-6316-703-7 03810
'원담시 괴사건 보고'의 저작권은 고즈넉이엔티에 있습니다.